KB168224

달콤한 살인 계획

김서진
장편소설

나무옆의자

차례

달콤한 살인 계획

작가의 말

진실은 언제나 의문점과 반론의 여지를 남기는 법이다.
100퍼센트 믿을 수 있는 것은 거짓말뿐이다.*

*   카를로스 루이스 사폰,『영혼의 미로 2』, 엄지영 옮김, 문학동네, 2021, 46쪽

0

나는 불행했기 때문에 다른 곳, 아주 먼 곳, 그래서 나로부
터 도망칠 수 있는 그런 곳으로 가버리고 싶었다.[*]

홍진은 그 문장을 외우고 있었다. 어디서 읽은 구절인지는 생
각나지 않았다. 홍진은 책을 읽은 적이 거의 없으니 책에서 봤
다면 아마 병원에서였을 것이다.

오래전에 홍진은 꽤 길게 입원해 있었다. 일 년인지, 일 년 반
인지, 아니면 훨씬 더 긴 시간이었는지, 그 또한 정확하지 않다.
사실 그 무렵의 일은 대부분 기억나지 않고 아무것도 정확한 것

[*]   에밀 아자르, 『자기 앞의 생』, 용경식 옮김, 문학동네, 2003, 34쪽

이 없다. 시간에 맞춰 날라져 오던 식판과 약통, 병원 특유의 소독약 냄새, 행동치료실의 모습, 그리고 그곳에서 멍하니 바라보던, 병원 마당의 이름을 알지 못하는 나무. 그 정도뿐이다.

행동치료실에서는 올바르게 말하고 행동하는 법을 배웠다. 이를테면, 다른 환자의 물건을 사용하고 싶다면 "이거 잠시만 빌려줄 수 있어요?"라고 말해야 한다. 그러면 물건을 빌려주는 사람은 "네, 사용하고 꼭 돌려주세요."라고 대답하는 것이다. 그렇게 간단한 것을 그곳의 환자들은 잘하지 못했다. 그래서 "다른 사람 물건을 사용하고 싶으면 어떻게 해야 하죠?"라는 의사의 물음에 이렇게 대답하곤 했다.

"몰래 쓰고 제자리에 갖다 둡니다."

그러면 의사는 다시 질문한다.

"물건의 주인이 화가 나지 않겠어요?"

"그럼 쓰고 난 다음 아무도 모르는 데 숨기면 됩니다."

웃기려고 한 얘기가 아니었다. 홍진과 다른 환자들은 모두 남을 웃길 만한 능력도, 배려심도 없었다. 그들은 최선을 다해 생각하고 생각의 조각들을 긁어모아 어떤 합리성으로 엮어보려고 했지만 결과물이 신통치 않았을 뿐이다.

병원에는 산책 시간도 있었고, 홍진이 제일 싫어하는 운동 시간도 있었고, 또 자유 놀이 시간이라는 것도 있었다. 자유 놀이 시간이 자유 시간과 어떻게 다른지는 알 수 없지만 아무튼 그 시간에 홍진은 휴게실에 꽂혀 있던 책을 들춰봤던 것 같다. 누가 쓴 책인지 제목이 뭔지도 몰랐다. 아무거나 손에 잡히는 대로 펼쳤는데 그 구절이 눈에 들어왔다.

　　나는 불행했기 때문에 다른 곳, 아주 먼 곳, 그래서 나로부터 도망칠 수 있는 그런 곳으로 가버리고 싶었다.

홍진은 딱 이 문장만 읽었고, 읽은 동시에 외워버렸다. 저절로 외워졌다. 왜 이 구절이 그녀의 머릿속에 박혔는지 이유는 알 수 없었다. 당시에 홍진은 다른 곳으로 가버리고 싶다는 생각도 없었으며, 자신이 불행하다는 생각조차 하지 못했다. 의사의 말에 의하면 그녀는 '경직성 정신분열증'인데 그 병의 가장 큰 특징은 죽은 듯이 가만히 있는 것이며, 이 증세가 심각해지면 침도 삼키지 않아서 입 안에서 침이 썩기도 한다는 것이다. 의사의 말대로 그 무렵 홍진은 아무 생각도, 행동도 없이 늘 가만히 앉아 있었다(혹은 누워 있거나 서 있거나 했는데 모두 마찬가지로 아무것도 하지 않았다). 뭔가를 하고 싶다는 생각 자체가 그녀에게는 전혀 없었다.

더욱이 홍진은 '나로부터 도망친다'는 말이 무슨 뜻인지 도무지 이해가 되지 않았다. '나'라는 것을 나로부터 떼놓거나, 어딘가에 두고 달아날 수 있는 것인가. 그런 일이 가능한 '다른 곳'이 따로 존재한다는 말인가.

홍진은 밤에 침대에 누워 자신을 자신으로부터 떼내는 모습을 상상해보곤 했다. 아마 병이 조금 호전된 무렵이었을 것이다. 그 정도 상상은 그다지 어렵지 않았다.

그 전부터 홍진은 종종 가위에 눌리곤 했는데 그럴 때면 그녀가 자신의 모습을 바라보는 꿈을 꿨다. 누워서 잠든 홍진을 또 다른 홍진이 위에서 지켜보는 것이다. 남편이 다가와 잠든 홍진과 그녀의 아이를 칼로 찔렀다. 홍진은 매번 격심한 고통을 느꼈는데, 잠이 든 홍진은 여전히 깨지 않고 그 모습을 보고 있는 홍진은 끔찍한 고통 속에서 비명을 질러댔다. '나로부터 도망친다'는 것은 잠든 홍진을 두고 다른 데로 가버리는 것일까.

언제부터인가 가위눌림은 사라졌다. 절에서 일을 하기 시작하고 얼마간 시간이 흐르고 난 후부터였던 것 같다. 홍진은 가끔, 절에서 일하고 있는 자신이 잠든 채 칼에 찔리던 '나'인지, 아니면 비명을 지르며 바라보고 있던 '나'인지 궁금해질 때가 있었다. 둘의 차이가 무엇인지는 알 수 없었지만 그 둘 중에서 누가 도망치는 것에 성공했는지는 알고 싶었다. 그러나 두고 온 '나'에 대해서는 알고 싶지 않았다. 그 여자는 아마 죽었을 것이다.

1

홍진이 근처 복덕방에 들러 가게를 빌리고 싶다고 했을 때 복덕방 주인은 호구를 만났다고 생각했는지 싹싹하게 굴었다.

"거기서 뭘 하시게?"

"정육점이요."

"해본 적 있어요?"

"네."

복덕방 주인이야 홍진이 경험이 있든 말든, 장사를 망치든 말든 아무런 상관이 없고, 그저 전세 계약을 하고 수수료만 받으면 될 일이었다. 상가 안 네 개의 가게가 모두 텅텅 비어 있는데도 복덕방 주인은 재래시장과 가까워서 목이 좋은 곳인데 상가 주인이 세를 너무 비싸게 불러서 가게가 비어 있다고, 하지만 자신이 주인을 잘 설득해서 싼 값에 세를 들 수 있도록 특별히 신경을 써주겠노라고 태연하게 떠들었다.

"봐요. 방도 넓고, 부엌도 얼마나 커? 화장실은 바깥 공동 화장실을 써야 되지만, 싱크대 옆에 샤워기를 달아놔서 씻는 데도 문제없고. 그리고 여기 한번 봐요."

복덕방 주인이 가게 바닥에 깔려 있는 장판을 치우니 쇠로 된 뚜껑 같은 것이 나왔다. 뚜껑이 아니라 문이었다. 빨랫줄로 만든 고리를 붙잡고 위로 잡아당기자 뻐끔 이가 빠진 것처럼 시꺼먼 공간이 튀어나왔다.

"이게 지하실 같은 건데 제법 넓어서 창고로 쓰기 딱 좋아요. 사다리도 붙어 있다니까."

처음 그 지하실을 봤을 때 홍진은 머지않은 미래에 그 공간을 사용하게 되리라고는 생각지도 못했다. 홍진은 질문도, 흥정도 하지 않고 복덕방 주인에게 세를 들겠다고 짧게 말했다.

홍진은 낯선 사람과 말하는 것이 힘들었다. 아니 말하는 것 자체가 서툴렀다. 홍진이 뭔가를 말하면 사람들은 그녀를 좀 이상한 사람으로 보는 것 같았다. 복덕방 주인은 칠순이 넘은 노인네인데도 안경 너머로 홍진을 힐끔거렸다.

홍진이 정육점을 하겠다고 말한 것은 반쯤은 충동적인 것이었다. 아니, 이것도 정확한 것은 아닐지 모른다. 홍진은 자신이 하는 사고의 흐름을 또렷하게 따라가지 못했다. 대부분의 경우 홍진은 기계적으로 몸을 움직이며 생활했기 때문에 아무런 생각을 하지 않았다. 그럼에도 홍진의 머리는 끝없이 움직이고 있는 것이 분명했다. 그 결과 시간이 지나간 후 돌이켜 생각해보면 원인과 결과 사이, 동기와 선택 사이가 첫 장면과 마지막 장면만 있는 영화처럼 연결되지 못하고 텅 비어 있었다.

애써 그 비어 있는 곳을 메워보려고 노력하면 정육점을 하기로 한 몇 가지 이유를 댈 수 있었다. 우선, 전세를 얻기로 한 가게가 원래 정육점을 하던 곳이었고, 오래전에 홍진이 정육점을 해본 적이 있었기 때문이다. 홍진은 소와 돼지의 살을 뼈로부터 발라내는 법을 알고 있었고 부위별로 자르는 법도 알고 있었다. 업소용 냉장고를 어디서 사는지, 또 도살된 소와 돼지는 어디를 통해 공급받는지도 알고 있었다. 모두 홍진의 남편이 가르쳐준 것이었다.

홍진의 남편은 그녀에게 두 가지를 남겨주었다. 칼로 고기를 써는 법과 아이. 아이와 남편과 정육점은 거의 동시에 사라졌다. 그 후로 홍진은 고기를 칼로 썰어본 적이 없지만 몸에 새겨진 기억은 오래갔다. 20여 년이 흘러 아이의 얼굴은 희미해졌지만 칼은 아직 쓸 수 있겠다는 생각이 들었다.

그때까지만 해도 홍진의 목적은 한 남자를 죽이는 것, 그뿐이었다. 그 외 어떤 구체적인 계획도 가지고 있지 않았다. 달리 뾰족한 수가 없으면 고기를 바르는 칼로 찌를 수도 있지 않을까 하는 생각이 하나의 가능성으로 머릿속에 있었고, 그럴 경우 자신이 정육점을 하고 있다면 뭔가 자연스럽고 잘 맞아떨어진다는 막연한 느낌만을 가지고 있었다.

물론 개업 허가 같은 것은 받지 않았다. 생각이 미치지 못한 탓이었고, 관공서에 가서 뭔가를 신고하고 복잡한 절차를 거치는 일이 홍진으로서는 감당하기 버거웠던 탓이다. 무엇보다 홍진은 장사를 하려는 게 아니었다. 장사라니. 그런 게 가능할 리가.

사실은 모든 게 가능하지 않았다. 모든 게 자신이 없었고, 모르는 사람을 만나는 것만으로도, 아니 익숙하지 않은 길을 걷다가 낯선 방으로 돌아오는 것만으로도 멀미가 났다. 정육점은 도무지 자기 집이라는 생각이 들지 않아서, 밖에서 들어오면 가게 안의 어둠이 섬뜩하고 가게에서 나가면 문밖의 공기가 곤혹스러웠다. 홍진은 지치고 피곤해서 밤마다 끙끙 앓았다.

앓고 일어난 아침마다 뭔가 해야 한다는 강박에 밀려 저울과 도마, 칼을 샀다. 육절기, 골절기, 다짐기 같은 건 필요 없었다. 그래도 냉장고는 배달시켰는데 업소용 냉장고 안에는 고기를 걸 수 있는 갈고리가 여러 개 매달려 있었다. 그걸 보자 그 남자를 죽여서 저 갈고리에 걸어두어야겠다는 생각이 스쳤다. 물론 그 남자의 시신을 저기다 걸어둬서 뭘 하겠다는 건지, 시신은 어떻게 처리할 것인가에 대한 고민 같은 건 전혀 없었다. 등신 중에서도 상등신인 자신이 사람을, 그것도 사지육신 멀쩡하고 자신보다 힘이 몇 배는 더 센 남자를 죽일 수 있을까, 오직 그 것만이 문제였다.

홍진은 거의 20년 가까이 절에서 일했다. 하루 세 번의 예불과 스님들의 식사를 준비하는 것이 그녀의 일이었다. 일을 끝내고 집으로 돌아가면 저녁 여덟 시. 홍진은 씻고 바로 잠들었다가 새벽 두 시에 일어나 절로 올라갔다. 새벽 세 시에 밥을 지어 네 시 예불에 올리는 것으로 하루를 시작해 아무 생각 없이 진종일 기계적으로 일했다. 홍진의 머릿속은 텅 빈 방과 같아서 뭔가를 원한다, 하겠다, 해야만 한다 따위의 생각이 하나도 없었다.

그러나 달라졌다. 달라져버렸다. 홍진은 어떤 남자를 원하게 되었다. 홍진은 그 남자의 죽음을 가지고 싶었다. 홍진은 자신이 누구를 죽여야 하는지, 그가 어디에서 뭘 하는지, 자신이 그를 만나려면 어떻게 해야 하는지 다 알고 있다. 홍진은 오래전 병원에서 멍하니 창밖만 바라보던 그때와 완전히 다르고 하루 종일 부엌에서 밥을 짓고 스님들의 하루 세끼를 챙기던 때와도 달라졌다. 무엇이 더 좋은 건지는 알 수 없으나 홍진은 분명하고 또렷한 정신으로 그를 죽이겠다고 결심했다. 자기 손으로 죽일 것이고, 시체를 갈가리 찢어버릴 것이다.

"74번 고객님. 74번 고객님, 어서 오십시오."

번호표를 뽑아 들고 기다리던 사람들 중 한 명이 직원에게 다가갔다. 아직 앳된 얼굴의 여직원은 과장되게 화사한 웃음을 띠고 "죄송해요, 많이 기다리셨죠?", "어서 오십시오, 고객님. 뭘 도와드릴까요?" 따위의 말을 건넸다. 그 모습은 병원에서 본 것과 비슷했다. 직원들이 유니폼을 입지 않았고 기다리는 사람들이 죄다 정신이 멀쩡하다는 것이 병원과 달랐다.

신도시의 번화가. 이지하의 휴대폰 가게는 그 거리에서도 가장 요란스러웠다. '파격', '사상최대', '완전공짜' 등등의 문구가 쓰인 허세 넘치는 포스터들을 덕지덕지 붙인 데다, 바람을 넣어 춤을 추게 만든 인형들이 출입구 앞에 서서 몸을 흔들고 대낮인데도 간판에는 반짝반짝 글자들이 움직였다.

실내는 크고 환했다. 묵직해 보이는 소파는 너무 푹신해서 홍진의 몸을 꿀꺽 삼켜버릴 것만 같았다. 직원들도 열 명이 넘었고 기다리는 손님들은 수십 명이었다. 벽에는 신형 휴대폰과 각종 통신사 광고로 도배가 되어 있었다.

'구매하지 않는 고객님들도 이용하실 수 있습니다. 프리 와이파이 존.'

'본 매장에서 제공하는 탭과 함께 여유로운 휴식.'

홍진은 매장 안에 걸려 있는 현수막의 글귀를 이해할 수 없었다. 하지만 그녀가 이해하든, 하지 못하든 그런 건 중요하지 않았다. 홍진은 딱 한 사람을 만나러 왔다. 홍진이 아는 바에 의하면 그가 이 가게의 주인이었다.

"75번 고객님."

이번에는 하얀 셔츠에 파란색 넥타이를 단정하게 맨 젊은 남자가 홍진이 손에 들고 있는 번호를 불렀다.

"어서 오세요. 무엇을 도와드릴까요?"

"사장님을 좀 만나러 왔는데요."

"네?"

"사장님이요."

"죄송하지만 무슨 일이신지?"

"사장님 계시죠?"

"잠시만요."

직원은 가게 구석에 칸막이를 해둔 곳으로 들어갔다가 다시 홍진에게 다가왔다.

"저 안으로 들어가보세요."

홍진은 심호흡을 하며 천천히 걸음을 옮겼다. 불과 10미터도 되지 않는 거리인데 홍진이 다가갈 때마다 사무실이 뒤로 물러나는 듯한 착각이 들었다.

이지하의 목소리가 먼저 들려왔다. 그는 통화 중이었다.

"야, 남자는 케이크 안 먹는다니. 나는 없어서 못 먹는다. 특히 당근 케이크."

사장은 시답잖은 소리를 하며 낄낄거리다 고개를 들어 홍진을 쳐다봤다.

"무슨 일이시죠?"

이지하.

그의 얼굴을 보는 순간 홍진은 정말로 큰 충격을 받았다. 홍진의 상상 속에서 남자는 추하고 역겨워서 가까이 다가가기도 싫은 모습이거나 악마처럼 잔인한 미소를 짓고 있는 냉혈한의 얼굴을 가지고 있었다. 이지하는 어느 쪽도 아니었다. 영문 모른 채 홍진의 얼굴만 쳐다보던 이지하는 "다시 전화할게." 하고는 전화를 끊었다.

"일단 앉으세요."

홍진에게 자리를 권하는 이지하는 평범하면서도 사람들의 신뢰감을 얻을 수 있는 좋은 인상을 가지고 있었다. 단정한 셔츠와 넥타이. 고급임에 틀림없는 감색 재킷. 이지하의 시선이 홍진의 얼굴에 와 닿을 때 홍진은 자신도 모르게 죄지은 사람처럼 고개를 숙였다.

저런 사람을 죽이다니. 이건 말도 안 돼.

아직은 미치지 않고 정상으로 남아 있는 그녀의 뇌 한쪽에서 지금이라고 그녀에게 충고를 건넸다. 어울리지도 않는 이 사무실에서 나가버리라고, 그리고 누군가를 죽인다는 생각 따위는 집어치우라고.

"혹시…… 무슨 도움을 요청하러 오셨어요? 복지센터라든가 그런 데서……."

이지하가 조심스럽게 다시 말을 건넸다. 그의 시선은 상냥했지만 옷차림과 표정, 자세를 한 번 훑어보는 것만으로도 상대방의 지위와 자산, 심지어 월수입까지 다 꿰뚫어볼 것처럼 빈틈이 없었다. 그 시선 때문에 홍진은 입을 열었다. 자신이 외워 온 것을 틀리지 않으려고 조심하면서, 천천히.

"롤렉스 데이저스트 콤비."

"네?"

"그 시계 수리하셨죠?"

"네, 그랬죠. 그런데 그걸 왜?"

"시계는 잘 가나요?"

"네. 그렇습니다만……."

이지하는 도대체 왜 이런 걸 묻느냐는 표정이었다. 홍진은 그의 얼굴을 똑바로 보기가 힘들어서 책상을 쳐다봤다. 책상 위에는 특별한 것이 없었다. 노트북과 몇 가지 서류, 종이컵 안의 커피, 십자가 사진이 들어간 탁상용 달력, 그리고 여자아이의 사진이 든 액자 따위가 놓여 있었다. 중학생 정도로 보이는 사진 속 여자아이는 통통하고, 뽀얀 피부를 가졌고, 손가락 두 개로 V자를 그리며 카메라를 향해 웃고 있었다. 아마 이지하의 딸인 것 같았다.

이지하가 퇴근하면 딸아이가 두 팔 벌리며 달려 나오고, 그의 아내는 그를 사랑해서 맛있는 저녁밥을 준비해놓고 있을 것이다. 그런 걸 정상이라고 부른다고 가르쳐준 건 소명이었다.

"정상적인 사람들은 다들 그렇게 살아요. 엄마와 아빠와 아이들, 그렇게."

왜 그것만이 정상인지 홍진은 의아했지만, 홍진도 소명도 정상이 아니라는 점에서 그건 틀린 말이 아니었다. 홍진과 소명은 둘 다 좀 이상했고, 피차 서로를 이상하다고 생각하면서 같은 공간에서 살았다.

사실 홍진과 소명은 둘 다 같은 방에서 사는 것을 부담스러워했다. 가족도 친구도 아니었고 줄곧 서먹서먹해서 모르는 사람보다 더 못한 사이였기 때문에 홍진은 늘 짜증이 났고 소명은 눈치를 보며 우울해했다. 소명과 홍진이 함께 산 두 달 내내 그랬다. 소명이 죽기 전까지.

홍진의 시선이 딸아이의 사진에 머문다는 것을 알아챘을까. 이지하가 책상을 정리하는 척하며 사진의 얼굴이 보이지 않도록 액자를 돌렸다. 조심스럽기는.

홍진은 그가 경멸스러워져 아무 말도 없이 일어나 사무실을 나와버렸다. 저 여자 미친 거 아냐, 하며 바라보는 이지하의 시선이 뒤통수에 박혔다. 그러든가 말든가. 홍진은 관심이 없었다. 자신이 어떻게 생겨먹은 놈을 죽여야 하는 건지 확인했으니 그것으로 충분했다.

저놈을 죽여야 한다. 잠시 흔들렸던 생각이 제자리로 돌아왔다. 어떻게 하면 저놈을 죽일 수 있을까.

가장 먼저 떠오르는 건 약을 먹이는 거였다. 농약은 쉽게 살 수 있으니까. 약은 어떻게 먹일 수 있을까. 거리에는 온갖 종류의 식당과 커피숍, 아이스크림 가게들이 즐비했다. 홍진은 이지하의 책상 위에 있던 커피를 떠올렸다.

홍진은 곧장 그녀가 알고 있는 농약 가게로 갔다. 스님들이 절의 뒷마당에 텃밭을 만들었는데 홍진은 스님들 몰래 농약을 사다 아침마다 슬쩍 뿌려뒀다. 늘 같은 가게에서 사다 보니 얼굴을 익힌 농약 가게의 주인은 홍진이 더 이상 절에서 일하지 않는다는 것을 몰랐다.

다음 날, 홍진은 이지하의 가게 맞은편, 이름도 요상한 어느 커피숍에서 진한 커피 한 잔을 샀다. 화장실로 가서, 작은 병에 담아온 농약을 커피에 넣고 이지하의 가게로 다시 갔다.

실내에는 전날보다 손님이 더 많았다. 홍진은 번호표를 뽑는 대신 커피를 들고 곧장 이지하의 사무실로 향했다. 그를 죽이려고 마음먹었으니 그 정도 권리는 있는 것 아닌가. 직원들은 저마다 업무에 바빠 아무도 홍진을 쳐다보지 않았고 저지하지도 않았다. 홍진이 사무실로 들어가자 이지하는 양미간을 살짝 찌푸리며 물었다.

"또 무슨 일이시죠?"

홍진은 아무 말 하지 않고 커피를 이지하의 책상에 내려놓았다. 이지하의 얼굴은 점점 더 영문을 모르겠다는 표정이었다.

"어젠 죄송했습니다."

홍진은 그 말만 남기고 냉큼 사무실을 나왔다. 이지하가 붙잡기라도 할까 봐 홍진은 거의 뛰듯이 가게를 빠져나왔다.

집으로 돌아와 하루 종일 홍진은 이지하가 죽었을 거라고 상상하며 경찰이 곧 자신을 잡으러 오기를 기다렸다. 물론 홍진은 감옥에 가고 싶지 않았고 사형 같은 것도 당하고 싶지 않았다.

하지만 형벌은 그녀의 행동을 막을 수단이 되지 못했다. 그를 죽이는 것만이 다른 무엇보다 중요했다.

문제는 그가 죽지 않았다는 사실이다. 다음 날 이지하의 가게로 들어갔을 때 멀쩡하게 일하고 있는 직원들을 보며 홍진은 그가 죽지 않았다는 것을 알았다.

다음 날에는 역시나 복잡한 이름의 과일 주스를 사 들고 갔다. 이번에는 직원이 홍진을 잡았다.

"무슨 일이시죠?"

"사장님 좀 만나러……."

옆자리의 여자 직원들이 웃음을 참으며 자기들끼리 시선을 주고받았다. 아마도 홍진이 돈 많은 자기네 사장에게 추파를 던지는 것처럼 보인 모양이었다. 뭘 상상하고 어떻게 추측하든 홍진이 상관할 바가 아니었다. 홍진이 이지하의 사무실로 들어가려 하자 직원이 막아서며 말했다.

"사장님 안 계시고요. 용건도 없이 불쑥불쑥 들어오시면 안 됩니다."

"용건 있어요."

"중요한 건가요?"

당연한 거 아닌가. 죽고 사는 일보다 더 중요한 게 있으려고. 홍진이 고개를 끄덕이자 직원이 말했다.

"그럼 저한테 말씀하세요."

홍진은 주스를 들고 그냥 나올 수밖에 없었다.

생각해보면 엉성하고 또 위험한 일이었다. 커피를 다른 직원에게 줄 수 있다는 생각을 홍진은 하지 못한 것이다. 엉뚱한 사람이 죽을 수 있었는데. 바보, 멍청이. 홍진은 밤새도록 머리카락을 쥐어뜯으며 자신을 욕했다. 절에서 밥만 하다 보니 그녀의 뇌는 오직 정해진 일을 기계적으로 하도록 적응되어 있었다. 여러 가지 가능성이나 돌발 상황에 대한 대응 같은 것을 생각할 여지가 없었다.

나는 쓸모없는 인간이 되고 말았어, 홍진은 중얼거렸다. 아니면 원래 쓸모없는 인간으로 태어났거나. 그것은 자학을 넘어 현실적으로 굉장히 중요한 문제였다. 엉뚱한 사람이 죽고, 그 일로 자신이 감옥에 간다면 이지하는 누가 죽인다는 말인가.

홍진은 '생각'이라는 걸 하기로 했다. 그런데 생각이라는 것은 종종 엉뚱한 데로 빠지거나 제자리를 헛돌거나 아니면 홍진이 보고 싶어 하는 것, 즉 이지하가 죽어 쓰러져 있는 모습만 반복적으로 떠올리게 해서 결과적으로는 멍하니 앉아 있는 것과 비슷해져버렸다.

이래서는 안 되겠다 싶어 홍진은 문방구에 가서 공책 하나와 볼펜 한 자루를 샀다. 간단한 이름이나 주소를 제외하고 뭔가를 적어본 지가 너무 오래되어서 홍진의 글씨는 몹시 서툴렀지만 그래도 한 글자 한 글자 힘을 줘서 공책에 적어보았다.

죽이는 방법

선명한 다섯 글자. 홍진이 가장 먼저 쓴 글자였다. 농약으로 죽이는 건 포기했으니 X표를 했다. 그다음으로 가능한 방법이 뭐가 있을지 오래 고민하다 '교통사고'라고 그 밑에 적었다.

홍진은 운전면허도 있고 아주 오래전이지만 직접 운전도 한 적이 있었다. 그 역시 남편이 그녀에게 남겨준 흔적이었다. 그녀의 남편은 냉장 탑차에 고기를 싣고 배달을 다닌 적이 있었다. 그때 자주 술에 취해 있던 남편 대신 홍진이 차를 몰기 위해서 면허를 땄다. 운전면허 시험 때 S자 후진을 못해서 쩔쩔매던 기억이 떠올랐다. 운전 중에 실수를 해서 남편이 소리를 지르던 것도 같이 떠올랐다. 겨울이었고 고속도로였다. 남편이 이차선으로 진입하라고 시켜서 홍진은 그대로 했을 뿐인데 일차선에서도 동시에 끼어드는 차가 있어서 자칫하면 사고가 날 뻔했다.

"운전 똑바로 안 해! 눈깔 없어?"

남편의 고함소리가 홍진의 귀를 울렸다. 심장이 쿵쾅거리기 시작했다. 트럭을 운전하던 과거의 홍진과 그걸 떠올리는 현재의 홍진. 두 홍진의 몸이 동시에 경직되면서 손이 덜덜 떨려왔다.

홍진은 진정하기 위해 심호흡을 했다. 단전을 이용한 복식호흡. 배를 크게 부풀리며 숨을 들이마시고 배꼽을 등에 붙인다는 기분으로 갈비뼈를 조이며 숨을 내뱉는다. 불안할 때마다 이렇게 호흡을 하라고 절에서 배웠다. 아무런 생각도 하지 말고 오로지 배와 갈비뼈에만 정신을 집중하고 숨을 마시고, 그리고 천천히 내뱉기를 반복하는 것이다.

불쑥불쑥 옛날 기억이 떠오를 때마다 홍진은 진저리치게 당황스러웠다. 그 기억의 내용이 좋냐 나쁘냐의 문제가 아니라(사실 좋은 기억은 거의 존재하지 않았다) 잊고 있었던 기억이 떠오른다는 것 자체를 홍진으로서는 받아들이기 쉽지 않았다. 그 기억이 자신의 것이 아닌 것만 같았다. 자신의 기억이 맞는다면 왜 여태까지는 까마득히 잊고 있었을까. 어쩌면 자신의 머릿속에는 또 다른 것들이 더 남아 있어서 그녀가 짐작하지도 못한 여러 가지가 불쑥불쑥 튀어나오는 것은 아닐까. 기억한다는 건 망각이라는 행운을 그녀가 누렸다는 것일 텐데, 자신이 누린 행운은 또 기억에 없었다.

그래도…… 공책에 적기로 한 건 잘한 일 같았다. 그새 홍진은 자신이 했던 생각들을 다 놓쳐버렸지만 그녀가 쓴 글자는 남아 있었다.

죽이는 방법
농약 X
교통사고

교통사고로 그를 죽이려면 먼저 차가 있어야 했다. 돈은 있었다. 그녀가 돈이 너무나 필요하고 돈을 벌고 싶었을 때, 그때는 정말 돈이 없어서 늘 비참했었다. 그랬는데 돈이 전혀 필요 없는 지금 그녀는 돈을 가지고 있었다. 뭔가 자꾸 엇나가는 느낌이었고 그녀의 삶은 늘 핀트가 맞지 않는 것 같았다. 그래도…… 나는 집중해야 하고, 그자를 죽여야 한다,고 중얼거리며 홍진은 다시 방바닥에 널브러졌다.

홍진은 가게를 소개해준 복덕방 주인을 찾아가 중고차를 사고 싶다고, 어떻게 하면 되느냐고 물어봤다.

"얼마짜리를 찾는데? 어떤 종류로?"

"그냥……."

"그냥이라는 차는 없고. 예산은 얼마나? 한 오백?"

홍진은 무조건 고개를 끄덕거렸다.

"승용차, 아니면 승합차?"

"트럭."

복덕방 주인은 홍진에게 묻지도 않고 어딘가로 전화를 걸더니 한참을 떠들었다. 예쁜 아주머니가 탈 차라는 둥, 자기를 봐서 잘해달라는 둥 쓸데없는 이야기를 한참 늘어놓은 후 그는 연락처를 적어달라고 했다. 홍진은 그런 게 없었다.

"휴대폰 없어요? 그럼 어떻게 연락해?"

"내일 올까요?"

"그게 아니라 적당한 차가 생기면 이런 조건이 어떠냐고 물어도 보고 그래야 되는데, 그냥 하나 만들어요. 내가 잘하는 대리점 가르쳐줄게."

홍진은 복덕방 주인에게 끌려가듯 휴대폰 대리점으로 갔다.

이지하의 가게에 비하면 그 대리점은 구멍가게였다. 복덕방 주인과 휴대폰 가게 주인은 홍진의 앞에 여러 제품들을 죽 늘어놓았다. 그 상황이 너무 싫고 귀찮아서 트럭은 포기해버리고 어떻게든 이지하에게 다시 한번 음료수를 갖다 줄 수는 없을까, 하는 생각이 홍진의 머리를 스쳤다. 이지하의 가게로 뻔질나게 찾아가던 그 패기는 어디로 갔는지, 바짝 쪼그라든 마음이 그래봤자 이지하는 손도 대지 않을 거라고 속삭였다. 홍진이 선택을 망설이고 있다고 생각했는지 복덕방 주인이 물었다.

"전에 쓰던 휴대폰은 뭐였는데?"

"써본 적 없는데……."

"휴대폰을 안 써봤다고?"

복덕방 주인과 대리점 주인이 동시에 웃었는데 홍진은 그게 왜 웃을 일인지 알 수가 없었다.

"그럼 스마트폰 말고 가장 간단한 걸로 만들어 드릴게요. 이건 기계도 공짜예요."

홍진은 진열대에서 낯익은 휴대폰을 봤다. 소명이 쓰던 것과 똑같은 것이었다. 소명은 늘 그걸 들여다보며 혼자 웃고, 부지런히 손가락을 움직이곤 했다.

"이건 얼마예요?"

"아이폰? 사실 적응만 되면 스마트폰이 편하죠. 인터넷 바로 되고. 요즘은 노인들도 다 스마트폰인데. 이걸로 하실래요?"

홍진은 고개를 저었다. 소명에 대한 추억 같은 건 없었다. 홍진은 가장 단순한 기능의 휴대폰을 골랐고 전화번호라는 것을 받았다.

"모레 차를 가져오겠다니까 오면 전화할게요. 내일은 일요일이라 교회 가야 한다네. 한번 몰아보고 마음에 들면 값은 내가 잘해주라고 해뒀어. 이 친구가 중고차 오래 했는데 양심적이고 믿을 만하거든. 여자들은 자칫하면 속아서……"

홍진은 복덕방 주인의 말이 끝나기도 전에 뒤돌아섰다. 복덕방 주인은 그녀의 등에 대고 소리쳤다.

"근데 트럭은 오백으로는 안 돼!"

홍진은 이지하를 향해 차를 몰고 돌진하는 모습을 계속 그려봤다. 그는 깜짝 놀라 도망가려고 하겠지만 홍진은 그대로 액셀을 밟아 그의 몸을 뭉개버릴 것이다. 뼈가 어스러지는 소리가 자신의 귀에 들릴까. 하지만 머뭇거려서는 안 된다. 곧바로 후진해서 다시 한번 더 그의 몸 위로 지나갈 것이다. 그의 몸이 산산조각 나도록.

몸이 조각나면 다시는 인간으로 태어나지 못한다고 들었다. 예전에 능지처참도 그래서 만들어진 거라고 했다. 전부 절간 부엌에서 주워들은 얘기들이었다. 그곳에서 홍진은 누구에게도 말을 건네지 않았지만 그녀의 귀에 들려오는 목소리들을 막을 수는 없었다.

홍진은 해탈이나 열반보다는 지옥의 이야기가 더 재미있었고, 윤회나 깨달음보다는 저주와 악귀의 이야기가 더 좋았다. 등활지옥, 흑승지옥, 중합지옥, 규환지옥, 대규환지옥 등등 지옥의 종류가 얼마나 많은지 홍진은 다 외우지도 못할 지경이었다. 똥물 속에 평생 빠져 있어야 하는 지옥도 있고, 끓는 쇳물에서 몸이 녹는 끔찍한 고통을 영원히 견뎌야 하는 지옥도 있었다.

홍진은 그런 얘기에는 그다지 믿음이 가지 않았다. 똥물에 빠져 있는 것, 그런 것을 지옥이라 할 수 있을까. 밤에 잠을 자다 눈을 떴더니 약에 취한 남편이 칼을 들고 아이와 자신을 찌르고 있었다. 그 정도는 돼야 지옥인 것이다.

똥물 같은 가소로운 곳들보다 홍진은 지옥에 떨어지기 전에 머무는 곳이라는 축생도와 아귀도에 더 마음이 끌렸다. 아귀도에서는 영원히 배고픔에 시달리고 축생도에서는 동물로 태어나기를 반복한다. 죄가 작다면 하루살이 같은 벌레로 태어난다. 왜냐면 금방 죽기 때문에 그만큼 고통이 짧아지는 것이다. 죄가 크다면 황소나 말처럼 오래 사는 짐승으로 태어나 고통도 길다. 죄로 인해 몸이 조각난 채로 죽으면 그 축생도에서 영원히 빠져나오지 못하고 영원히 짐승으로 윤회한다…….

2

여자 문제에 관해서라면 화인은 운이 좋은 편이 아니었다. 어린 시절, 그러니까 화인이 학생 신분이었을 때, D시 일대가 벼를 심고 비닐하우스에서 상추 따위를 재배하던 촌마을이었던 무렵에는 오히려 여학생들과 자주 어울렸다. 상대는 주로 같은 학교 여학생이거나 친구 놈이 어딘가에서 꾀어 온 어린 여중생 혹은 학교도 다니지 않는 날라리들이었다.

시골 아이들은 성에 일찍 눈을 떴다. 시간은 많고 도시에 비해 유흥거리는 적었기 때문이다. 될 만한 놈들은 고등학교 때이미 인근의 도시로 유학 가서 남아 있는 아이들은 자신이 루저라는 걸 알고 있었다. 현실과 미래는 똑같은 정도로 갑갑해서 답이 없었고, 모든 불만은 오직 성기를 통해서만 해소될 수 있었다. 전통적으로 남녀가 교합하는 장소인 보리밭은 지천으로 널려 있었고, 폐비닐하우스도 여자애들과 불장난을 하기엔 안성맞춤이었다. 계집애들은 아무리 많아도 충분하지 않지만, 딱 한 명만 있어도 뭐든 할 수 있다고, 그 방면으로 도가 튼 척하던 친구 녀석은 담배연기를 내뿜으며 낄낄거렸었다.

군대를 다녀온 후로 모든 것이 달라져버렸다. 친구들은 인근의 공단으로 일하러 가버렸고, 아버지가 돌아가신 후로 가정 형편은 암담한 수준인 데다 결혼한 누나는 오래전부터 왕래가 별로 없었다. 화인은 복학을 포기할 수밖에 없었고, 그러고 나니 그의 삶에는 남아 있는 선택지가 별로 없었다. 남들이 다 하는 대로 공무원 시험을 준비한다며 독서실에 처박히면서 여자들과의 인연은 끊어졌다.

경찰 공무원 시험에 합격한 것은 화인의 인생에서 가장 극적이고, 기쁘고, 그리고 기념할 만한 순간이었다. 기껏 해봐야 남의 비닐하우스에서 일해주고 받은 일당으로 밤마다 소주병이나 끼고 살았을 그의 삶에 확실한 신분과 경제적 안정, 미래의 설계 등등이 들어온 것이었다.

그즈음부터 어머니의 병이 시작됐다. 병수발은 화인의 몫이 되었고, 여자를 만날 정신적, 시간적 여유가 사라져버렸다. 물론 전적으로 그 때문만은 아니었다. 화인이 근무하는 경찰서는 워낙에 남초 영역이라 누구를 소개해주겠다, 만나보라는 호의에 찬 권유 혹은 강압이 끊이질 않았다. 화인은 거절하지 않고 부지런히 여자들을 만나도 보았지만 일부러 의도한 것이 아닌데도 늘 흐지부지 되어버리곤 했다. 화인의 마음에 들면 상대가 그를 탐탁지 않아 했고, 상대가 화인을 마음에 들어 하면 그가 탐탁지 않거나, 그게 아니라면 피차 별로라고 느꼈던 것이다.

어머니의 투병 기간은 아주 길었고, 그녀가 제대로 일어서지도 못한 채 악착같이 붙잡고 있던 생명의 끈을 놓아버렸을 때 화인의 나이는 마흔을 넘긴 상태였다. 그는 이미 혼자 사는 것에 너무나 적응이 잘되어 있었다. 신도시 개발로 땅값이 오른 덕에 어머니와 살던 집을 처분하고 아파트도 샀다.

화인은 늘 집을 깨끗한 상태로 유지하려고 노력했는데 그래야 자신이 삶을 잘 통제하고 있다는 느낌이 들기 때문이었다. 어쩌면 과학수사계 일이 화인의 성격에 많은 영향을 준 것인지도 몰랐다. 화인을 가르친 사수 양 반장은 화인에게 "감식반원은 첫째도 꼼꼼, 둘째도 꼼꼼"이라고 늘 강조했었다. 실제로 경찰로서 과수계, 즉 감식반 요원은 현장을 꼼꼼하게 들여다보는 것 외에는 별로 할 게 없었다. 현장에서 돌아오면 꼼꼼하게 사진과 증거물을 정리하고, 빈 시간에는 꼼꼼하게 장비들을 관리하고, 집에 오면 꼼꼼하게 먼지를 닦고, 그렇게 꼼꼼하게 화인의 시간들은 흘러갔다. 가끔 악몽을 꾸는 것을 제외하고 모든 것이 순조롭고 꼼꼼하게.

화인이 뒤늦게 사귀게 된 여자 오정미는 사십 줄에 들어선 공무원으로 시청 사회복지과에서 일한다고 했다. 화인은 그녀를 극장에서 우연히 만났다. 주말에 심심해서 혼자 영화를 보러 갔는데 역시 혼자 영화를 보러 왔던 오정미가 화인과 부딪히면서 그의 옷 위에 콜라를 엎질렀던 것이다. 두 달 전쯤의 일이다. 오정미는 당황하며 가방 안에서 휴지를 꺼내 화인의 검정색 파카 위에 쏟아진 콜라를 닦아주려 했지만 휴대용 휴지는 달랑 한 장 남아 있었다. 화인이 화장실로 들어가 대충 수습을 하고 나오니 오정미가 기다리고 있었다.

"죄송해서 어쩌죠? 제가 못 봤어요."

"저도 못 봤는데요, 뭘."

"바지도 버렸는데 드라이해야 하는 거죠?"

괜찮다고, 신경 쓰지 말라고 하려는 순간 이게 바로 말로만 듣던 '그린라이트'인가 하는 생각이 들었다. 화인은 제법 노련한 남자처럼 웃으며 말했다.

"커피라도 사시게요?"

"커피보다는 저녁밥을 살게요."

참 신기한 일이었다. 20대에도 일어나지 않던 일이 마흔이 넘고 쉰이 다 되어가는 나이에 일어난 것이다. 오정미는 화인이 독신 생활을 힘들어하지 않는다는 것을 마음에 들어 했다. 오래전에 아버지가 돌아가신 후 어머니가 재혼을 한 뒤로는 혼자 살고 있다는 것, 어쩌다 보니 혼기를 놓친 것, 혼자 사는 것에 적응을 잘한 것, 그래도 결혼할 마음은 가지고 있는 것 등등이 화인과 비슷했다. 그러니까 화인과 오정미는 당장은 이대로 살아도 무방하지만 나이가 더 들어서 오십, 육십이 넘어가면 너무 외로울 것 같으니 보험을 하나 들어두어야 하지 않을까 생각하는 사람들이었다.

오정미가 넌지시 화인의 집을 구경하고 싶다고 말했을 때 화인은 무척 기뻤다. 두 사람은 거의 주말마다 만났기 때문에 꽤 가까워진 것 같았지만 막상 진전은 거의 없었다. 좋아한다거나 사랑한다는 말을 내뱉으려니 왠지 낯간지러웠고, 어설픈 입맞춤까지는 해봤지만 오정미가 너무 긴장하는 것 같아 더는 어찌해볼 수가 없었다. 잠자리를 가지지 못한 건 물론이다. 화인은 그것이 자신의 탓인 것만 같아 적잖이 스트레스를 받고 있었다. 화인은 어떤 식으로든 오늘은 끝장을 봐야 한다는 결의와 기대감을 품고 있었다.

오정미는 작은 화분 하나를 선물로 들고 왔고 화인이 파스타를 만드는 동안 집 안을 둘러보았다. 어쩌면 자신이 살게 될지도 모르는 집이라 구석구석 살펴보는 것 같아 화인은 기분이 좋았다. 화인이 뜨거운 김이 모락모락 올라오는 파스타를 식탁으로 가져왔을 때 오정미는 화인의 방에서 옛날 앨범을 뒤적이고 있었다.

"사진이 별로 없네요."

"디카 나오기 전까지는 사진이 비싼 물건이었으니까요. 나와서 들어요."

오정미는 앨범을 제자리에 꽂고 식탁으로 나왔다. 화인은 파스타 그릇을 오정미 앞에 밀어주었다. 오정미는 파스타의 냄새를 맡아보고는 포크로 면발을 돌돌 말며 말을 이었다.

"나는 어릴 적 사진이 정말 많아요. 돌아가신 아버지도 그렇고 어머니도 사진 찍는 걸 좋아하셨거든요."

"추억이 많겠네요."

"별로. 남는 건 사진뿐이라지만 저는 제 사진들 죄다 다용도실에 갖다 뒀어요. 어릴 때 기억, 다 별로예요."

확실히 오정미와는 통하는 데가 있었다. 화인도 그리운 옛 추억 같은 건 가지고 있지 않았고, 지난 일은 잊는 게 제일 낫다고 생각했다. 화인은 어떻게든 오늘은 더 가까워져야겠다고 속으로 되뇌었다. 오정미가 말을 이었다.

"근데 사진과 기억은 별개더라고요. 아무런 맥락 없이 불쑥 옛날 일이 떠오르고, 내 기억과는 다른 모습이 버젓이 사진으로 남아 있기도 하고. 화인 씨는 어때요?"

오정미는 화인을 오빠라고 부르지 않았다. '화인 씨'라는 호칭은 두 사람 사이의 좁혀지지 않는 거리만큼 단정했다.

"어떻다니, 뭘 말씀하시는지?"

"옛날 기억 말이에요. 지우고 싶어도 지워지지 않는다거나 벗어날 수 없는 기억, 그런 게 있어요?"

그런 건 누구에게나 있는 거 아니냐고 화인은 반문하지 않았다. 그럼 그게 어떤 거냐고 물을 게 뻔해서였다. 대신 화인은 열심히 포크를 움직여 파스타의 면을 삼키고 와인을 들이켰다.

"저한테는 있거든요. 뭘 해도 늘 되돌아가는 지점. 기억이 우리 마음대로 되지 않는다는 건 우리는 과거로부터 결코 벗어날 수 없다는 뜻 아닐까요."

화인은 대답 대신 전혀 이해하지 못하겠다는 표정을 지어 보였다. 약간 머리가 둔한 데다 나이 든 아저씨라 그런 심각한 이야기가 생경하다는 표정. 오정미는 금방 알아채고 "제가 이상한 이야기를 했죠?" 하면서 포크를 내려놓았다. 두 사람은 묵묵히 파스타를 삼켰고 예상과는 달리 무거운 분위기가 이어졌다. 식탁에는 고등학교 동창회 초대장이 놓여 있었다. 오정미는 공연히 초대장을 읽었다.

"동창회 늘 가세요?"

"아뇨."

"이번에는 가실 거예요?"

'이번에는'이란 무슨 뜻일까 생각하며 화인은 고개를 저었다. 가라앉은 분위기는 되살아나지 않았다.

"커피 가지고 올게요."

화인도 포크를 놓고 다시 주방으로 들어갔다. 남녀 간의 문제에 국한해서 말한다면 그건 몹시 서툴고 결정적인 실수였다. 대화는 끊어지고 두 사람 모두 상대방과 함께 있는 것이 어색해지기 시작했다. 조용히 커피를 마신 오정미는 집에 일찍 가봐야 한다면서 서둘러 일어났다.

화인은 오정미를 바래다주고 돌아와 커피 잔을 씻어 엎어 둔 다음 침대로 기어들어 가 TV를 켰다. 이리저리 채널을 돌리다 교육방송에서 멈췄다. 강사가 원자와 원자가 서로 합쳐지지 않는 이유를 설명하고 있었다. 그것은 음전하를 띤 전자가 양전하를 띤 원자의 주변을 돌고 있기 때문이다. 같은 음전하는 서로를 밀어낸다. 그러나 압력이 충분히 강하다면 원자들은 결합한다.

청소년 과학도서에 나올 법한 단순한 내용이었지만 화인에게는 그날 저녁 자신의 실패에 대한 비유처럼 느껴졌다. 그와 오정미가 한 침대에서 같이 잠들지 못한 것은 아직 압력이 충분히 높지 못했기 때문이라고. 사람과 사람 사이에도 음전하 같은 것이 존재하는 것일 뿐 그와 오정미가 맞지 않다거나 잘못된 게 아니라고. 오정미에 대한 자신의 감정 속에 들어 있는 아득함, 생경함은 곧 사라질 것이라고. 다행히 과학 강의는 아주 지루해서 화인은 더 복잡한 생각을 할 필요 없이 곯아떨어졌다.

화인은 어수선한 꿈을 꾸었다. 가끔 그를 찾아오는 꿈이었다. 화인은 꿈속에서 "또 이 꿈인가." 하면서도 깨어나질 못했다. 마치 늘 다니던 식당에 들어가 늘 앉는 자리로 찾아가듯이.

먼저 여자아이의 몸이 보였다. 실오라기 하나 걸치지 않은, 열다섯 살의 어린 살. 동그랗고 작은 어깨와 역시나 동그란 얼굴 위에 함부로 흩어져 있는 머리카락, 그 머리카락 사이로 이미 변색과 경직이 시작된 여자아이의 얼굴이 보인다.

익숙한 꿈은 늘 익숙해지지 않는 놀라움을 가져다주었다. 여자아이의 몸이 놓인 곳은 화인이 어린 시절을 보낸 방 안이었다. 왜 그 아이가 자신의 방에 누워 있는 것일까. 화인의 베개를 베고 소녀는 너무나 무방비한 자세로 쓰러져 있었다. 탄식처럼 방바닥에 놓여 있는 그 아이의 손. 손톱은 붉게 칠해져 있다.

가끔은 거기에 누워 있는 게 여자아이가 아니라 화인일 때도 있었다. 그 역시 벌거벗은 채였다. 방바닥에서 올라오는 냉기에 눈을 뜨면 누렇게 변색된 천장 벽지의 얼룩이 보이고 멀리서 어머니가 끙끙 앓는 소리가 들려왔다. 송장처럼 굳어진 화인의 몸 옆으로 누군가 다가왔다. 화인은 그의 얼굴을 알아봤다. 그는 이정아를 죽인 윤장호였다. 그는 18년 전이나 지금이나 똑같았다. 배가 좀 나오고 머리가 벗겨지기 시작했으며 담배를 너무 많이 피워 누렇게 변한 이를 가진 마흔아홉 살의 평범한 중년 아저씨의 얼굴에서 조금도 변하지 않았다. 그가 화인의 옆에 다가와 귀에 대고 속삭이는 것이다.

"이정아를 죽인 범인이 바로 이 근처에 있어. 바로 우리 옆에……."

그러면 화인은 벌떡 일어나 벌거벗은 채 놈을 잡기 위해 달려간다. 어느새 화인은 카페와 옷가게가 즐비한 신도시 중심에 서 있었다. 윤장호는 보이지 않았다. 화인은 길을 잃은 어린아이처럼 두리번거렸다. 이정아를 죽인 진범은 어디에 있는가. 잠깐, 그렇다면 윤장호가 진범이 아니라는 말인가.

꿈은 언제나 그 순간에 끝났다. 마치 했던 말보다 하지 못한 말을 더 많이 남기고 끝난 어설픈 관계처럼 미련과 안타까움만 잔뜩 안긴 채. 헤어질 땐 헤어지더라도 할 말은 하고 끝내야겠다는 조바심을 때로는 그리움으로 오해하는 것처럼, 화인은 잔뜩 안달이 났다. 그는 자신의 말을 들어주고 터질 것 같은 갑갑함을 다독여줄 누군가가 그의 옆에 있기를 간절히 바랐고 그때마다 심한 외로움을 느꼈다. 생활하면서 유일하게 그의 옆에 있어줄 누군가를 필요로 하는 때였다.

화인은 그게 오정미라고 손쉽게 결론을 내렸다. 내일 출근하면 전화를 할 것이다. 다시 초대를 할 것이고, 그들 사이의 압력을 높여 어떻게든 서로가 서로를 뚫고 들어가게 해야 할 것이다.

동창회는 그다음 주였다. 곰곰이 생각해보니 오정미가 '이번에는' 갈 거냐고 물은 것은 결혼을 앞두고 있으니 동창들과도 어울려야 하지 않느냐는 뜻인 것 같아서 화인은 동창회가 열리는 뷔페식당으로 향했다. 금요일 저녁이었다.

고등학교 동창회라는 게 으레 그렇듯 술로 시작해서 술로 끝나는 자리였다. 진탕 술을 마시며 누구는 땅값이 올라서 대박이 났다더라, 누구는 다음 지방선거에 나오려고 돈을 쓰고 다닌다는데 미친 거 아니냐, 그리고 또 누구는 노름하다 필리핀으로 달아났다더라 등등 확인할 수도 없고, 확인해봤자 별 볼 일도 없는 소문을 주고받았다. 이런저런 소문에 등장하지 않는 동창

녀석들은 나타나지 않았고 아무도 궁금해하지도 않았다. 어떻게 살고 있을지 뻔한 거니까.

화인이 나타나자 언제 장가가느냐를 가지고 질펀한 농담과 온갖 충고가 오고 갔다. 화인이 경찰이 된 지 20년이 넘었는데도 "네가 경찰이 되다니. 너 출세했다."라고 하는 녀석이 아직도 있었다. 그 정도로 어린 시절의 자신은 한심했나 보다 생각하며 화인은 술잔을 비웠다.

주인공은 이지하였다. 그 역시 동창회에 자주 나오는 것 같지는 않았지만 동창들은 이지하가 오기로 했다며 기다렸다. 항상 이지하가 주인공이었다. 왜냐하면 돈이 많으니까.

"걔 요즘 폰 팔아서 돈을 긁는다, 긁어."

그건 다들 아는 소문이었다. 이지하가 그 사업을 시작한 지 벌써 10년이 넘었으니까.

"물려받은 돈도 많은데 뭐 하러 일을 해? 전에는 낚시 대리점 하지 않았냐?"

"낚시 대리점이 뭐냐? 대신 낚아주냐? 낚시용품 대리점이지."

"물려받은 돈이 있으니까 사업도 하는 거지, 땡전도 없이 무슨 사업을 하냐?"

이지하가 화제에 오르면 항상 돈 얘기가 같이 등장했다. 돈이 많다는 것은 이지하의 정체성 중에 가장 중요한 부분이었다. 뼈 빠지게 노력해서 번 돈이 아니라 물려받은 돈이라는 것이 그를 더 돋보이게 했고, 물려받은 행운은 이지하의 가장 강력한 개성이었다.

이지하의 할아버지는 이 지역에 상당한 땅을 가지고 있었다. 그는 부모님과 같이 살지 않았는데 정확한 이유는 아무도 몰랐다. 누군가는 아버지가 미국(혹은 북한이라는 소문도 있었다)으로 간 뒤 사라졌다고 했고, 또 누군가는 어머니가 딴 남자와 눈이 맞아 달아났다고 했다. 그런 가십 또한 이지하를 좀 더 특별하게 보이도록 만들었다.

어쨌거나 있는 집 자식이니 웬만한 집안의 다른 아이들처럼 고등학교 때 다른 도시로 진학할 만도 한데 이지하는 그러지 않았다. 그때도 이지하의 할아버지는 인근에 소유하고 있는 땅을 공장의 창고 부지로 임대해서 그 월세만 받아도 평생 산다고 했었다. 그 때문에 특별히 공부할 필요를 느끼지 못한 건지, 아니면 공부에 관심이 없었기 때문인지 이지하는 촌구석에서 빈둥거렸다. 부잣집 자식이라는 것만 제외하면 특별히 눈에 띌 것도, 모난 것도 없는 평범한 학생이었다. 다른 애들처럼 수업 시간에 엎드려 자고, 저녁이 되면 인근 공단으로 나가 그곳에서 꾀어 온 여자아이들과 술을 마시기도 했다.

화인도 몇 번 같이 어울렸던 적이 있었다. 여자아이들은 대체로 이지하에게 호감을 가졌고 화인은 그를 은근히 부러워했었다. 여자아이들도 이지하가 부자인 걸 쉽게 눈치채는구나, 화인은 그때 그렇게 생각했지만 지금 와서 생각해보면 그건 꼭 돈의 문제만은 아니었다. 이지하는 여자아이들 앞에서 쑥스러워한다든가, 머뭇거린다거나, 그런 것이 전혀 없었다. 오히려 여자애들에게 좀 차갑고 함부로 대하는 것 같았는데 그럼에도 그는 항상 인기가 있었다.

이지하는 대부분의 이 지역 사람들과 달리 2000년대 초반 땅값이 좀 오른다 할 때 성급하게 팔아치우지 않았다. 그 덕에 대단지 아파트들이 들어선 후 "그때 땅만 팔지 않았으면!" 같은 영양가 없는 소리를 내뱉는 대신 할아버지 때보다 더 부자가 되어 있었다. 여전히 여자관계도 복잡한 모양이었다. 그는 이혼 후 쭉 혼자 살았는데 여자관계 때문이라고 다들 떠들었다.

"오랜만이다. 잘 지내냐?"

이지하는 화인에게 너 출세했다는 둥의 사족을 달지 않고 담백하게 인사했다.

"우리 가게에 한번 들러. 술 한잔 같이하자."

"그래, 그러자."

"말은 그렇게 하면서 한 번도 안 오더라."

이지하는 마치 화인이 찾아오길 기다리기라도 했다는 듯 피식 웃으며 말했다. 화인도 같이 웃으며 은근슬쩍 자리를 옮겼다. 화인은 이지하를 볼 때마다 잇새에 뭔가 낀 것처럼 불편하고 찜찜했다. 모든 일들이 다 그렇지만 기억 때문이었다. 이지하를 볼 때마다 딸려오는 기억.

고등학교 때였고 겨울이었다. 비닐하우스에서 여자애들과 어울려 잔뜩 술을 마시고 엉망으로 취해 화인은 졸고 있었고 그 옆에 이지하도 누워 있었다. 그날따라 이지하도 엄청 취해 있었다. 이지하가 혼잣말처럼 뭔가를 중얼거리는 중이었고 화인은 너무 추워서 이러다 얼어 죽는 거 아닐까 싶어 잠시 정신이 들었을 때였다. 이지하의 낮은 목소리가 귀에 와 닿았다.

"그거 아냐? 초등학생은 살인을 해도 처벌을 안 받아. 그런 애가 있어. 초등학교 2학년 때 네 살짜리 여자애를 죽였는데, 경찰에 잡혔지만 나이 때문에 그냥 귀가 조치 받았대. 사람을 죽였는데도 아무 일도 없었던 거야."

이지하는 재미있다는 듯이 킥킥거렸다. 술에 취해 머리조차 가누기 힘들었지만 그 와중에도 이 새끼는 왜 이런 소리를 할까, 화인은 찜찜한 기분이 들었다.

"걔는 커서 또 살인을 저지르지 않을까. 이미 맛을 아니까."

"잘 아네. 그거 네 얘기냐?"

화인이 퉁명스레 대꾸하자 이지하는 조용해졌다. 그걸로 대화는 끝이었다. 그 후의 일은 잘 기억나지 않지만 화인도, 이지하도 얼어 죽지 않은 것만은 분명했다. 며칠 후 그들은 다시 만나 또 술을 마셨으니까.

이지하는 그 얘기를 다시는 입에 올리지 않았다. 화인도 마찬가지였다. 졸업과 함께 화인은 이지하를 볼 일이 없어졌고, 동창들의 등쌀에 못 이겨 나가기 시작한 동창회에서 이지하를 다시 만나게 되었지만 30년 전에 술에 취해 나눴던 이야기를 다시 꺼내는 건 어색하게 느껴졌다. 신분이 경찰이라 충동적으로 몇 번 검색을 해본 적도 있었지만 딱히 나오는 것은 없었다. 이지하가 말한 것이 사실이라 하더라도 워낙 오래전 사건이라 웹문서로 존재하지 않았다. 법이 처벌할 수 없는 문제라 판단한 것을 다시 들추어내고 싶은 마음도 없었다. 때로는 술에 취한 이지하가 어디서 주워들은 헛소리를 했다는 의심이 들었고, 무시해버리는 것이 답이라고 결론 내렸다.

그럼에도 이지하에게 들은 그 얘기를 잊은 적은 없었다. 기억은 조용히 가라앉았지만 늘 화인의 마음에 찜찜함으로 남았다. 이정아 사건이 터졌을 때는 혹 이지하가 범인이 아닐까, 진지하게 생각해본 적도 있었다. 하지만 그는 용의선상에 오른 적이 없었고 이지하를 의심할 만한 하등의 이유가 없었다. 그럼에도 이지하를 볼 때마다 흙탕물을 휘저어놓은 것처럼 찜찜함이 뿌옇게 되살아났다.

그때 이지하와 화인의 눈이 마주쳤다. 이지하는 웃으며 잔을 들어 보였다. 돈 많고 느긋한 중년 남자의 얼굴에는 살인의 흔적 따위는 아무것도 없었다. 이지하의 옆에서 술을 마시던 동창들이 화인에게 말했다.

"야, 경찰! 암튼 이 새끼 좀 잡아넣어라. 사회에 일도 도움이 안 되는 새끼야."

"경찰 아저씨, 정당방위 좀 자세히 설명해봐. 이 새끼 죽이고 나는 빠져나오게."

"근데 경찰들은 들키지 않게 사람 죽이는 방법도 안다던데 정말이냐?"

화제가 왜 그리로 갔는지는 모르겠지만 갑자기 분위기가 진지해졌다.

"그럼 사실은 살인인데 경찰이 모르고 있는 것도 있겠네."

"그런 걸 '암수살인'이라고 하잖아. 얼마 전 영화도 있었잖아."

"어떻게 네가 경찰보다 더 잘 아냐. 야, 서화인. 네가 말해봐. 사람 죽이는 게 그렇게 쉽냐?"

화인이 대답했다.

"그럼. 빈 주사기 하나로도 죽일 수 있는 게 사람이야."

오오, 그래? 한번 해봐? 동창들이 다시 낄낄거렸다. 농담이 진담처럼 되는 것도, 진담이 농담처럼 되는 것도 모두 순식간이었다.

그때 오정미로부터 전화가 왔다. 화인은 전화기를 들고 밖으로 나갔다. 동창들이 화인의 등 뒤에서 낄낄거리는 소리가 들렸다. 오정미는 주말에 일이 있어서 만나기로 한 약속을 지키기 어렵다며 주중에 보자고 말했다. 화인은 그러자고 간단하게 대답했다. 대답을 하고 나니 너무 성의가 없는 것 같아 저녁은 먹었느냐, 뭐 하냐 물어보니 오정미는 업무가 좀 밀렸다며 들어가봐야 한다고 말했다. 화인은 미안해하며 허둥지둥 전화를 끊었다. 이럴 때 이지하라면 좀 다르게 했을 텐데, 하는 생각이 들었다.

전화를 끊고 돌아서는데 그의 뒤에 웬 여자가 기척도 없이 다가와 서 있었다. 창백한 얼굴에 조그만 몸집을 가진 여자였다. 화인이 그녀를 바라보자 마치 화인이 통화를 끝내기를 기다린 것처럼 여자는 한 걸음 다가와 작은 목소리로 물었다.

"사람을 죽이려면 어떻게 해야 되죠?"

3

홍진은 트럭을 가지게 되었다. 그건 일도 아니었다. 문제는 운전이었는데 너무 오랫동안 운전을 하지 않아서 시동을 켜는 순간부터 몸이 떨렸다. 액셀에서 발을 뗄 때마다 클러치를 제때 작동하지 못해서 시동이 꺼졌다. 홍진이 운전석에서 버벅거리는 것을 본 중고차 판매업자가 한심하다는 듯 혀를 찼다.

"아줌마, 클러치를 제대로 못 쓰면 오토를 몰아야지. 오토 가져다줄까요? 근데 오토는 적재적량을 안 지키면 미송이 바로 나가는데."

홍진은 상관없다며 오토로 바꿨다. 홍진이 상등신이라는 걸 눈치챈 중고차 업자가 그 자리에서 몇백을 더 올려 불렀다. 홍진은 부르는 대로 다 줬고 트럭의 키를 받았다.

홍진은 새벽에 일어나 상가 건물 뒤 공터를 한 바퀴 도는 것으로 연습을 시작했다. 기어를 주행에 놓고 액셀만 밟으면 되는 것이라 한결 수월했다. 며칠만 연습하면 도로 주행도 가능할 것 같았다.

홍진이 구입한 트럭의 대시보드에는 작은 십자가상이 붙어 있었다. 기독교인이 몰던 차였던 모양이다. 그때 홍진의 머릿속에 뭔가가 휙 지나갔다. 이지하의 책상 위에 있던 달력이었다. 파란 하늘을 배경으로 붉은 벽돌 건물과 첨탑 위의 하얀 십자가 사진이 들어 있었다.

이런 바보 명청이, 등신, 머저리. 홍진은 자신의 머리를 마구 때렸다. 어쩌자고 달력의 사진만 봤을까. 그 길로 홍진은 이지하의 가게로 달려갔다. 점심시간이라 그런지 직원은 절반 정도만 자리를 지키고 있었다. 홍진은 고개를 푹 숙인 채 이지하의 방으로 들어갔다. 마침 이지하는 자리에 없었다. 홍진은 이지하의 책상 위에 놓여 있는 탁상용 달력을 집어 들었다. 십자가 사진이 있는 달력 아래쪽에는 천주교 D성당이라고 친절하게 이름과 주소도 적혀 있었다. 홍진은 잊어버리지 않으려고 주소를 외웠다. 그때 이지하가 사무실 안으로 들어왔다.

"지금 뭐 하시는 건지……?"

뭐 하긴. 널 죽이는 방법을 찾으려는 거지.

홍진은 달력을 제자리에 두고 이지하를 똑바로 쳐다보며 입구를 빠져나갔다.

"이봐요."

이지하가 홍진을 쫓아왔지만 그녀는 걸음을 빨리하여 신호등의 초록 숫자가 불빛을 깜빡거리고 있는 횡단보도를 향해 갔다.

봄날의 햇볕은 우주의 다른 곳에서 오는 것처럼 너무 환해서 낯설고 어색했다. 홍진은 빛을 피하듯 두 손으로 얼굴을 가린 채 도로로 뛰어들었다. 자동차들이 비명 같은 경적소리를 울려 댔다. 홍진을 칠 것처럼 그녀의 옆을 지나가기도 했다. 치어도 그뿐이다 생각해서인지 차들은 잘도 홍진을 피해 갔다. 자신을 피해 가지 않은 것들은 왜 그랬을까, 생각하며 홍진은 아무 버스에나 올라탔다.

버스 때문인지 아니면 너무 환한 햇볕 때문인지 계속 멀미가 났다. 그래도 성당 이름과 주소까지도 또렷이 기억났다. 나도, 한다고 한번 마음먹으면 해내는 년이라고. 미친년처럼 홍진은 혼자 히죽히죽 웃었다.

돌아오는 일요일. 밤새 설레 잠을 이루지 못한 홍진은 새벽부터 준비를 끝내고 아침 일찍 성당에 갔다. 홍진은 성당에 전화를 걸어 일요일 예배(라고 했더니 미사라고 정정해주었다)가 몇 시냐고 물었다. 아침 열 시라는 대답을 듣고 홍진은 아홉 시가 되기 전부터 성당 입구 근처에서 몸을 숨긴 채 성당으로 오는 사람들을 지켜봤다. 자신이 아주 주도면밀한 것 같아 히죽히죽 웃음이 나왔다.

성당의 마당은 조용했다. 오르간 반주에 맞춰 합창을 연습하는 소리가 흘러나오고 마당 한편에는 연두색의 여린 새잎들을 단 석류나무가 서 있었다. 그 옆에 설치된 하얀 아치 밑에는 머리에 긴 두건을 쓰고 두 손을 얌전히 모은 채 눈을 내리깔고 있는 여자의 조각이 서 있었다. 성모상이었다. 몇몇 사람들이 그 앞에서 기도를 올리고 있었다.

성모상.

홍진의 눈에 검은 저수지 물이 보였다. 눈발이 듬성듬성 흩뿌렸고 빠르게 어둠이 내려앉는 시간이었다. 물가에 놓여 있는 하얀 물체는 성모상이었다. 홍진의 팔뚝만 한 크기의 성모상이 마치 물을 바라보며 기도라도 올리듯 놓여 있었다. 홍진은 조심스럽게 성모상을 집어 들었다.

"그 사람이 갖다 둔 거야. 봐, 나를 닮았잖아."

소명이 재미있는 일이라도 생긴 듯 방긋 미소를 지으며 말했다. 소명이 나타난 건 그때가 처음이었지만 홍진은 놀라거나 전혀 겁을 먹지 않았다. 마치 소명이 자신의 옆에 있는 것이 당연한 것 같은 기분이 들었다. 홍진은 성모상을 찬찬히 들여다봤다. 오똑한 콧날에 조그만 입술이 정말 소명을 닮은 것 같았다.

누군가 일부러 가져다 두었다는 건 분명했다. 그 장소는 찻길에서 멀리 떨어져 인근 주민들만 아는, 인적 드문 곳이었고 비탈이 가팔라 위험하기도 했다. 우연히 지나치다, 혹은 산책 삼아 들를 만한 장소가 아니었다. 소명의 말대로 범인이 가져다

둔 것일까. 그때만 해도 소명을 죽인 사람에 대해 홍진은 아무 것도 짐작할 수 없었다. 단지 소명이 자살한 것이 아니라는 심증만 더욱 확실해졌을 뿐이다.

하지만 오늘 이지하가 다니는 성당 마당에서 홍진은 확실한 증거 하나를 가지게 되었다. 자신이 아무리 바보라 할지라도 범인을 찾을 때 범행과의 관련성이 가장 중요하다는 것 정도는 알고 있었다. 눈앞에 보이는 성모상은 바로 이지하와 소명을 확실하게 연결해주고 있었다.

홍진은 마당 구석으로 가서 성모상이 보이는 곳에 섰다. 이지하는 열 시 거의 다 되어서 성당에 도착했다. 아내도, 아이도 없이 혼자였다. 그는 곧장 마당의 성모상 앞으로 가서 이마와 가슴, 그리고 양 어깨를 거쳐 열십자 모양으로 성호를 그으며 잠시 기도를 하더니 성당 안으로 걸음을 옮겼다. 홍진에게 그것은 이지하가 스스로 범인임을 밝히는 자백 같았다.

성당 입구에서 몇 살인지 나이를 가늠할 수 없는 어떤 여자가 그에게 다가가 인사를 건넸다. 얼굴이 뽀얗고 목이 긴, 아주 예쁜 여자였다. 홍진은 예쁜 것이 싫었다. 너무 예쁜 것은 뭐랄까, 조심스럽지 못한 것 같았다. 너무 눈에 띄고 함부로 손을 탈 것 같고 주변의 그저 그런 것들을 지리멸렬하다고 비웃고, 홍진을 놀리는 것 같았다. 그래서 자신이 소명을 싫어했던 것일까.

홍진은 성당으로 들어가 이지하가 보이는 뒤쪽의 자리에 앉아 내내 그의 모습을 훔쳐보았다. 경건한 오르간 소리가 울려 퍼지면서 의식이 시작되었다. 사람들이 홍진은 모르는 노래를 함께 부르고 무릎을 꿇었다 다시 일어나 주먹으로 자기 가슴을 치고 하는 동안 홍진은 이지하만 쳐다봤다. 그의 모습이 홍진으로 하여금 잊고 있던 뭔가를 또 떠올리게 했다.

홍진의 남편이 아이를 안고, 그녀가 그 옆에서 방긋 웃으며 사진을 찍던 날이었다. 아마 아이의 돌이었을 것이다. 여러 번 웃는 표정을 지어야 했기 때문에 좀 힘들었지만 그래도 사진을 다 찍었다. 아이의 독사진도 찍었고, 홍진과 아이와 단둘이서 찍기도 했다. 그 사진들은 어디로 갔는지 알 수 없다. 까마득히 잊었던 기억이었다.

잊는 것도, 다시 떠오르는 것도 막을 수가 없었다. 그래서 모두가 성스러운 생각을 하는 그곳에서 홍진은 다시 이지하를 죽이는 생각에 집중했다. 다음 주 일요일에는 옷 안에 칼을 품고 와서 뚜벅뚜벅 통로를 걸어가 칼로 그의 목을 그어버리는 것이다. 오르간 소리와 함께 신을 찬양하는 성가대의 목소리가 천장을 뚫고 하늘에 닿을 듯 고음으로 울려 퍼지고, 색유리를 통해 비쳐든 햇빛이 은총처럼 사람들의 머리 위로 떨어지는 순간 그의 피가 뿜어져 나온다면.

이지하가 문득 고개를 돌려 홍진을 쳐다봤다. 이지하는 놀람과 동시에 반가운 미소를 지으며 고개를 까딱했다. 홍진은 못 본 척 눈을 돌렸다. 살인자는 역시 다르다. 나를 보고 미소를 짓다니. 마음 같아서는 뛰쳐나가고 싶었지만 너무 눈에 띌까 봐 가까스로 참았다.

참을성이란 좋은 것이다. 홍진은 의외의 소득을 얻었다. 그의 집 주소를 알아낸 것이다. 미사가 끝난 후 홍진은 서둘러 나와 다시 이지하를 기다렸다. 몇몇 신자들이 가판을 벌여놓고 가톨릭 단체에서 만드는 잡지의 구독자를 모집하고 있었다. 이지하는 가판 앞으로 다가가 서명을 하고 잡지 한 권을 받아 들고 주차장으로 갔다. 홍진은 서 있는 사람들을 밀치고 명부를 붙잡았다. 몇 안 되는 목록의 마지막에 그의 이름이 있었다.

이지하. 과산로 61번길, XX 아파트 204동 2303호.

"성함을 적어주세요."

홍진은 거절하려고 했지만 남의 눈에 띄고 싶지 않아 그냥 적었다. 남홍진.

그의 이름 바로 밑에 있는 자신의 이름은 왠지 어설프고 초라했지만 그와 맞붙어 있다는 게 마음에 들었다. 충분히 죽일 수도 있을 만큼 그녀는 그의 옆에 가까이 가 있었다.

"구독료는 1년에 12만 원입니다."

"네?"

"카드로 결제하실 건가요?"

카드 같은 게 있을 리가. 홍진은 어물어물 다음 주에 주겠다는 핑계를 대고 성당을 빠져나왔다. 성당 바깥의 공터를 가득 메운 차들이 서둘러 빠져나가는 중이었다. 튼튼하게 생긴 은회색 SUV에 오르는 그의 모습이 보였다. 멀지도 않은 거리였다.

이지하의 차는 홍진의 앞을 스칠 듯 지나갔고 느낌뿐이지만 그가 자신을 다시 봤을 거라는 생각이 들었다. 이번에는 그도 뭔가 이상하다고 생각할 것이다.

가게로 찾아와 이상한 소리를 해대던 저 아줌마가 일부러 성당에 나타난 것이 아닌가, 혹 자신의 뒤를 밟는 것이 아닌가, 저 여자 뭐지?

뭐긴. 널 죽일 사람이지.

홍진은 성당에서 나와 이지하가 사는 아파트를 물어물어 찾아갔다. 30여 층 높이의 아파트였지만 몇 대의 차가 오가는 것을 제외하고는 놀라우리만치 사람들이 보이지 않았다. 놀이터에는 아이들이 하나도 없었고 걸어 다니는 사람들도 거의 보이지 않았다. 홍진은 주차장에서 그의 차를 찾아 여러 바퀴 돌아야 했다. 은회색 SUV가 여러 대여서 어느 것이 그의 차인지 알 수가 없었다. 하지만 204동이라 적힌 기둥과 대시보드에 붙여둔 성모상 덕분에 그의 차를 확인할 수 있었다. 홍진은 주머니에서 볼펜을 꺼내 손바닥에 그의 차 번호를 적었다. 종이를 챙겨 들고 왔어야 했는데, 그래도 볼펜이나마 챙겨 온 게 어딘가.

이지하의 아파트에서 나와 이번에는 그의 가게까지 가봤다. 그가 지나갈 때를 미리 알고 기다렸다가 트럭으로 들이받을 수 있을까. 아니면 가게에서부터 혹은 그의 아파트에서부터 그를 쫓아가다 그의 차를 먼저 들이받은 후, 그가 차 밖으로 나오면 트럭으로 밀어버린다…….

성공의 가능성은, 물론 아주 적었다. 밤이어야 하고, 다른 차들이 없어야 그가 산산조각 나도록 만들 수 있는데……. 그게 가능할까. 홍진은 차들이 쌩쌩 질주하는 도로에 서서 가능한 한 정교하게 그림을 그리려고 애썼지만 너무 많이 걸어서 피곤하고 지친 탓에 제대로 되지 않았다. 엉뚱한 차를 들이받거나, 그의 차를 들이받는다 해도 그가 죽지 않고 경찰이 먼저 출동하거나, 어쩌면 홍진만 죽을 수도 있었다. 자신의 낡은 트럭으로 그의 멋있는 차를 제대로 쫓아갈 수 있을지조차 의심스러웠다.

실망감이 밀려와 그 자리에 주저앉을 것만 같았다. 어떻게 해야 되지? 그냥 사람 하나를 죽이려는 것뿐인데 홍진의 머리는 제대로 된 방법을 가지지 못했다. 절에서 말하길, 사람의 일은 그가 마음먹은 대로 풀려나가는 거라고 했다. 하지만 마음만으로는 될 수 없는 일들이 있다. 불청객처럼 불안이 찾아와 있는 대로 홍진을 들쑤셨다.

홍진은 택시를 잡아타고 가게로 향했다. 저녁이었다. 미처 다 죽지 못한 빛들이 하늘에 얼룩 같은 걸 만들었다. 사람들이 노을이라고 부르는 것이다. 또 밤이 되는데 어제와 달라진 것이 아무것도 없었다.

홍진은 새벽같이 이지하의 아파트 단지 앞으로 가서 그의 차를 기다렸다. 그를 쫓아갔다가 퇴근할 때까지 가게 주변을 맴돌다 다시 퇴근하는 그의 차를 쫓아갔다. 며칠 동안 반복하자 이지하의 아파트에서 그의 가게까지 가는 길을 훤하게 알게 되었다. 밤새도록 트럭을 몰고 수십 번을 왕복하기도 했다. 반복하면 보이지 않는 것이 보이기도 하는 법이다.

어느 밤에 홍진은 '교통사고 다발지역'이라는 팻말이 붙어 있는 교차로를 발견했다. 홍진은 트럭에서 내려 찻길 한가운데 서 봤다. 그러자 영화 필름 돌아가듯 어떤 그림이 홍진의 머릿속으로 지나갔다. 잔뜩 흥분한 채 홍진은 집으로 달려가 공책을 펴 들고 조금 전 떠오른 계획을 적어봤다.

홍진의 계획은 아주 단순했다. 교차로에서 이지하의 차가 우회전할 때 그의 차를 옆에서 들이받아 맞은편에서 오는 차를 향해 미는 것이었다. 홍진은 두 가지 경우를 상상하며 각각 그림까지 그려봤다.

첫 번째, 재수가 좋은 경우. 이지하의 차와 직진 차량이 부딪힌 경우. 그가 심하게 다친다면 홍진은 그를 향해 다시 돌진하면 된다. 만약 큰 충돌이 아니라면 그가 차에서 내릴 것이고 그 또한 홍진에게 기회가 되는 것이다.

그다음은 재수가 없는 경우. 직진 차량과 충돌하지 않을 경우였다. 이지하 혹은 직진 차량이 피했을 경우인데 그때 그의 차는 오른쪽으로 핸들을 꺾어야 하고 그 순간 홍진의 트럭이 그의 차 정면을 들이받으면…….

될 것 같았다. 누구나 망하기 전까지는 그럴싸한 계획이 있는 법이니까.

　홍진은 여러 번 연습했다. 트럭을 몰고 자신의 가게에서 그의 집으로, 그의 집에서 가게로 수십 번을 달렸고, 새벽에는 그녀의 트럭이 허용하는 최대 속도까지 액셀을 밟아봤다. 트럭은 이상한 소음을 내며 털털거렸다. 홍진이 감당하기에는 너무 빠른 속도였지만 뭐든 견디면 이력이 붙는 법이다. 홍진은 교차로에서 이지하의 차를 향해 가속 페달을 밟는 것을 상상하며 열심히 핸들 꺾는 연습을 했다.

　가장 절실한 것은 약간의 운이었다. 이지하가 퇴근한 후 바로 집에 가지 않고 어딘가 들른다거나 혹은 일이 많아 늦게 퇴근하는 날이어야 했다. 왜냐하면 출퇴근 시간에는 차가 너무 많아서 홍진이 방향을 바꿀 수도, 가속할 공간도 나오지 않기 때문이다. 자신에게 운이 따를 것인가. 그건 자신할 수 없었지만 기다리는 것은 자신 있었다. 맞은편 상가 사이 골목에 트럭을 대놓고 이지하의 가게만을 바라보며 가만히 있기만 하면 되는 것이다.

　드디어 기다리던 날이 왔다. 이지하는 퇴근 후 차를 타지 않고 걸어서 인근의 어느 건물로 들어갔다. 무슨 웨딩홀에 뷔페식당이 들어서 있는 건물이었다. 처음에 홍진은 건물 앞에서 이지하를 기다리려고 했다. 하지만 잠시 서서 생각하다 보니 자칫 이지하를 놓칠 수도 있겠다는 생각이 들었다. 홍진은 식당으로 올라갔다.

　"혼자 오셨어요?"

홍진이 고개를 끄덕이자 종업원은 4만 5천 원이라고 가격을 말했다. 실내는 혼잡했고 양쪽 벽면으로 칸막이가 있어서 이지하가 어디에 있는지 보이지 않았다. 그중 칸막이 하나에 'D고등학교 36기 동창회'라고 쓰인 종이가 붙어 있었다. 홍진은 다른 사람들처럼 접시 하나를 들고 그 앞을 지나가며 슬쩍 안을 봤다. 이지하 또래의 남자들이 앉아 있었다.

홍진은 음식을 가지러 갔다. 배도 고팠고 그냥 앉아 있으면 남의 눈에 더 띌 거 같았다. 수십 종의 음식들이 반짝이는 접시에 담겨 있었다. 홍진은 호주산 스테이크 앞에서 멈춰 섰다. 손바닥만 한 고기 조각들. 홍진은 지난 10여 년간 고기를 먹어본 적이 없었다. 뭔가를 먹는다는 것에 대해 흥미를 잃어버린 지 오래였다. 하지만 오래전 먹어본 고기의 맛은 기억에서 사라지지 않고 남아서 가끔씩 먹고 싶다는 충동을 느끼게 했다.

홍진은 접시에 고기만 담아와 자리에 앉았다. 칼로 고기를 썰자 핏기가 비쳤다. 남의 살을 먹다니. 홍진은 죄책감을 느꼈다. 하지만 바로 다음 순간 왜 안 돼, 하는 의문이 들었다. 이미 다른 사람을 죽이기로 작정한 마당에 고기 한 점 먹는다는 것이 무슨 문제일까. 홍진은 손으로 고기 조각을 집어 입 안으로 가져갔다. 고기는 질겼다. 그리고 비렸다. 이유를 알 수 없었지만 고기를 씹을 때마다 위장에서 역한 것이 올라왔다. 냄새 때문일까.

홍진이 유일하게 예민한 것이 있다면 그것은 냄새였다. 절에 오래 있어서 그런 건지도 몰랐다. 법회가 있는 날 절간 부엌에 여자들이 들어오면 화장품과 살 냄새 때문에 홍진은 두통을 앓곤 했다. 소명도 특유의 냄새를 가지고 있었다. 땀과 화장품 냄새가 뒤섞여 나는 것과 함께 묘하게 비린 냄새가 났다. 생리 때문에 나는 냄새가 아니었다. 어느 날 밤 잠에서 깬 홍진은 그것이 남자 냄새라는 것을 알았다.

홍진은 결국 고기를 삼키지 못하고 휴지에 뱉어내고 말았다. 배는 고팠고 돈도 4만 5천 원이나 지불했지만 홍진은 아무것도 삼킬 엄두가 나지 않았다. 그때 이지하가 있는 칸막이 안에서 왁자한 웃음소리가 들렸다. 홍진은 정신을 차리고 칸막이 안에서 들리는 목소리에 집중했다. 마침 이지하가 말하는 중이었다.

"야, 서화인. 네가 말해봐. 사람 죽이는 게 그렇게 쉽냐?"

잠시 침묵 후에 차분한 남자의 목소리가 들렸다.

"그럼. 빈 주사기 하나로도 죽일 수 있는 게 사람이야. 아, 잠깐만."

칸막이 안에서 어떤 남자가 전화기를 들고 밖으로 나왔다. 홍진은 그의 얼굴을 쳐다봤다. 자그마한 키에 쌍꺼풀이 유난히 또렷한 남자였다. 홍진은 그 얼굴을 잊어버리면 안 된다고 생각했다. 경찰이고, 사람 죽이는 방법을 아는 사람. 서화인.

그가 통화를 하기 위해 밖으로 나가자 칸막이 안의 남자들은 다시 낄낄거렸다. 서화인이 오십 다 되어서 이제 여자를 사귀기 시작했다고, 더욱이 상대는 마흔을 갓 넘은 공무원이라고, 졸라 부럽다는 얘기들이었다.

"저 새끼, 여자하고는 담쌓고 살기에 게이인 줄 알았는데."

"아냐. 고등학교 때는 나랑 여학생들 꼬셔서 자주 놀았어."

이지하가 말했다. 홍진의 귀에는 다른 남자들의 시끄러운 목소리 속에서도 이지하의 목소리가 분명하게 들렸다.

"그나저나 너는 돈도 많은데 왜 재혼 안 해?"

"돈 많으면 재혼해야 돼?"

"돈 없으면 여자가 붙냐?"

"야야, 돈 있으면 혼자가 제일 편해. 뭐 하러 이 나이에 마누라 모시고 살아?"

"하긴 나도 혼자 좀 살아보고 싶다, 젠장."

홍진은 이지하에 대해 한 가지 더 알게 되었다. 이지하는 혼자 살고 있었다. 어떤 남자가, 화인이 저거 여자 전화 받고 바로 튀었을지 모른다고, 원래 술자리에서 슬며시 사라지는 놈이라고 말했다. 그 목소리를 듣고 홍진은 조용히 일어나 서화인이 간 쪽으로 쫓아갔다.

지금이 아니라면 다시는 저 남자와 얘기할 기회가 없을 터였다. 그리고 밤마다 누워서 왜 그때 경찰이라는 그 남자를 붙잡고 물어보지 않았냐고 가슴을 칠 게 뻔했다.

그는 엘리베이터 반대편 복도 끄트머리에 서서 통화를 하는 중이었다. 흰색 와이셔츠를 입은 그의 등이 웃음 때문에 가늘게 흔들렸다. 홍진은 천천히 그에게 다가가 통화가 끝나기를 기다렸다. 하지만 그가 전화기를 호주머니에 넣으며 돌아섰을 때 홍진은 바보처럼 얼어붙어 아무 말도 나오지 않았다.

"무슨 용건이라도……?"

홍진은 대답을 준비하지 못해 머뭇거렸다. 그 누구와도 말을 하지 않고 살 수만 있다면 얼마나 좋을까. 홍진은 어떤 말도 하지 않고 살 수 있을 것 같았다. 그녀는 말을 거는 방법을 모르고 방법을 안다고 해도 그대로 해낼 자신이 없었다. 그래도 해내야만 한다. 홍진은 필사적인 기분으로 입을 열었다.

"사람을 죽이려면 어떻게 해야 되죠?"

"예?"

멍청한 질문이라는 것은 그녀도 알았다. 그녀가 가지고 있는 것은 단지 약간의 희망, 즉 그녀가 사람을 죽이는 법에 대해 물어봤을 때 누구도 농담 삼아 그런 걸 물어보지는 않을 터이니 뭔가 절박한 사정이 있다는 것을 알아채주는 것, 그래서 그녀에게 도움을 주는 것에 대한 희박한 확률이었다.

"조금 전 저기서……."

당신이 사람을 죽이기란 참 쉬운 거라고, 주사기 하나로도 죽일 수 있다고 하지 않았느냐는 말이 인질처럼 목구멍 안에 붙잡혀 있었다. 서화인은 무슨 개소리냐는 듯 홍진을 쳐다봤다. 그녀의 질문을 진지한 말이라고 받아들이지 않는 것 같았다. 홍진이 장난을 치고 있다고 생각하거나, 아니면 미친 여자라고 생각하는 모양이었다. 홍진은 정말로 절박했기 때문에 그의 입만 쳐다봤다. 이윽고 그가 말했다.

"사람을 죽이는 건 아주 어려워요, 아줌마. 꿈도 꾸지 마세요."

그는 쌀쌀맞게 쏘아붙이고 홍진을 지나쳐 가려다 되돌아왔다.

"혹시 집에 무슨 일이 있으면 연락하세요."

그는 홍진에게 명함 한 장을 건네고는 가버렸다. 홍진은 명함을 받아 꼭 쥐었다. 그녀는 또 한 번의 무모한 짓을 했고, 평소 같았으면 실망해야 했지만 이번엔 그렇지만은 않았다. 이유는 알 수 없지만 처음이어서 그렇지 몇 번 부탁을 반복하면 그가 대답을 해줄 수도 있겠다는 느낌이 들었다. 자신이 그에게 전화를 걸 수 있을까. 홍진은 전화로 얘기하기가 더 어려웠다. 아마 거의 써보지 않아서일 것이다. 그렇다고 마냥 기다릴 수는 없었다. 뭔가를 해야만 했다. 뭔가를.

이지하는 모임이 잦았다. 아니, 거의 매일 약속이 있었다. 약속이 끝나면 이지하는 택시를 타거나 대리기사를 불렀다. 홍진은 짜증이 치밀었지만 묵묵히 지켜보는 수밖에 없었다. 며칠 후 홍진에게 좋은 기회가 다가왔다. 술집에서 나온 이지하가 그의 가게 주차장으로 가서 자신의 차에 올라탔다. 이런 기회는 다시 없을 터였다. 밤마다 머릿속으로 그려보던 계획, 그 계획을 실행하는 날이 바로 그날이었다. 홍진도 근처에 세워둔 자신의 트럭에 올라탔다.

홍진은 처음에는 약간의 거리를 두고 이지하의 차를 따라갔다. 그러다 교차로가 가까워지자 이지하의 차 뒤에 트럭을 바싹 붙였다. 1미터 여유도 두지 않고 홍진이 계속 차를 붙이자 이지하는 미리 차선을 바꿔 삼차선으로 들어섰다.

만세! 홍진은 속으로 쾌재를 불렀다. 일, 이 차선은 직진이었고 삼, 사 차선은 우회전이었다. 이지하의 차가 깜빡이를 켜고 우회전을 하려고 할 때 홍진은 그의 차를 추월할 듯이 속도를 높였다. 동시에 홍진이 급하게 핸들을 왼쪽으로 돌리며 그의 차 측면을 들이받으려는 순간, 날카로운 경적 소리와 함께 그의 차가 뭔가에 빨려 들어가듯 앞으로 튀어나갔다. 우회전 차선에서 왼쪽으로 핸들을 꺾었기 때문에 뒤에서 오는 차와 부딪힐 뻔한 건 홍진이었다. 빵 하는 경적 소리가 홍진의 고막을 찢을 듯 울렸고 홍진은 급히 핸들을 오른쪽으로 꺾었다. 너무 심하게 꺾은 나머지 있는 힘을 다해 브레이크를 밟았음에도 인도의 가로수를 들이받아버렸다. 온몸이 앞으로 튕겨나가려다 안전벨트에 붙잡히면서 목과 머리에 충격이 왔다.

신도시의 차들은 밤이 되면 거의 자살하기로 마음먹은 사람들처럼 무서운 속도로 달렸고, 그 속도는 사고를 일으킬 뻔한 누군가로 인해 차를 멈춰 세울 만한 정도가 아니었다. 신경질적인 경적 소리와 함께 다른 운전자들이 차창을 내리고 욕설을 퍼붓고 지나갔다. 홍진의 트럭은 운전자가 얼마나 바보인가를 증명해주듯 이 차선도 아니고 저 차선도 아닌 지점에 어정쩡하게 걸쳐 있었다. 사고를 낸 차에서 운전자가 내려 휴대폰으로 이리

저리 사진을 찍더니 트럭의 창문을 두드렸다. 홍진이 창문을 내리자 남자는 말했다.

"아줌마, 일단 경찰 부를게요. 예?"

그다음부터는 어떻게 됐는지 홍진은 제대로 기억할 수조차 없었다. 잠시 후 경찰이 왔고 경찰서로 가서 조사를 받았다. 보험회사는 왜 안 오느냐, 블랙박스는 왜 없느냐, 등등. 끝없는 질문에 시달리다 몇 개의 서류에 사인을 하고 난 후 트럭을 몰고 집으로 돌아와 홍진은 쓰러져버렸다.

며칠 동안 홍진은 앓았다. 극심한 두통과 온몸의 통증이 그녀를 덮쳤다. 단순히 가로수와 부딪히며 받은 충격 때문이 아니라 그녀 자신에 대한 실망과 분노가 너무 컸던 탓이다. 자신을 누르는 혐오의 무게가 너무 버거워 방바닥에서 일어나기도 힘들었다. 머리가 깨질 듯 아팠고 온몸이 쑤셨다. 그러나 홍진은 자신이 아프도록 그냥 내버려두었다. 스스로를 도와주고 싶은 마음이 조금도 들지 않았다. 아픈 정도로는 성이 차지 않아 그 몸을 끌고 인근에서 가장 크다는 시장으로 갔다. 도축업자의 가게를 찾아가 돼지 한 마리와 소 반 마리를 달라고 말했다. 도축업자는 홍진이 한꺼번에 고기를 사서 여러 사람이 나누는 걸로 안 모양이었다.

"몇 명이 나누실 건데요? 내가 잘라서 딱 맞게 나눠 드릴게."

"그냥 주세요."

"그냥 가져가면 아줌마들이 이거 못 잘라요. 뼈도 그대로인 걸 어쩌려고?"

다른 사람의 일에 쓸데없이 관심 많은 사람들이 어쩜 이렇게 많을까. 남편이 홍진과 아이를 칼로 찔렀을 때도 그랬던 것 같다. 너무나 많은 사람들이 홍진에게 남편이 왜 그랬는지, 전에도 그런 적이 있는지 물었다. 웃기는 질문이었다. 전에도 남편이 그런 적이 있다면 홍진이 살아 있었을까. 법정에서 남편은 홍진이 다른 남자를 만났기 때문이라고 말했다. 똑같은 이유를 대며 남편이 홍진을 때리고 욕을 퍼부을 때 왜 그러느냐고 물어본 사람은 없었다. 사람들이 관심을 가지려면 상식에서 벗어난 정도의 잔인함이나 엽기성이 있어야 하는 건지도 모르겠다.

홍진이 아무런 대꾸도 하지 않자 도축업자는 알아서 하시라는 듯 고기를 트럭에 실어주었다. 사고로 인해 앞 범퍼가 다 부서져서 빠지기 직전의 이빨처럼 덜렁거렸다. 범퍼가 덜컹거릴 때마다 홍진의 뇌도 이리저리 부딪히는 듯 쑤시고 아팠다. 그러나 가장 힘든 건 트럭에서 고기를 꺼내 냉장고에 갖다 두는 일이었다.

내장이 제거된 돼지의 배 속에 손을 깊숙이 집어넣고 돼지의 등을 껴안다시피 하여 뒷걸음질 쳐서 냉장고로 다가가다 보니 홍진의 얼굴은 돼지 똥구멍에 처박혀 있었다. 고기 비린내 때문에 연신 구역질을 하면서도 자신의 꼴이 웃겨서 킬킬 웃음이 나왔다. 이제 와서 뭘 해보겠다고 이 난리인지. 정작 자신의 아이가 눈앞에서 죽어갈 때도 멍하니 보고만 있었으면서.

"그게 자신의 잘못이라고 생각하면 안 됩니다. 그때 남홍진 씨는 아무것도 할 수 없었어요. 일부러 아무것도 하지 않은 것이 아니라."

홍진을 치료하던 의사는 그렇게 말했다. 그걸 의사가 어떻게 알지? 자신이 아무것도 할 수 없었다는 것을 무엇으로 장담하지? 어쨌거나 홍진은 여기까지 왔다. 기억이 나면 기억을 죽이고, 잊어버리면 잊어버린 자신을 욕하며 돼지 똥구멍까지. 홍진의 몸이 감당하기에 너무 크고 무거운 고기를 냉장고에 매다는 데까지.

홍진은 잠시 졸도해 쓰러졌다. 눈을 떠보니 가게의 바닥이었다. 방으로 기어들어 가 다시 쓰러지듯 잠이 들었다. 자신의 꼬라지가 식탁 위에 굴러다니는 약봉지 같다고 생각하면서도 끝내 그녀는 약을 먹지 않았다. 홍진은 고통, 더 심한 고통을 원했다. 온몸이 다 잘려나가고, 마지막 피 한 방울까지 다 타버리는 극단적인 고통. 어떤 생각도 할 수 없는 고통이 자신을 삼키기를 원했다. 끙끙 앓다 깨어난 밤에 홍진은 돼지 다리 하나를 잘라 칼로 써는 연습을 해봤다. 조각난 고기는 공터에 던졌다. 그 덕분에 길고양이들이 몰려와 밤새 울어댔다. 고양이들도 어딘가 아픈 건지도 몰랐다.

죽이 되든 밥이 되든 이지하를 죽여야겠다는 생각은 변하지 않았다. 그것은 홍진이 가지고 있는 유일한 희망이자 꿈이고 현실이다. 흐흐흐 웃음이 그녀의 입에서 흘러나왔다. 꿈이 사람한테 이럴 수 있는 건지.

며칠 지나자 몸은 나아졌다. 홍진은 다시 공책을 펴 들고 이지하를 죽일 방법에 대해 생각했다. 아무것도 떠오르지 않았고 홍진은 스스로의 무능에 벌을 주기 위해 자신에게 밥도 주지 않았다. 방법이 생각나지 않으면 자리에서 일어서지도 않고 그대로 굶어 죽을 작정으로 앉아 있는데 문소리가 들렸다.

"계십니까?"

깔린 게 정육점인데 하필이면 여기까지 누가 고기를 사러 온 것인지. 홍진은 모른 척하려고 했다. 그녀가 앉아 있는 이인용 식탁은 전 주인이 버리고 간 것으로, 가게 구석에 놓여 있어서 바깥에서는 유심히 보지 않는다면 홍진이 보이지 않을 터였다.

"아무도 안 계십니까?"

목소리에 끈기가 묻어 있었다. 귀찮지만 사람이 찾아왔으니 내쫓기라도 해야 할 것 같아서 홍진은 일어서 나갔다. 뜻밖에도 경찰이 서 있었다. 그러니까 며칠 전 뷔페식당에서 봤던, 서화인이라는 이름의 경찰. 그녀의 점퍼 주머니에는 그가 준 명함이 그대로 들어 있었다. 홍진을 찬찬히 바라보는 그의 시선에 의외라든가 놀라움 같은 게 전혀 없는 걸로 봐서 그는 홍진이 여기 있다는 것을 알고 찾아온 모양이었다. 혹 이지하를 죽이려고 한다는 것을 알고 찾아온 것일까. 그와 이지하는 고등학교 동창이었고, 홍진은 그를 붙잡고 사람 죽이는 방법까지 물어봤었다. 낭패감 때문에 홍진은 얼어붙은 듯 그의 얼굴만 쳐다봤다. 하지만 그의 입에서 나온 말은 싱거웠다.

"소고기, 구워 먹을 걸로 한 근."

홍진은 고기를 팔 생각이 전혀 없었는데 그 말을 들으니 누명을 쓴 사람처럼 억울했다. 홍진은 냉장고에서 고기를 가져다 도마 위에 놓고 칼을 쥐었다. 이걸 몇 년 만에 해보는 건지⋯⋯. 며칠이나 연습을 해봤음에도 고기를 써는 것은 여전히 너무 낯설어서 가능할 것 같지 않았다. 하지만 빤히 홍진을 바라보는 서화인의 시선 때문에 홍진은 팔에 힘을 줬다.

칼이 고기 안으로 들어갈 때 고기는 근육과 힘줄을 당겨 저항을 한다. 죽어 있는 고기도 마찬가지다. 홍진은 잘려나가지 않으려는 저항을 칼로 썰었다. 남편이 그녀를 죽이려고 할 때 그녀의 살도 이렇게 속절없이 버팀을 포기했을까. 그렇다면 이지하의 살도 마찬가지겠지. 홍진은 다 썬 고기를 찬찬히 모아 비닐봉지에 넣었다.

"괜찮으세요?"

"네?"

"며칠 전 교통사고로 경찰서에 오셨잖아요."

"아, 네."

홍진은 괜찮다고 고개를 끄덕였지만 서화인은 믿지 않는 것 같았다. 그의 침착한 시선이 가게 안쪽에 달려 있는 방문을 향했다. 그 안에는 어둠과 소명뿐이다.

"혼자 사세요?"

"네."

"죄송하지만 사귀는 남자 친구가……?"

홍진은 무슨 말인지를 몰라 그의 얼굴을 쳐다봤다. 그의 눈에는 홍진이 외계에서 날아온 우주인쯤으로 보이는 모양이다. 시선 깊숙이 당혹스러움과 의문이 들어 있었다. 그제야 홍진은 그의 생각을 짐작할 수 있었다. 그녀에게 남편이나 남자 친구가 있어 그녀를 두들겨 패고 그래서 홍진이 살인을 계획하고 있다고 생각하는 것이다. 홍진은 잠자코 고개를 저었다.

"내가 경찰이라는 건 어떻게 알았어요?"

"식당에서 밥 먹다가…… 들었어요."

화인은 고개를 끄덕이더니 고기를 받아 들었다.

"얼마죠?"

그가 카드를 내밀며 물었다. 홍진은 순간 당황했다. 저울을 구입하긴 했지만 예전에 사용하던 것과는 달리 일일이 가격을 입력해야 하는 것이어서 그냥 내버려두고 있었다. 고기도 문제였다. 냉동실에서 얼렸다 녹였다를 반복했던 거라 돈을 받고 팔아도 되는 건지도 의심스러웠다. 결정적으로 홍진에게는 카드 단말기가 없었다. 사업자 등록을 하지 않았기 때문에 그런 걸 설치하기가 불가능했다.

"그냥…… 됐어요."

화인은 다시 홍진을 빤히 쳐다보더니 입을 열었다.

"정말로 누굴 죽이실 건 아니죠?"

"……."

"누가 못 견디게 괴롭히면 경찰에 신고하세요. 저한테 전화를 하셔도 되고……. 쓰레기만도 못한 사람을 내 손으로 죽일 필요가 뭐가 있어요? 무슨 깊은 원한을 가졌는지는 모르겠지만 그런 사람은 증오할 가치도 없어요."

"다른 사람들은…… 죽이고 싶은 사람이 없나요?"

홍진은 정말로 답을 몰라서 그에게 물었다.

"죽이고 싶은 사람이 있다 해도 실행에 옮기는 사람은 거의 없어요."

"……."

"그러니 잊어버리세요. 누굴 죽이고 싶을 만큼 미워하는 거, 그거 힘들어요."

미워하는 것이 뭐가 힘든가. 단지 죽이지 못할까 봐, 농약을 먹이든, 차로 치든, 칼로 썰든 이지하를 죽이지 못할까 봐 그게 힘든 거지.

"제 명함 가지고 계시죠?"

화인은 만 원짜리 두 장과 함께 지갑에서 명함 한 장을 꺼내 도마 옆에 놓았다.

"필요할 땐 전화하세요. 경찰서로 찾아오셔도 됩니다."

화인은 홍진이 무슨 대답이라도 하기를 기다리는 것 같았지만 홍진은 아무 말도 하지 않았다. 그 고기를 먹지 말라는 말도, 돈은 도로 가져가라는 말도 목구멍에서 빠져나오지 못했다.

화인은 몸을 돌려 가게를 나갔다. 탁, 그가 나가자 문이 닫히면서 바깥에 머물던 차가운 공기 한 뭉치가 가게 안으로 밀려들어 오더니 홍진의 몸을 스치고 가게 안의 정적 속으로 빠르게 스며들었다.

홍진은 그가 준 명함을 손바닥에 올려놓고 찬찬히 바라봤다.

D경찰서, 과학수사계장 서화인.

이 사람은 왜 찾아온 것일까. 사람을 죽이는 일이 매우 어렵다는 말을 해주려고 일부러 온 것 같은데, 그의 눈에는 홍진이 제정신이 아닌 여자로 비쳤나 보다. 그가 자신을 어떻게 보든 상관없다. 어떻게든 저 경찰과 좀 더 친해질 수만 있다면, 그렇다면 뭔가 방법을 알아낼 수도 있을 것이다.

다음 순간 피식 웃음이 나왔다. 다른 사람과 친해지는 일보다 죽이는 일이 그녀에게는 더 쉬울 것 같았다. 그렇다면 이제 다시…….

무엇을 할 것인가.

4

화인은 며칠 전의 서툰 실수와 어색함을 떨쳐버리려고 신시가지의 가장 화려한 거리에 있는 어느 이탈리안 레스토랑에서 오정미와 저녁을 먹었다. 배가 너무 부르다며 잠시 걷자는 오정미의 제안에 화인은 밖으로 나왔다.

느긋하게 산책을 하기에는 아직 쌀쌀했지만 연인들이 팔짱을 끼고 걷기에는 딱 좋은 날씨였다. 화인은 그녀의 업무에 관해 물었고 그녀는 업무 얘기는 하기 싫다며 고개를 저으며 웃었다. 화인은 가고 싶은 여행지에 대해 이야기를 꺼냈다. 인터넷 어디에선가 여행지에 대해 이야기하면 분위기가 좋아진다는 글을 읽었기 때문이었다. 오정미는 히말라야 트레킹과 스페인 순례자의 길을 말했다.

"거기 가보고 싶다는 사람이 많더라고요."

"맞아요. 그리고 저는 런던 베이커가 221B에 꼭 가보고 싶어요."

"셜록 홈즈 팬이시구나."

"맞아요. 완전 팬이에요. 추리소설, 범죄소설을 좋아하거든요."

오정미는 신이 나서 자신이 범죄소설을 좋아하는 이유를 설명하기 시작했다. 예전에는 사람이 범죄로 인해 죽으면 신이 벌을 내렸거나 악령의 주술이라고 믿었지만 근대에 오면서 증거와 그 증거에 기반한 합리적 추론을 근거로 설명하기 시작했다. 즉, 죽음의 정확한 원인을 찾는 과정이야말로 인간이 합리적이라는 걸 가장 잘 보여주는 것이다……

오정미의 이야기를 들으며 화인은 자신이 인간이 합리적이라는 전제를 믿지 않는다는 걸 느꼈다. 우리 안에는 짐승이 살고 있다. 인간에게 어떤 합리성이 있다면 자기 안에 살고 있는 짐승을 어떻게든 들키지 않으려고 애쓴다는 것, 그뿐이었다.

그때 한 무리의 여자아이들이 와글와글 떠들며 그들의 옆을 지나쳐 갔다. 그중 한 아이가 자신의 손톱을 들여다보다 화인과 부딪혔다. 여자아이의 머리통이 화인의 턱에 그대로 꽂히는 바람에 몹시 아팠다. 여자아이는 머리를 긁적이며 미안하다는 말도 제대로 하지 않은 채 서둘러 친구들을 따라갔다. 아픈 것도 아픈 거지만 아이의 경우 없는 태도가 거슬려서 화인은 혀를 찼다.

"손톱에 금칠이라도 했나."

"이해하세요. 요즘 애들 사이에 '죽음의 손톱'인지 뭔지 그게 유행이라 저러는 거예요."

"죽음의 손톱? 그런 걸 팔아요?"

"파는 게 아니라 애들 사이에서 떠도는 이야기예요. 지난겨울에 소하리 저수지에서 여중생 하나가 자살했는데, 걔가 손톱에 붉은색을 칠하고 있었대요. 그 때문인지 그 애와 똑같은 색을 칠하면 죽게 된다나, 그런 도시괴담, 아니 여중괴담이 애들 사이에 떠도나 봐요."

붉은 손톱. 여중생. 죽음.

화인을 뒤흔드는 세 개의 단어.

화인은 갑자기 온몸이 경직되는 것을 꾹 참으며 차분하게 오정미에게 물었다.

"죽게 되는데 그걸 왜 발라요?"

"그러게 말이에요. 호기심이겠죠, 뭐."

"그런 걸 바르고 죽은 애가 더 있는 것도 아닐 텐데."

"전에 있었어요. 거의 20년 가까이 시간이 지나긴 했지만. 모르세요? 여중생이 벌거벗은 시신으로 발견되었는데 손톱이 붉은색으로 칠해져 있었잖아요."

화인은 바람에 헝클어진 머리카락을 추스르는 척하며 시선을 돌렸다. 솔직히 듣고 싶지 않았다. 범죄소설을 좋아한다는 오정미는 손가락으로 길 건너편을 가리키며 계속 말했다.

"저 건물 말이에요. 저기가 예전에는 문구점이었어요."

아마 화인이 죽을 때까지 잊을 수 없는 장소가 있다면 그 문구점일 것이다. 지금은 '팬시 아트'라는 깜찍한 이름으로 바뀌었지만 이전에는 인근 여자중학교의 이름을 따서 수수하게 D문구점이라는 간판을 달고 있던 곳. 신도시 개발로 인해 이 일대 모든 것들이 다 본래의 모습을 잃었지만 어떻게 된 건지 문구점 건물만은 그대로였다.

"옛날에 저기 주인이 여중생을 죽인 사건, 아세요?"

"……."

가게에서 나오는 여학생들이 보였다. 여학생들은 단추가 튕겨 나갈 것처럼 꽉 끼는 상의를 입고 춥지도 않은지 치마 밑으로는 맨살의 허벅지를 그대로 다 드러낸 채 왁자한 웃음을 터트리며 지나갔다.

"저도 D여중을 나왔기 때문에 종종 저기서 연필이며 노트 따위를 샀거든요. 그냥 마음씨 좋은 아저씨처럼 보였는데 여중생을 납치해서 죽인 살인범이라는 얘기를 듣고 얼마나 놀랐는지 몰라요. 근데, 그거 아세요? 나중에 소문을 들으니 진범이 아니라 누명을 뒤집어썼다고 하더라고요. 사실이 아니겠죠? 누명이라면 재판 과정에서 밝혀져야 하잖아요."

모두가 그 사건을 잊었겠거니 생각했었다. 아니 잊어주기를 바랐다. 하지만 아니었다. 그 사건은 망각에서 살아남아 불길하고 은밀하게 퍼져나가고 있었다. 그래서 당시에는 태어나지도 않았던 여학생들조차 속삭이는 것이다.

예전에 말야, 어떤 애가 죽었는데…….

그해 봄에 대한 것들은 세세한 것까지 모두 기억이 났다. 이 정아의 시신 발견 직후 일어났던 대통령 탄핵과 반대 집회, 총 선과 어수선하던 뉴스들. 화인과 동료들은 시국에 묻혀 이정아 사건이 가능하면 언급되지 않기를 소심하게 바라고 있었다. 그 럼에도 대통령 궐위 상태이니 강력사건을 일제 단속하라며 행 자부에서는 거의 매일같이 무시무시한 공문들을 내려보냈다. 공문들을 보다 문득 고개를 들면 창밖의 벚나무에서는 꽃잎이 허공에서 흔들리며 떨어지고 있었다. 필 때는 꽃인 줄도 몰랐는 데 처연히 떨어질 때야 비로소 자신이 꽃이었다고 말하는 것 같 았다.

떨어지는 꽃잎을 보며 책상 앞에 앉아 화인이 했던 생각들도 그대로 기억할 수 있었다. 머리카락 하나만 있으면 되는데……. 그럼 문구점 주인 윤장호를 감옥에 처넣을 수 있는데…….

그해 봄. 화인은 파출소에서 순경으로 일하다 감식반으로 간 지 얼마 되지 않은 신참이었고 이정아 사건은 화인이 감식에 동 참한 첫 살인 사건이었다.

당시 D여중(지금은 남녀공학이 되어 이름도 바뀌었지만)에 다니 던 피해자 이정아는 사건 당일 친구 집에 가서 놀다가 밤 10시 경 집으로 간다며 마을버스에 올랐다. 이정아가 자신의 집이 있는 대하리 정류소에서 내린 것이 10시 20분경. 버스에서 내리기 직전 이정아는 엄마에게 문자를 보내 곧 집에 도착한다고 알렸다. 그러나 이정아는 삼십 분이 지나고 한 시간이 지나도 집에 도착하지 않았다.

다음 날 가족들은 경찰에 신고했지만 단순 가출일지 모르니 기다려보라는 말만 들었다. 이 사실은 나중에 경찰의 부적절한 대응이라고 언론의 집중적인 질타를 받았다. 사흘이 지났을 때 경찰은 휴대폰의 위치를 추적해보았고 실종 당일 집 근처에서 꺼졌다는 사실을 알았다. 그것이 한없이 길고 한 치 앞이 보이지 않는 터널의 시작이었다.

신고 한 달 후에야 시신이 발견되었다. D군에서 10킬로미터 정도 떨어진 야산에서였다. 봄날이어서 인근 초등학교의 남학생들이 집에서 기르던 개를 끌고 계곡으로 가재를 잡으러 갔다. 아이들이 아직 차가운 물에 들어가 가재를 잡는 동안 개는 제멋대로 주변을 헤매다가 주인이 부르는 소리에 달려왔다. 주둥이에 이정아의 손목을 물고.

그것이 사람의 손이라는 것을 알게 된 초등학생들은 비명을 지르며 산을 내려갔고, 착한 개는 끝까지 이정아의 손을 물고 산을 내려왔다. 마을에 거의 이르렀을 때야 개는 주둥이에 물고 있던 것을 뱉었는데 이미 부패가 상당히 진행된 그 손의 끝에는 붉은 매니큐어가 선명하게 칠해져 있었다.[*]

처음에 수사관들은 이정아 주변의 남학생들을 의심했다. 부검 결과 부패가 너무 심해 DNA를 확인할 수는 없었지만 성관계의 흔적이 분명했고, 성범죄는 대부분 지인을 통해 일어나기 때문이었다. 하지만 당시 강력반 반장의 생각은 달랐다.

"이건 애들 솜씨가 아냐. 애들 짓이라면 시신이 이렇게 멀리서 발견될 수가 없어. 게다가 발가벗겨서 산에 던져두었단 말이지. 보통 시신을 유기할 땐 땅에 파묻거나 가방에 넣어서 버리곤 하지. 대부분이 그래. 그렇지만 가장 쉽게 시신이 훼손되는 건 발가벗긴 채 던져두는 거지. 그럼 들짐승들이 내버려두질 않으니까. 범인은 이런 종류의 범죄에 대해 어느 정도 지식이 있는 놈이고, 차를 가지고 있어. 피해자는 중학교 3학년짜리야. 충분히 저항할 수 있는 소녀를 아무런 흔적이나 소음을 내지 않고 데리고 가려면 차량은 필수일 테니까."

또한 범인은 이정아와 면식이 있는 사람이었다. 이정아를 강제로 차량에 태웠다는 증거는 어디에도 없었다. 반장은 직접 밤 10시 20분에 대하리 버스정류장에서 이정아의 집까지 걸어가봤다고 했다. 그때는 신도시가 막 들어서던 무렵이어서 당시 대하리는 완전히 시골이었다. 그럼에도 이정아의 집까지 가는 길에는 다른 집들이 여러 채 있어 비명을 지른다면 누군가 들은 사람이 있어야 했다. 이정아의 비명 혹은 반항하는 기척을 들은

---

*   이 내용은 팟캐스트 방송 〈프로파일러 배상훈의 CRIME〉에서 다룬 '포천시 여중생 매니큐어 살인사건'을 변형한 것이다.

사람은 아무도 없었다. 누군가 차에 태워주겠다고 해서 호의 동승이 이루어졌다고 보기에는 집까지의 거리가 너무 가까웠다. 전체적으로 보아 범인은 이정아와 친분이 있거나 미리 약속을 한 사람이라고 생각할 수밖에 없었다.

소녀를 차에 태운 범인은 자신만의 장소로 데리고 갔을 것이다. 위장에 남아 있는 음식물을 조사해본 결과 이정아가 친구들과 마지막으로 함께 먹었던 음식이 아니었다. 그것은 이정아가 납치된 후 뭔가를 먹었다는 얘기였다. 범인은 이정아와 일정 시간을 함께 있었고 그동안 아무에게도 들키지 않았다면 범인만이 사용할 수 있는 공간이 있었다는 의미였다.

그 공간에서 범인은 이정아의 손톱에 붉은색을 칠했다. 부패한 이정아의 시신에서 유난히 선명하던 붉은 손톱은 범인의 즐거움이 어떤 종류의 것이었는지를 보여주는 것 같았다. 범인은 어린아이를 성숙한 여자로 꾸미고 싶었던 것이다. 그것은 범인이 어린아이에게 성애를 느끼면서도 동시에 자신의 욕망에 대해 죄책감을 느끼고 있다는 것을 의미했다.

그 붉은색만이 범인의 유일한 흔적이었다. 그 외에 사체에는 어떤 것도 남아 있지 않았다. 정액도, 타액도, 하다못해 체모 하나 발견할 수 없었다. 그것은 범인의 자제력과 통제력이 얼마나 뛰어난지를 말해주었다. 그런 범인이 사체를 아무 데나 유기한다는 것은 말이 안 되는 얘기였다.

수사관들은 이정아의 주변을 광범위하게 탐문했다. 이정아를 좋아하며 쫓아다닌 남자애부터 이정아와 채팅을 한 사람까지. 당시는 채팅이 광범위하게 인기를 끌던 시절이어서 이정아도 채팅 사이트에 자주 들락거렸다. 그중에서 이정아와 자주 이야기했던 아이디 하나를 찾아내긴 했으나 그 사람은 채팅 사이트가 뭔지도 모르는 노인이었다. 범인은 전혀 엉뚱한 사람의 주민등록증으로 자신의 아이디를 만든 것이다. 경찰은 범인이 D읍 주변의 피시방에서 채팅 사이트에 접속했다는 것까지 알아냈다.

그 과정에서 용의자로 떠오른 사람이 바로 문구점 주인 윤장호였다. 모든 면에서 그는 경찰이 찾던 사람이었다. 그는 이정아와 면식이 있었고, 무쏘 자동차를 가지고 있었으며, 무엇보다 사진이 취미여서 농막을 개조한 암실을 가지고 있었다.

화인은 그 암실에 최초로 도착한 사람 중 하나였다. 암실은 산과 밭이 이어진 길모퉁이에 외따로 떨어져 있어서 그런 종류의 범행을 저지르기 딱 좋은 장소였다. 사람들 눈에 잘 띄지 않았고 소음 걱정을 할 필요도 없었다. 창문에는 암막 커튼까지 걸려 있었다.

불길한 느낌을 주는 장소였다. 왜 그렇게 불길한 느낌이었을까 생각해보니 그곳이 너무 깨끗해서였다. 암실은 사실상 아무것도 없었다고 해도 과언이 아닐 정도로 깨끗했다. 한쪽 벽에 설치된 작업대에는 사진 인화에 필요한 약품들만 진열대에 가지런히 놓여 있을 뿐, 헌 신문지 한 장 굴러다니지 않았다. 바닥은 물청소를 한 듯 축축했고 물청소와 함께 모두 씻겨 나간 듯 머리카락 한 올도 찾을 수가 없었다. 그 '깨끗함'이 윤장호가 범인이라는 심증을 더 굳게 만들어주었다. 이정아의 사체에 아무런 흔적이 없듯이 암실에서도 윤장호는 모든 흔적을 지워버린 것이다.

그러나 그것이 물증이 될 수는 없었다. 윤장호는 알리바이를 가지고 있었다. 이정아가 사라지던 날 그는 인근 저수지에서 낚시를 하고 있었고 목격자도 있다고 했다.

"개새끼, 하필이면 낚시야."

경찰은 낚시라는 알리바이를 가장 싫어했다. 낚시터에서는 여러 사람들이 뚝뚝 떨어져 앉아 낚시를 하다 잠시 자리를 비워도 그런가 보다 하기 때문에, 낚시터의 목격자는 누군가를 봤다는 진술은 할 수 있어도 몇 시부터 몇 시까지 자리를 비우지 않았다는 진술은 할 수 없었다. 의심스럽기는 하나 강력한 알리바이였다. 윤장호는 영리하게도 자신의 알리바이를 애써 증명하려고 하지 않았기 때문에 반증의 책임은 경찰에게 있었다. 경찰은 확실한 물증을 찾지 못했고 윤장호에 대한 영장을 받을 수 없었다.

하는 수 없이 수사반은 용의자의 범위를 넓혀보았다. 이정아와 호감을 나눌 수 있고, 또 채팅 사이트에 드나들 만한 십 대 중반에서 40대까지의 남자들을 모두 조사해보기로 한 것이다. 그러자 용의자는 거의 무한대에 가깝게 늘어났다. 당시에 D읍 주변에는 군부대와 모 대학의 분교가 있어 수많은 젊은 남자들이 지나치는 곳이었다. 게다가 신도시의 아파트 건설 현장에는 숱한 노동자들이 일하고 있었고, 공단에는 외국인 노동자도 많았다.

화인은 수사과 형사들의 얼굴이 격무로 점점 찌들어가는 것을 보며 출퇴근을 반복했다. 집으로 가면 귀가 먹어 아무것도 듣지 못하는 어머니가 텔레비전 볼륨을 있는 대로 올린 채 눈만 껌뻑이고 있었다. 화인은 어머니를 씻기고 밥을 먹인 후 자신의 방으로 왔다. 이정아의 시신이 머릿속에서 지워지지 않았다. 꿈속에서도 이정아의 모습이 보였다. 이정아는 아무것도 걸치지 않은 채 화인의 방에 누워 있었다. 손톱에 붉은 칠을 하고.

꿈에서 깬 어느 새벽에 화인은 윤장호의 암실 안에 있던 화목 난로를 떠올렸다. 처음 암실을 조사하러 갔을 때 화인은 그 안을 들여다보았다. 일부러 청소라도 한 것처럼 내부에는 아무것도 없었다. 그게 잘못되었다는 것을 깨달은 것은 며칠 후였다. 아무리 화목 난로 안의 재를 비운다 해도 설거지하듯 난로 안을 청소할 수는 없는 법이다. 뭔가 남아 있을 것이고 그것을 긁어 와 분석을 넘겼어야 했다.

화인은 다시 현장으로 가서 화목 난로 안의 틈새와 구석에 미처 닦지 못하고 남아 있는 재들을 모두 긁어모았다. 화인은 윤장호가 화목 난로 안에 피해자 이정아의 옷이며 가방, 신발 따위를 모두 태우는 모습을 상상하며 그 안에는 분명 잘 타지 않는 금속성 지퍼 고리라든가 브래지어 후크 따위가 남아 있을지도 모른다고 중얼거렸다.

"그런 게 남아 있을 리가 있나. 그래도 자세히 살펴보면 다른 뭔가가 더 있을지도 모르지."

감식반의 사수인 양 반장이 화인을 위로하듯 말했다. 그러나 아니었다. 그 안에 뭔가 있었다.

손톱이었다. 이정아의 손톱에 칠해져 있던 것과 똑같은 색깔의 매니큐어가 칠해진 아주 작은 손톱 조각이 그 안에 있었다.

그것이 결정적인 단서가 되었다. 윤장호는 끝까지 아니라고 부정했지만 변호사는 별 의지가 없었고 정의감과 야심을 분간하지 못하는 젊은 검사는 윤장호를 매섭게 추궁했다. 법정 증인으로는 양 반장이 나갔다. 화인은 방청석에 앉아 있었다. 양 반장은 검사의 질문에 화인이 긁어모아 온 재를 자신이 분석했다고 말했다. 그때 양 반장은 화인에게로 시선을 돌렸고 두 사람은 눈이 마주쳤다.

양 반장은 보았을지 모른다. 화인의 눈에 담긴 의심과 두려움을. 양 반장은 아무런 내색 없이 화인으로부터 천천히 시선을 돌렸고 검사의 질문이 끝나자 자기 자리로 돌아갔다. 그리고 더 이상 화인에게 시선을 주지 않았다.

그 후로 화인은 양 반장에게 손톱 조각에 대해 단 한 번도 묻지 않았다. 마치 신성한 묵계처럼 양 반장과 화인은 그것에 대해 이야기하는 것을 피했다. 재판부는 경찰의 증거를 받아들였고 결국 그 손톱 조각으로 인해 윤장호는 15년 형을 받았다. 그리고 몇 년 후 그가 감옥 안에서 자살했다는 말을 전해 들었다.

　윤장호가 죽기 전에 양 반장은 퇴직했고 자신의 고향으로 돌아가 아내와 함께 농사를 짓는다고 했다. 가끔 그는 화인에게 모양은 보잘것없지만 몸에 좋다며 유기농 열무나 토마토 따위를 택배로 보내주곤 했다. 완전 유기농이라는 그의 말도 믿을 수 없었지만 어쨌든 화인은 그의 구좌로 얼마간의 돈을 보냄으로써 그들의 친분이 선물을 주고받을 정도가 아님을 분명히 했다.

　다음 날 화인은 경찰서로 출근하자마자 소하리에서 죽은 여중생에 대해 알아봤다. 소하리는 그의 관할이 아니어서 수사 기록을 보려면 공문을 보내 정식 요청을 해야 했다. 화인에게는 자료를 요청할 만한 근거가 없었다. 자신의 막연한 호기심이라는 걸 제외하면 연관 범행에 대한 단서도 없었고, 이정아와 관련되었을지 모른다는 것은 망상에 가까웠다.

　궁리 끝에 화인은 결국 지인을 찾는 방법을 택했다. 다행히 같이 순경으로 일하던 동료 하나가 소하리를 관할하는 경찰서의 행정실에서 일하고 있었다.

　"지난겨울에 너희 관할에서 자살한 여중생이 있어. 그 사건에 대해 좀 알아봐줘."

　"왜 그러는데?"

　"그냥 좀 알아보고 싶은 게 있어서 그래. 피해자 이름, 살던 주소 등등. 알 수 있는 데까지만 알아봐서 가르쳐줘."

"쓸데없는 짓 하지 말고 장가나 가."

옛 동료는 퉁명스레 말했지만 점심시간에 다시 전화를 줬다.

"야. 받아 적어. 자살한 여학생 이름은 이서현."

화인은 메모지에 받아 적었다.

"사망했을 때 중2, 나이는 열다섯. 가출한 상태였나 봐. 게다가……."

옛 동료는 살짝 코웃음을 쳤다.

"왜 그래?"

"죽었을 때 임신 상태였어. 가출해서 오갈 데 없는데 임신은 했지, 그러니 저수지행이지. 유서도 나왔어."

"임신?"

"그래, 임신. 요즘 어린애들이 좀 되바라졌어? 가출하고 돈 필요하니 원조 하면서 살았겠지. 뻔한 거 아니냐."

무엇이 뻔하다는 것일까. 어린 소녀가 가출해서 헐값에 몸을 팔고 다니다 죽는 게 뻔한 일일까. 화인은 공연히 동료에게 심술이 났다.

"그런데 임신 사실은 어떻게 알았어? 부검을 했어?"

일반적으로 알려진 것과는 달리 변사자의 대부분은 부검을 하지 않는다. 임신 여부는 배가 불러오지 않는 한 육안으로 확인할 수 없다. 대답은 간단했다.

"주머니에서 임신테스트기가 나왔어. 그래서 의사가 그 부분만 확인해봤지."

자살하러 가면서 주머니에 임신테스트기를 넣고 갔다?

"유서는? 자필 확인했어?"

"출력한 거였어."

유서가 있다는 것도 의심스러웠다. 이 역시 일반적인 생각과는 다른 부분인데 자살자들은 대부분 유서를 남기지 않는다. 유서가 있다면 오히려 의심스럽게 봐야 할 정도이다. 더욱이 유서를 출력했다니.

"집 주소 좀 알려줘. 그리고 혹시 사진 같은 거 없어?"

"야, 내가 수사 담당도 아닌데 사진이 왜 있겠어?"

"구할 수 없을까?"

"수사팀 형사도 자기 담당 사건이 아니면 볼 수 없어. 알면서 그래."

"그럼 주소는?"

"주소는 모르겠고, 걔 아버지가 이 지역 유지야. 목사인데 유명해. 자기 자식은 낳지 않고 불쌍한 애들을 열두 명이나 입양해서 키운 것 때문에 떴어."

"그럼 애도 입양된 애였어?"

"그렇겠지? 암튼 걔 아버지는 구글에서 검색만 해도 나와. 이천식 목사."

동료와 전화를 끊은 후 화인은 구글의 검색창에 '이천식 목사'를 입력하고 이미지부터 눌렀다. 여러 장의 사진들이 모니터에 떴다. 환갑 정도 되어 보이는 나이에 반백의 머리카락을 깔끔하게 올려 빗고 적당히 살이 붙은 턱과 가지런한 이를 드러내고 웃음을 짓고 있는 프로필 사진에서부터 교회에서 설교하는 모습과 경로당, 고아원 등을 방문한 사진들이었다. 소위 사회적 저명인사라고 불리는 사람들의 전형적인 모습이었다. 그런 전형성에는 항상 위선의 냄새가 스며 있는 법이다.

당장 이천식 목사를 만나보자는 생각이 들었지만 그에게는 권한이 없었다. 권한이 있다 해도 무엇을 확인해야 하는가. 무엇을 알고 싶은 것인가. 이정아 사건은 종결된 사건이었다. 자신이 범인 검거의 결정적 단서를 제공했다. 이제 와서 그 증거의 신빙성에 대해 의문을 제기해봤자 달라질 것도 없고, 자신을 포함해서 모든 경찰이 곤혹스러워질 뿐이다. 이정아를 죽인 범인이 윤장호가 아니면 누구란 말인가.

화인은 들썩거리는 엉덩이를 의자 깊숙이 밀어 넣고 다시 생각했다. 잊어버려야 한다. 잊고 다시는 생각하지 말아야 한다. 하지만 죽은 이서현에 대한 생각이 자신의 머릿속에서 떠나지 않으리라는 걸 화인은 알았다.

화인은 평소 친분이 있던 강력팀의 김 형사를 찾아갔다. 김 형사는 최근 발생한 강도 사건을 수사하느라 계속 자리를 비웠다. 다음 날 아침이 되어서야 겨우 그를 만날 수 있었다.

화인은 조심스레 이서현에 대해 설명했다. 가출 후 자살로 처리되었지만 개인적으로 확인하고 싶은 것이 있다고. 화인은 '개인적으로'라는 말을 강조했다. 김 형사는 시큰둥했다.

"자살로 종결됐다면서요. 더욱이 우리 관할도 아니고."

"손톱에 매니큐어를 칠하고 있었대."

"요즘 여중생들 학교 갈 때도 풀 메이크업이에요. 손톱이 중요해요?"

"……."

김 형사가 도대체 무슨 생각을 하느냐는 듯 화인을 쳐다보더니 말했다.

"혹 이정아 사건 생각하세요?"

"아니, 꼭 그렇다기보다……."

김 형사는 한숨도 아니고, 조소도 아닌, 어쩌면 둘 다일 수도 있는 묘한 웃음을 짧게 허공을 향해 던지고는 천천히 시선을 화인에게 옮기며 말했다.

"계장님, 그거 사실이에요? 윤장호가 진범이 아닐 수도 있다는 얘기."

"누가 그래?"

김 형사는 대답하지 않았다. 화인은 충격을 받았다. 화인은 지금까지 누구에게도 윤장호를 감옥으로 보낸 손톱 조각에 대해 입을 열지 않았다. 그가 십수 년 동안 입 밖에 꺼내지 않고 묻어두었던 것, 오로지 자신만이 의심하고 있으리라 생각했던 것. 그러나 그것은 비밀도 아니었다. 비교적 최근에 D경찰서로 전근 온 김 형사의 귀에까지 그 얘기가 들어갔다면 사실상 경찰서 내부의 모두가 알고 있었다고 봐야 한다. 자기들끼리 화인의 등 뒤에서 수군대고 있는 걸 화인만 모르고 있었다. 화인의 비밀은 쓸쓸하고 초라했다.

화인은 아니라고, 자신이 증거를 조작한 건 아니라고 말하고 싶었다. 그러나 그러기에는 자신이 너무 비겁하게 생각되었다. 그때 양 반장에게 달려들어 항의하지 못했다면, 그가 채집한 증거가 아니라고 재판장 앞에 나가서 말하지 못했다면 그건 자신이 조작한 거나 마찬가지였다.

"맞아. 이정아 사건이 떠올라. 물론 내가 과민한 것일 수도 있지."

"아닐 수도 있죠. 7, 8년 전에도 여중생 실종사건이 있었잖아요. 이름이 강소희였던가. 끝내 시신은 못 찾았고, 그 애도 당시에 중학생이었을 거예요."

그때 화인은 다른 지역에서 근무할 때라 그 사건에 대해서는 자세하게 알지 못했다. 일부러 관심을 기울이기 싫었던 것인지도 모른다. 이정아 사건은 끝났다고 그렇게 믿을 작정이었다. 마치 지금처럼. 아니 언제나 그랬던 것처럼.

"지금 이정아 건을 다시 파면, 그러다 만에 하나 이정아를 죽인 범인이 따로 있다는 말이 나오면, 어떻게 되는지 아세요? 시말서 정도로는 안 될 거예요."

"그렇겠지."

"지금 팀장님도 그 사건에 엮여 있어요."

강력팀의 오 팀장은 이정아 사건의 담당 수사관이었다. 그 또

한 다른 지역으로 갔다가 되돌아와서 화인과 다시 만났지만 이정아 사건에 대해서는 단 한 번도 얘기를 나눈 적이 없었다.

"팀장님뿐만 아니라 퇴직해서 연금 받고 있는 양반들도 다시 불려 나와야 돼요. 무슨 말인지 아시겠어요? 계장님 편이 돼줄 사람은 아무도 없어요."

"혹 이정아 사건에 대해 별도로 알아본 거 있어? 들은 거라도?"

"아뇨. 강소희 실종 수사할 때 얼핏 들었어요. 그때도 누군가 이정아 사건을 말했으니까요. 윤장호를 검거할 때 증거가 뒤늦게 나왔다면서요?"

"내가 조작한 거, 아냐."

"누가 뭐래요? 아무도 그런 말 안 해요."

말하지 않은 의심이 더 오래가는 법이다. 손톱 조각만 한 의심은 스스로 점점 몸집을 부풀려 나중에는 의심만이 시야를 지배한다. 무시당했기 때문에, 부정되었기 때문에 더 강한 확신으로 변해버린다.

화인의 입에서 한숨이 새어나왔다. 김 형사 역시 다시 한숨을 쉬었다.

"제가 보기에 동일범의 소행이라는 근거는 전혀 없어요. 하지만 이서현이라는 그 애 일은 제가 한번 알아볼게요. 근데 다른 일이 많아서 시간이 좀 걸릴 거예요."

"전화통화 기록부터 알아봐줘. 그게 제일 급해."

김 형사는 대답 대신 손을 한 번 번쩍 처들어 보이고는 가버렸다.

근무를 마친 화인은 차를 몰고 집으로 가는 대신 재킷 주머니에 손을 찌르고 무작정 좀 걷기로 했다. 요즘 들어 부쩍 운동 부족인 데다 점점 살이 찌고 있었다. 그의 발걸음은 이지하가 운영하는 휴대폰 영업장을 지나 예전에 윤장호가 운영하던 문구점 앞 사거리를 향했다.

화인은 종종 그 앞을 지나치곤 했다. 근처에 대형 마트와 극장, 그리고 쇼핑센터가 몰려 있기 때문에 피해 다니는 것도 쉽지 않았다. 거리에 즐비한 노점에는 여학생들이 서서 휴대폰 케이스며 액세서리 따위를 고르고 있었다. 생각해보면 신기한 일이었다. 아이들은 줄어들고 다들 장사가 안 된다는데 왜 이 거리에는 항상 여학생들이 많을까. 마치 뭔가에 홀린 것처럼 여자애들은 그 거리로 몰려들었다.

어린 여중생들을 볼 때마다 화인의 머릿속에는 이정아가 떠올랐다. 여중생의 가출이나 실종 사건이 일어나도 마찬가지였다. 화인의 눈에는 모든 여중생들이 다 이정아를 닮은 것처럼 보였다.

이미 오래전에 종결된 이정아 사건에 대한 화인의 집착이 경찰로서의 사명감이나 책임감, 혹은 정의에 대한 갈망 같은 선명한 가치에서 나온 게 아니라는 건 분명했다. 평범한 모든 사람들이 그러하듯 화인은 명분이나 이념보다는 습관과 필요에 의해 사는 사람이었다. 화인은 일이 끝나면 집으로 돌아가 밥을 먹고 전기장판이 깔린 침대에 몸을 뉘는 것으로 충분히 행복한 사람이었다.

그러나 그 행복 역시 대부분 보통 사람의 것이 그러하듯 수많은 흠집들과 결손을 포함하고 있었다. 대부분의 흠집은 방석처럼 깔고 앉아 무시할 수 있지만 어떤 흠집은 반드시 나쁜 꿈을 꾸거나 불쾌한 숙취에 시달리지 않을 때라도 의식의 한구석에 늘 매달려 있다. 그래서 바람이 불거나 구름이 몰려들거나 때로는 햇볕만 따스해도 바르르 끓어올랐다. 화인의 경우 그것은 아주 짧은 한 문장으로 이루어져 있었다.

그가 진범이었을까.

이정아가 죽은 다음 해인 2005년 2월. 이정아가 살아 있었다면 참석했을 졸업식에 화인은 일부러 찾아갔다. 어느 직무연수에서 프로파일링 개론 강의를 들었는데 이런 성범죄자들은 피해자와 관련된 지역이나 행사에 찾아가려는 충동이 아주 강하다는 말을 들었던 것이다.

그날 알록달록한 겨울 파카를 입은 아이들이 운동장에 모여 가족들과 사진을 찍으며 웃고 떠들던 모습이 지금도 눈에 선하다. 이정아가 없는 이정아의 교실에는 아무도 없었다. 주인 없는 이정아의 책상 위에는 친구들이 놓아둔 꽃다발이 가득했다.

화인은 텅 빈 복도에 서서 이정아의 책상을 바라봤다. 꽃다발 사이에 작고 하얀 성모상이 하나 놓여 있었다. 교실 안에 들어가서 확인해보니 여학생의 팔뚝 크기 정도 되는 성모상이었다. 머리 위에는 긴 베일을 쓰고 두 손을 모은 채 눈을 감고 기도 중인 작은 얼굴. 성당의 매점이나 천주교와 관련된 상품들을 취급하는 매장에 가면 흔히 살 수 있는 물건이었다. 하지만 이정아가 성당에 다녔다는 얘기는 들은 적이 없었다. 친구가 갖다 둔 것일까.

그게 아니라면……. 화인은 복도를 달려서 운동장으로 나갔다. 운동장에는 사진을 찍는 아이들과 축하해주러 온 가족들로 가득했다. 화인은 사람들을 헤치며 걸었다. 진범이 이 안에 있을까. 분명 남자일 텐데, 남자들은 왜 이리 많을까. 문득 화인은 걸음을 멈추고 사람들 속에서 생각했다. 진범이라니. 그렇다면 윤장호가 진범이 아니라는 말인가.

그날로부터 거의 20년이 지났다. 그 질문에서 한 걸음도 더 나아가지 못한 채, 20년.

화인은 문구점이 있던 건물의 모퉁이를 돌아 골목 안으로 들어갔다. 골목 안에는 조그만 술집들이 다닥다닥 붙어 있었다. 오정미에게 전화를 할까. 그게 합리적인 선택일 텐데 화인은 혼자 어느 식당 문을 열고 들어가 소주 한 병과 밥도 되고 안주도 될 만한 걸 주문했다. 화인의 옆을 스쳐 지나가는 젊은 손님들에게서 봄밤의 서늘하고 태평스러운 기운이 느껴졌다.

주문한 술과 음식이 도착했고 화인은 묵묵히 밥을 안주 삼아 술잔을 비웠다. 술이 낙관적인 생각을 불러 일으켰다. 어쩌면 저수지에서 자살했다는 여학생의 사건에 자신이 과민반응하고 있는 것이리라. 김 형사의 말대로 요즘 여중생들은 죄다 색색깔로 손톱을 칠하고 다니지 않는가.

그때 누군가 화인의 앞자리로 다가와 앉았다. 처음에 화인은 그녀를 알아보지 못했다. 그 여자는 자신을 알아보지 못할 리 없다는 듯 빤히 화인을 쳐다볼 뿐 자기가 누구인지 말하지 않았다. 그제야 그녀가 정육점 여자라는 게 떠올랐다.

5

홍진은 다시 공책을 폈다. 세 줄이 적혀 있었다.

죽이는 방법

농약 X

교통사고

교통사고 옆에 다시 X 표시를 하고 공책의 텅 빈 부분을 쳐다 봤다. 백팔 배를 올리며 기도를 드린다고 해결될 문제는 아니었 다. 도움을 청할 사람 따위는 애초에 기대해본 적도 없었다. 사 람의 목숨이라는 게 참 부질없는 것이라고들 말하는데 부질없 는 목숨 하나를 빼앗는 일이 이렇게 힘들 줄이야.

홍진은 다음 줄을 추가하지 못하고 공책을 덮었다. 공책의 내용이 세 줄에서 멈출까 봐 홍진은 더럭 겁이 났다. 무엇을 할 수 있을까. 아무리 생각해도 답은 없었다.

문득 경찰이 떠올랐다. 이지하와 동창인 그 경찰이 한 번 더 자신의 가게를 찾아와준다면 뭔가 더 물어볼 수 있지 않을까. 하지만 그것도 그가 홍진을 제대로 된 인간으로 대접해줄 때 얘기다. 그런 일은 일어나지 않을 것이다. 왜냐면 자신은 제대로 된 인간이 못 되니까.

밤새 아픈 몸으로 잠 못 이루고 뒤척였지만 새벽이 되기도 전에 저절로 눈이 떠졌다. 홍진은 자리에서 일어나 아침이 될 때까지 냉장고의 고기를 가져와 써는 법을 연습했다. 칼로 돼지고기를 찔러도 보고 잔뼈를 내리쳐보기도 했다. 깨달음보다 더 중요한 것은 '습習'이라고 했다. 무엇이든 몸에 밴 것을 따라갈 수는 없다.

출근 시간이 되면 홍진은 우유 한 컵을 마시고 다시 트럭을 몰고 이지하의 아파트로 갔다. 그의 아파트 입구는 이상한 막대가 지나가는 차들을 일일이 막아 세우고 몇 호로 가는지를 물었기 때문에 홍진은 멀찌감치 트럭을 대놓고 걸어서 안으로 들어갔다. 이지하가 사는 204동 앞에는 정성껏 다듬은 화단과 산책로, 아무도 없는 놀이터가 있었다. 홍진은 그네에 앉아 이지하가 사는 2303호가 어디일지를 찾아보려고 했지만 아무리 세어도 15층이 넘어가면 어디가 어디인지를 구분할 수 없었다.

이지하의 차가 아파트 주차장에서 나오면 홍진은 다시 트럭을 타고 그를 쫓아갔다. 지난번처럼 교통사고를 일으킬 생각은 없었다. 다른 방법이 없었기 때문에 하던 걸 반복할 뿐이었다. 자신이 하는 일은 모두, 이렇듯 아무런 대책도 없는 것들뿐이라고 생각하면서.

이지하가 여직원들과 점심을 먹으러 나왔다. 그 시각 근처의 식당들은 모두 붐벼서 홍진은 쫓아갈 수도 없었다. 오후가 되면 이지하는 골프연습장으로 가기도 하고, 사우나에 들어가기도 했다. 모두 홍진이 쫓아갈 수 없는 곳이었다.

이지하가 집으로 돌아가고 밤이 늦어 더는 움직이지 않겠다는 생각이 들면 홍진도 집으로 돌아왔다. 그때쯤이면 너무 배가 고파서 현기증이 일어날 지경이라 홍진은 부엌에 서서 빵 조각을 우물거리거나 아니면 냄비의 찬밥을 물에 말아 반찬도 없이 몇 숟갈 쑤셔 넣고는 방에 누웠다.

어둠 속에서 가끔 소명이 보였다. 소명이 홍진의 옆에 앉아서 가만히 그녀를 내려다봤다. 홍진도 소명을 빤히 쳐다봤다. 그 아이의 눈동자를 보면 자신에게도 그 아이만 하던 시절이 있었다는 것이 떠올랐다. 홍진은 그 아이만큼 예쁘지도 않았고, 다른 사람들의 시선을 끌 만한 그 무엇도 없었지만 어쨌든 열서너 살 난 아이들이 흔히 하는 생각들을 홍진도 가지고 있었다. 옥상에 올라가서 기타를 치던 이웃집 오빠를 괜히 좋아하고, 어른이 되면 돈을 많이 벌 것이며, 그러면 모든 힘들고 서러운 것들이 사라질 거라고 믿던 시간들.

그때는 시간이 지나면 자신도 다른 사람들처럼 어른이 될 줄 알았다. 도대체 다른 사람들은 어떻게 어른이 되는 걸까. 홍진의 경우 몸은 이미 늙었는데 마음은 여전히 겁먹은 어린아이로 남아 있었다. 무능했고 약했다. 소명은 마치 홍진의 속을 다 읽은 듯 미소를 지었다. 홍진이 살면서 누구에게도 받아본 적 없는, 어딘가에서 본 적도 없는 따뜻한 미소였다. 홍진은 어둠 속에서 손을 뻗어 그 아이의 손을 잡는다. 영원히 열다섯 살인 그 아이의 손은 따뜻하지 않다.

"내가 이제 어떻게 해야 해?"

"넌 잘하고 있어. 계속 그렇게 하면 돼."

때로 소명은 친구처럼 다정하다. 그러나 홍진은 친구라는 걸 가져본 적이 없기 때문에 그것이 다른 사람과 어떤 차이가 있는지를 알지 못한다.

식탁 앞의 신문지 더미는 홍진이 이사 오던 날부터 쌓여 있었다. 이전 주인이 이인용 식탁과 의자 두 개와 함께 두고 간 것이었다. 의자에서 일어서는데 제일 위에 놓인 신문에 실린 작은 제목이 눈에 들어왔다. 홍진은 손을 뻗어 신문을 집어 들었다.

금주의 영화. 역사상 최악의 연쇄살인범, 조디악.

제목 아래 내용을 읽어봤다. 영화평이었는데 역사상 가장 많은 사람을 죽인 살인범을 다룬 이야기라고 했다. 도대체 이 사람은 어쩜 이렇게 많은 사람을 죽일 수 있었다는 건지. 바로 다음 순간, 영화를 통해 사람을 죽이는 방법에 대한 힌트를 얻을 수 있겠다는 생각이 들었다. 홍진은 영화평에 등장하는 영화 제목들과 감독의 이름을 공책에 적었다. 조디악, 데이빗 핀처, 세븐, 파이트 클럽. 〈세븐〉이라는 영화에서는 범인이 엽기적인 방법으로 연쇄살인을 벌인다고 되어 있었다. 대단한 사람이었다. 한 명을 죽이기도 이렇게 힘든데 여러 명을 어떻게 죽이는지.

다음 날 홍진은 극장으로 갔다. 그녀가 마지막으로 영화를 본 것이 거의 30년 전쯤이었다. 홍진의 머릿속에서 극장은 커다란 건물에 영화의 한 장면을 그린 그림을 걸어놓고 매표소에서 줄을 서서 표를 사는 그런 곳이었다. 하지만 거리에서 홍진이 사람들에게 극장이 어디냐고 물어보았을 때 그들이 가르쳐준 곳에는 영화 장면이 그려진 간판도 매표소도 없었다.

겨우겨우 찾아간 곳은 엘리베이터를 타고 6층까지 올라가 표를 사야 하는 이상한 장소였다. 매표소 앞까지 가는 것도 힘들었는데 그보다 더 어려운 것은 무슨 영화를 봐야 할지를 정하는 일이었다.

그곳에서 상영하는 영화는 모두 일곱 개였다. 홍진은 극장의 한쪽 구석에 놓여 있는 영화 광고지를 꼼꼼히 읽어봤다. 외계인과 만난다거나, 하루가 반복된다든가, 꿈과 사랑을 이루기 위해 남녀가 노력한다든가 등등. 말도 안 되는 황당한 내용들이었다. 꿈과 사랑이 노력한다고 될 리가. 어쨌든 〈조디악〉이라는 영화는 없었다. 그제야 홍진은 그 영화평이 실린 신문이 오래전 것임을 알아챘다.

기운이 쭉 빠졌다. 그곳에서 상영하는 영화를 전부 다 봐도 그녀가 이지하를 죽이는 데 도움이 될 만한 건 없었다. 홍진은 극장 로비의 의자에 앉아 옛날 영화를 보려면 어떻게 해야 하는지를 곰곰이 생각했다. 비디오테이프가 떠올랐다. 그렇다. 비디오테이프.

그러나 또 한 번의 좌절감이 찾아왔다. 아무리 찾아봐도 비디오 가게가 보이지 않았다. 예전에는 골목마다 비디오테이프 가게가 있었던 것 같은데. 홍진은 다시 복덕방 주인을 찾아갈 수밖에 없었다.

"뭐? 비디오? 요즘 그런 게 어딨어?"

"그럼 비디오가 아예 나오지 않나요?"

"고물상에 가면 있겠지."

"고물상은 어딘데요?"

"근데 트럭은 왜 저렇게 된 거요?"

복덕방 주인은 홍진의 트럭 범퍼가 부서진 걸 본 모양이다.

"사고 났나 본데 다친 데는 없어요?"

"고물상은 어딘데요?"

복덕방 주인은 홍진을 뚫어져라 쳐다봤다. 그 눈빛이 말하는 것을 홍진은 알았다. 이 여자 아무래도 좀 미친 여자 같은데……

"근데 비디오를 찾아서 뭐 하게?"

홍진은 자신도 멍청하지만 세상에 이렇게 멍청한 질문은 처음 듣는다고 생각했다. 비디오테이프로 뭘 하다니, 그걸로 밥 해먹는 사람이라도 있다는 말인지. 아니면 잠잘 때 베개 대신 쓰나. 홍진은 다시 물었다.

"고물상은 어딘데요?"

다음 날 복덕방 주인이 가르쳐준 대로 고물상으로 찾아갔다. 이번에는 제대로 찾아오긴 한 모양이었다. 비디오테이프가 말 그대로 산더미처럼 쌓여 있었다. 홍진은 테이프들을 하나씩 들춰보았지만 그녀가 신문에서 읽고 적어온 영화는 찾을 수가 없었다. 그래도 가능하면 살인과 관련된 내용으로 스무 개 정도를 골랐다. 고물상 주인이 홍진에게 물었다.

"근데 기계 있어요?"

"무슨 기계요?"

"재생기가 있어야 그걸 볼 거 아니오? 텔레비전은 있죠?"

"없는데요."

"텔레비전이 없다고?"

홍진은 고물상 주인이 주는 대로 모두 트럭에 싣고 왔다. 그 다음이 문제였다. 고물상 주인은 여러 종류의 선을 주며 아주 간단하게 비디오 재생기를 연결하는 시범을 보여줬고 홍진은 시키는 대로 했다. 그러나 비디오 화면은 나오지 않았다. 이리저리 선을 바꿔봐도 마찬가지였다. 마치 그 선들이 홍진을 비웃고 골탕 먹이려는 것 같았다. 홍진은 너무 화가 나서 방문을 열고 비디오 재생기를 집어던져버렸다. 시멘트 바닥에 떨어진 비디오 재생기는 어딘가는 부서지고 어딘가는 멀쩡한 채로 구석에 처박혔다.

홍진은 비디오테이프의 케이스에 적혀 있는 줄거리를 꼼꼼히 읽어봤다. 거기에 뭔가 자신에게 가르쳐줄 것이 있을지 모른다고 기대하면서. 그러나 '죽었다', '죽인다'는 말만 반복되었지 어떻게 죽이는지에 대해서는 아무것도 알려주지 않았다. 어떤 비디오테이프에는 '엽기적으로 죽은 시체들을 발견한다'고 적혀 있어서 궁금해 죽을 지경인데 그게 어떤 방법인지 알 수 있는 단서는 전혀 없었다. 케이스에는 주연 배우의 사진만 커다랗게 찍혀 있었고 대부분이 총을 들고 있었다. 비디오테이프들도 홍진을 놀리는 것 같았다. 세상 모든 것이 다 함께 홍진을 놀리는 것 같았다. 홍진은 다시 방문을 열고 테이프도 모두 던져버렸다. 아무짝에도 쓸모없는 것들이었다. 바로 자신처럼. 그녀와 똑같이.

홍진은 방문을 열고 밖으로 뛰쳐나와 무작정 걸었다. 어떤 남자와 어깨를 부딪치자 홍진은 길바닥에 주저앉고 말았다. 남자는 깜짝 놀라 사과를 하더니 홍진을 일으켜 세워주려고 했다. 홍진은 남자의 손을 뿌리쳤다. 그 남자가 쓰러뜨린 것, 땅바닥에 쓰러진 것은 홍진이라는 인간의 왜소한 몸이 아니라 그녀가 조금이라도 쓸모가 있는가에 대한 믿음이었다. 그녀는 어깨만 한 번 부딪쳐도 비틀거리는 저질스런 몸을 가지고 있었다. 어린 아이도 그녀를 힘으로 제압할 수 있을 것이다. 그녀의 팔뚝은 너무 가늘고 눈도 이미 오래전부터 침침해졌다. 그녀가 글자를 잘 읽지 않기 때문에 불편을 느끼지 못하고 살 뿐. 그녀의 몸 어느 부분도 쓸모라는 걸 가지지 못했다.

단지 몸의 문제만이 아니었다. 그녀의 삶에는 거대한 지체가 있었다. 홍진은 컴퓨터도 쓸 줄 모르고, 심지어 인터넷이라는 것도 사용해본 적이 없었다. 휴대폰이라는 것도 복덕방 주인 덕에 가지게 되었다. 이 세상에 그런 물건들이 존재한다는 것을 절에서 마주치는 사람들을 통해 알고 있었지만 그녀의 인생에는 필요가 없었다.

홍진에게는 일요일도 없고 월요일도 없으며, 봄 여름 가을 겨울도 없는, 어제와 작년이 똑같고 작년과 10년 전이 똑같은, 완벽하게 무한 반복인 생활이 있었을 뿐이다. 홍진은 그 생활을 기꺼이 살았다. 할 수만 있다면 지금도 홍진은 절간의 부엌으로 돌아가고 싶었다. 이미 얼굴이 익어 절간의 부엌까지 들어올 수 있는 여자들이 악귀를 쫓는 부적과 비방에 대해 쑥덕거리던 그 부엌으로. 홍진이 무엇을 하고 있든, 그녀라는 존재를 대형 전기밥솥과 마찬가지로 있는 듯 없는 듯 쳐다봐주던 그곳으로.

어딘가를 향해 걸어간다는 생각은 없었는데 정신을 차리고 보니 이지하의 가게 부근이었다. 그때 무슨 기적처럼 홍진의 눈에 영화 포스터가 보였다. 극장은 아닌 게 분명한데 영화를 보여주는 곳 같았다. 홍진은 엘리베이터를 타고 올라갔다.

"여기가 극장이에요?"

"여긴 디브이디방인데요. 블루레이도 볼 수 있어요."

"영화를 볼 수 있는 거 아니에요?"

"맞아요. 골라 오세요."

여직원이 턱으로 책꽂이 같은 걸 가리키며 말했다. 홍진은 지갑에서 메모지를 꺼내서 직원에게 줬다. 신문에 실렸던 영화평과 그 안에 언급된 영화들이었다.

"이걸 다 보실 거예요?"

홍진이 고개를 끄덕이자 여직원은 어이가 없지만 당신이 알아서 할 일이라는 듯 짧게 가격을 말했다. 홍진이 값을 치르자 여직원은 7호실로 들어가라고 했다. 시키는 대로 7이라는 숫자가 적힌 방으로 들어가자 방도 아니고, 침대도 아닌 이상한 구조물에, 홍진이 생각했던 영화관보다 훨씬 작은 스크린이 그 앞에 있었다.

다른 사람은 없었다. 그건 좋았다. 홍진은 문을 닫고 신발을 벗고 올라가 벽에 기대앉았다. 아무것도 하지 않았는데 저절로 영화가 시작되었다. 〈조디악〉이었다.

아주 지루한 영화였다. 범인은 총을 쏘아댈 뿐이고, 끝내 범인도 잡히지 않았다. 총이 있다면 무슨 걱정이 있을까. 그다음 영화는 두 남자가 주먹질을 벌이는 영화였는데 잠이 들었다가 깨어나보니 다 끝나가는 중이었다.

화장실에 다녀와 홍진은 그다음 영화를 또 봤다. 그 영화는 제법 흥미를 끌었다. 범인이 일곱 명의 사람을 차례로 죽이는데 어떤 사람은 죽을 때까지 먹게 하고, 어떤 사람은 몸을 묶어서 꼼짝하지 못하게 해서 굶겨 죽이고, 또 어떤 사람은 스스로 자신의 살을 잘라내게 만들었다. 모두 역겹고 구역질 나는 장면들이었다. 무엇 때문에, 무엇을 위해서 저렇게 사람을 죽여야 하는지 도무지 이유를 알 수 없었다.

홍진은 다른 사람을 죽이는 사람을 이해할 수 없었다. 남편은 마약에 취해 그녀와 아이를 죽이려고 했다. 정육점에서 고기를 써는 칼을 그녀와 아이의 배에 찔러 넣었다. 홍진은 아이보다 조금 더 튼튼했기 때문에, 아니 더 질겼기 때문에 숨이 붙어 있었을 뿐이다. 홍진은 끝까지 남편을 이해할 수 없을 것이다. 홍진은 자신이 이지하를 죽여야 한다고 생각할 때마다 구역질과 현기증이 치밀어 올랐다. 자신이 그를 죽여야만 하는 건 그가 먼저 살인을 했기 때문이다. 그가 소명을 죽였고, 소명이 홍진에게 그를 죽여 달라고 부탁했기 때문이다.

홍진은 영화가 끝나기도 전에 비틀거리며 그곳을 나왔다. 거리는 이미 어둑어둑해지고 있었다. 오늘 역시 한 끼도 먹지 않았지만 홍진은 굶어서 쓰러지려고 할 때만 뭔가를 먹기 때문에 밥은 필요하지 않았다. 억지로 뭔가를 먹으려 할 때마다 그녀는 구역질을 하고 먹은 것을 다 토했다. 병원에 있을 때 의사는 홍진이 스스로에 대한 혐오감 때문에 밥을 먹지 못한다고 말했다. 그 말을 듣고 난 후부터 홍진은 먹는다는 것이 더더욱 견디기 힘들어졌다. 혐오라도 가지고 있어야 했다.

홍진은 가까운 골목으로 들어가 등을 기대고 섰다. 허기가 배 속에 가득했고, 막막함이 등을 짓눌렀다. 허무했다. 영화를 보면 뭔가 해결책이 있을 줄 알았는데 아무런 소용이 없었다. 영화에서 본 대로라면, 사람을 죽이려면 총이 있어야 했다. 다시 경찰관이 떠올랐다. 그런 사람과 친해진다면 잠시 총을 빌릴 수 있을 텐데, 그래서 딱 한 발만 쏘고 돌려줄 수 있을 텐데.

피식 웃음이 나왔다. 경찰에게 총을 빌리다니. 그건 트럭으로 이지하를 죽이는 일보다 더 비현실적이었다. 두 번이나 실패했지만 결국 약을 먹이는 것뿐일까. 다른 방법은 없을까. 이걸 누구한테 물어봐야 한다는 말인가.

그때 믿을 수 없는 일이 일어났다. 홍진의 가게를 찾아왔던 경찰이 반대편 골목에서 나타난 것이다.

그는 혼자서 식당으로 들어갔다. 홍진은 밖에서 그를 기다릴까 생각하다 이지하를 쫓아 식당까지 들어갔던 것처럼 이번에도 그를 따라 들어갔다. 동행이 있다면 그냥 나올 생각이었다. 하지만 서화인은 혼자 안주를 놓고 술을 마시기 시작했다. 홍진은 통로 하나를 사이에 두고 그를 마주볼 수 있는 자리에 앉았다. 그는 홍진을 보지 않았다. 홍진은 나뭇잎 뒤에 붙은 벌레의 보호색처럼 어디에 있어도 별로 눈에 띄지 않는 외모를 가지고 있었다. 그 '눈에 띄지 않음'이 감사했다. 며칠이고 그를 계속 뒤쫓을 수도 있을 것 같았다.

"가서 말을 걸어봐. 뭘 꾸물거려?"

소명이 말했다. 소명은 추리닝 바지에 싸구려 점퍼를 입고 있지만 너무 예뻤다. 특히 조명이 머리 위에서 쏟아질 때면 눈썹이 그늘을 만들어 소명의 눈동자는 차갑고 깊은 우물처럼 보였다.

"듣기 싫어."

홍진은 소명에게서 시선을 돌리며 술을 시켰다. 경찰도 홍진도 각자의 술을 부어 각자의 잔을 비웠다. 소명은 장난을 치듯 키득거렸다. 소명은 자신이 예쁘다는 것을 알고 있었다. 그 예쁜 눈 가득 웃음을 지으며 속닥속닥 말하면 사람들이 어떤 부탁이든 다 들어줄 거라는 걸 너무 잘 알고 있었다.

"나는 알아. 저 사람은 네가 말하면 들어줄 거야. 가서 부탁해봐."

홍진은 머리를 흔들었다. 다음 순간 홍진의 눈이 술잔을 내려놓은 그와 마주쳤다.

"봐. 내 말 맞지? 널 알아보잖아. 가서 말을 해보라고."

홍진은 하는 수 없이 일어나 그의 앞자리로 가서 앉았다. 경찰은 좀 놀란 얼굴로 그녀를 쳐다보더니 술잔을 내밀었다. 홍진은 그가 주는 술을 잠자코 받아 마셨다. 그러고는 충동적으로 입을 열었다.

"저기…… 총이 필요해요."

서화인은 어이없다는 듯 피식 웃더니 물었다.

"사람을 죽이려고요?"

"네. 형사님한테는 피해가 안 가도록 할게요."

화인은 아무 대답도 없이 홍진을 물끄러미 바라봤다. 뭔가 더 적절한 설명이 있을 것 같은데, 이럴 때 상대방의 마음을 움직이게 만드는 어떤 말이 분명 존재할 텐데 그녀의 머릿속에는 떠오르지 않았다. 홍진의 등 뒤에서 소명의 키득거리는 웃음소리만 들려왔다.

"근데 꼭 필요해요."

홍진은 그녀의 절박함을 그렇게밖에 드러낼 수 없었다. 그는 어이가 없다는 표정이었다.

"남편이 속을 많이 썩이나 본데, 혹 남편이 때리거나 그러면 연락하세요. 제가 명함 드렸죠?"

"남편이 날 찾아와 칼로 찌르면요?"

"……."

"내가 죽고 난 다음에 뭘로 도와주실 건데요."

"정식으로 신고를 하세요. 나한테 와서 이런 소리를 하면 어떡합니까?"

소명, 미친 계집애. 거짓말쟁이.

홍진은 얼굴이 화끈거리고 창피했다. 거절이 민망했다. 그 상황에서 내뱉을 수 있는 단어가 떠오르지 않는 것이 원망스러웠다. 그가 자신의 부탁을 들어줄 거라고 기대하다니. 소명이 깔깔거리며 웃는 소리가 들려 홍진은 그냥 일어서 식당을 나와버렸다.

홍진은 수치심만 가득 안고 가게로 돌아왔다. 소명이 시키는 말을 듣다니 정말 미쳤나 보다.

홍진은 소명을 싫어했다. 어떻게 그 애가 그 절간으로 굴러들어 왔는지 모르겠다. 오지랖 넓은 주지 스님이 데리고 왔을 수도 있고, 아닐 수도 있겠지만 어쨌든, 주지 스님이 홍진에게 떠넘기며 당분간 좀 재워주라고 할 때부터 그 애가 싫었다. 힐긋거리며 홍진의 눈치를 보고, 그녀한테 잘 보이려고 애쓰고, 그러면서 홍진이 어디 있는지 찾아 소리도 없이 살금살금 그녀에게 다가오는 것, 그 모든 것이 싫었다.

홍진은 애들이 싫었다. 고양이나 강아지, 길가에 핀 들꽃 같은 작고 예쁜 것들, 마치 사랑을 주지 않으면 안 될 것 같은 존재들은 늘 피하고 싶었다. 홍진은 자신의 아이도 사랑하지 못했다.

어느 날 자신의 배가 점점 부풀어 오르고 젖이 커지고 그래서 임신이라는 것을 알았을 때부터 홍진은 부담스러웠다. 새벽부터 잠들 때까지 이어지는 노동과 돌덩이처럼 단단한 주먹으로 내려치는 남편만으로도 그녀는 충분히 버거웠다. 태열도 채 가라앉지 않아 새빨간 피부를 한 아이가 그녀의 젖을 빨 때의 그 느낌을 지금도 기억했다. 아이가 잇몸으로 그녀의 젖꼭지를 꽉 물고 흡반처럼 쪽쪽 빨면 젖이 빠져나가는 것과 함께 온몸이 나른하게 풀리면서 홍진은 그대로 쓰러져 잠이 들 것만 같았다. 잠이 들면 안 되는데, 일을 해야 하는데, 아이는 그녀의 몸 안에 한 줌 남아 있는 기운마저 다 빨아 삼킬 것처럼 젖꼭지에서 입을 떼지 않았다.

아이는 밤마다 몇 번씩 깼고 홍진은 늘 잠이 부족해서 고기를 썰면서도 깜빡깜빡 졸았다. 아이가 걷기 전에 홍진은 아이를 업고 일했고, 아이가 걸어 다닐 만큼 자랐을 때도 업고 일했다. 아이는 점점 더 무거워져서 홍진은 계속 진땀을 흘렸다. 엄마의 등에서 풀려나 멋대로 돌아다니고 싶은 아이는 늘 보채고 울었다. 홍진은 자신의 몸에서 아이가 나온 것을 저주했다. 아이는 무슨 권리로 그녀의 몸을 자기 집 삼아 멋대로 자라서 그녀의 살을 찢고 나온 것일까.

그리고…… 홍진은 생각했다. 아이가 어쩌면 병에 걸려 죽을지도 모른다고. 그러면 그녀는 아이의 죽음 앞에서 비통해서 까무러칠 것이고, 사람들은 다들 그녀를 동정하고 구완을 들어줄 것이다. 자식을 잃은 어미는 언제나 동정과 연민을 받으니까. 그녀는 푹 쉴 수 있고, 그리고…….

가게로 돌아와 홍진은 식탁 의자에 앉았다. 소명의 얼굴을 보고 싶지 않았기 때문에 방으로 들어가지 않았다. 이상하게 소명은 가게에는 잘 나타나지 않았다. 이사 오던 날, 홍진은 식탁 옆

벽에 '불공견삭관음 不空羂索觀音'이라고 적힌 한지를 붙여놓았다. 절에 있을 때 스님께 부탁해서 받은 글귀였다. 홍진은 언제나 그 글자를 보면 마음이 편안해져서 그녀의 남편이 감옥에 있을 때부터 그 글자를 벽에 적어 붙여놓고 늘 바라봤다. 소명이 그녀의 방에서 살 때 그 뜻을 물어본 적이 있었다.

"저 글자는 뜻이 뭐예요?"

"아무 뜻도 없어."

"근데 왜 늘 들여다봐요?"

소명은 홍진 앞에서 늘 얌전했지만 귀찮게 굴곤 했다.

"저 보살님의 이름을 늘 외우고 있으면 저주를 내릴 수 있대."

"무슨 저주요?"

그녀가 대답하지 않자 소명은 계속 졸라댔다.

"나도 배우고 싶어요."

"인간으로 윤회하지 못하고 영원히 축생도에 머무는 거지."

"고작 그거예요? 짐승으로 태어나면 나는 더 좋을 것 같은데. 아무 생각도 없고 걱정도 없고. 절에 다니는 사람들이 그런 미신을 믿는 거 너무 이상해요."

기껏 대답해줬더니 하는 말이라고는. 싸가지 없는 것. 홍진은 소명과 이야기하는 것이 싫어서 옥상으로 나왔다.

마을의 불빛 너머로 펼쳐진 들판은 끝 간 데 없이 어둠에 잠겨 있고 11월의 바람은 어느새 한겨울만큼이나 차가웠다. 저 멀리 사라지는 자동차의 붉은 후미등은 마치 이 세상에는 없는 그리운 곳으로 달아나는 것처럼 보였다.

"왜 나와 있어요? 춥잖아요?"

"……."

"내가 아무 말 안 할게요. 들어가요."

홍진은 차가운 땅바닥에 앉아 벽에 등을 기댔다. 소명이 홍진의 옆에 앉아 호주머니에서 담배를 꺼내 건넸다. 홍진은 소명이 건네기 전까지는 담배를 피워본 적이 없었다. 담배는 싫지도 좋지도 않았지만 눈앞에서 연기가 흩어져 사라지는 걸 보는 것이 좋았다. 소명과 홍진은 입김과 연기를 섞어 어둠 속으로 내뱉었고 소명은 쓸데없는 걸 물어댔다.

"있잖아요. 지옥이란 게 정말로 있어요?"

"있어야 돼."

"그런데 지옥이란 게 달리 있는 게 아니라 자기 마음이 지옥이래요. 빠져나오지 못하니까 지옥인 거죠."

홍진은 대답하지 않고 연기만 내뱉었다.

"맞는 말이에요?"

"맞겠지."

"보살님도 그런 게 있어요?"

홍진은 담배를 던지며 일어났다. 소명은 홍진을 올려다보며 또 물었다.

"왜 그렇게 말랐어요?"

"옛날에는 뚱뚱했어."

"정말? 안 믿긴다. 지금은 뼈만 있는데."

비만의 시간도, 흡연의 시간도 똑같이 지나갔다. 아무도 담배를 건네지 않아 허공에서 사라지는 연기를 볼 수 없는 지금은 오로지 저주의 시간. 자신이 원하는 것과 그것을 이룰 수단 사이의 거리가 너무 멀어 홍진은 울고 비명 지르며 밤마다 악몽을 꾸었지만 아직 실패라고는 생각하지 않았다. 설령 자신의 몸에, 자신의 능력에 맞지 않는 소망을 품고 있다 해도 미친 듯이 누군가를 해치우고 싶은 자신이 여전히 남아 절대로 빠져나올 수 없는 지옥을 더 깊게 만들고 있었다. 이지하, 개새끼.

6

식당에서 홍진을 만난 다음 날부터 화인은 정육점 앞을 지나칠 때마다 그 여자의 가게를 유심히 살펴봤다. 이유는 범죄 예방 차원이라고 해두자. 그 작고 마른 여자가 정말로 누군가를 죽일 거라는 생각은 들지 않았다. 다만 죽이고 싶도록 그녀를 괴롭히는 누군가가 있다면 화인은 적당한 핑계를 대고 개입할 자세가 되어 있었다. 차마 말은 못하지만 어쩌면 그녀가 정말로 하고 싶었던 말이 바로 그게 아니었나 하는 기대를 하면서.

하지만 홍진은 혼자였다. 늘 아무도 없었다. 손님 같은 건 얼씬도 하지 않았다. 애초 위치부터 글러먹은 가게였다. 신도시에는 새 아파트 단지와 첨단의 상가가 밀집해 있지만 구도심과 도시 외곽은 90년대와 크게 달라지지 않았다. 밤이 늦으면 버스도 자주 다니지 않았고 들판에는 불빛조차 드문드문했다. 재래시장은 이미 죽어가는 상태였는데, 여자의 가게는 그나마 시장 안도 아니고 길 하나 건너 모든 입주자들이 다 떠나버린 단층 건물 안에 분위기 파악 못 하는 전학생처럼 혼자 들어앉아 있었다. 어떤 미친놈이 밤중에 상가 안으로 들어가 난리를 피워도 아무도 모를 텐데, 생각하며 화인은 가게 문에 눈을 대고 안을 들여다보기도 했다.

종종 가게는 빈 것처럼 보였다. 가끔은 홍진이 보였다. 홍진은 가게 안쪽에 놓아둔 식탁에 앉아 멍하니 벽에 시선을 던지고 있었다. 유리문 밖에서 얼쩡거리는 화인을 보고도 그녀는 일어나 다가오지도 않았다. 홍진은 이제 그와는 더 얘기할 게 없다는 듯 천천히 고개를 돌려버렸다. 화인이라고 그 여자와 꼭 해야 할 말이 있는 것도 아니어서 차를 몰고 집으로 돌아갔다.

바람이 심하게 부는 봄날이라 포장도 안 된 가게 앞 도로에는 먼지가 자욱이 날렸다. 꽃이 피려는 모양인데 어떤 게 꽃인지, 어떤 게 먼지인지 구분이 안 갈 정도로 흙바람이 사정없이 몰려다니며 사람의 혼을 빼놓는 것 같았다.

뽀얀 먼지를 뒤집어쓰고 집으로 돌아가면 제정신이 돌아왔다. 잘 만든 이중창이 먼지와 소음과 바람을 막아주는 자신의 집에서 씻고, 먹고, 몸을 누일 수 있는 게 얼마나 다행이냐는 안도감이 몰려왔다. 여중생 따위. 유치하기 짝이 없는 죽음의 손톱, 그딴 건 지나가는 풍문일 뿐이다. 나쁜 소문일 뿐이다.

그럴 때면 혼자라서 얼마나 다행인가 하는 생각이 들었다. 장사도 안 되는 외진 정육점을 지키고 있는 그 여자도 혼자이니 다행인 것이다. 최소한 밤마다 자신을 두들겨 패는 인간이 옆에 있는 것은 아니니까. 그러다가도 다시 경찰의 본능이 발동하여, 정육점을 살펴본 건 저녁 무렵뿐이고 밤에는 다른 누가 있을지도 모른다는 생각이 들었다. 그럼 다음에는 밤늦게 한번 가보자.

화인은 그렇게 생각하며 눈에 들어오지도 않는 경제 책을 몇 페이지 읽고 잠이 들었다. 자면서 꿈도 꾸지 않았는데 누군가 그립기라도 한 듯 자꾸만 뒤척였다.

김 형사는 자살한 이서현의 전화 기록을 갖다 주지 않았다. 하지만 화인이 재촉할 처지는 아니었다. 김 형사의 말마따나 18년 전에 끝난 사건 때문에 남의 관할 사건을 다시 파고 있다는 것을 누가 알기라도 할까 봐 화인도 두려웠다. 그렇지만 이서현에 대한 생각은 화인의 머리에 들러붙어 떠나지 않았고, 수요일 저녁 화인은 이천식 목사의 교회를 찾아갔다.

어릴 적에 친구를 따라 교회에 몇 번 나간 적이 있어서 수요일 저녁마다 기도회가 있다는 사실 정도는 알고 있었다. 화인은 종교가 없었지만 종교적인 분위기는 좋아했기 때문에 쉬는 날이면 절이나 성당에 가서 조용히 앉아 있다 오곤 했다. 이천식 목사의 교회도 몇 번 가본 적이 있었다. 그 교회가 인근에서 가장 큰 교회라 앉아 있으면 장엄한 분위기에 젖어드는 느낌이었다.

차를 세워놓고 교회 안으로 들어가니 대회당에서 수요일 기도회가 이미 시작된 후였다. 목사가 앞에서 설교를 하는 중이었는데 구글에서 본 이천식은 아니었다. 부목사인 모양이었다. 감색 양복을 단정하게 입은 젊은 남자였다. 그의 목소리는 흥분하지 않았지만 열정이 가득했다. 젊은 사람들은 대체로 열정적인 법이다. 열정이란 실망해본 경험과 반비례하니까.

부목사의 설교가 끝나자 긴 기도가 이어졌다. 사람들은 저마다 바라는 것을 한숨과 눈물을 섞어 중얼거렸다. 화인은 부러웠다. 바람을 말할 데가 있다는 것은 얼마나 좋은 일인가. 자신의 바람을 들어줄 이가 존재한다고 믿는 일은 더더욱 그렇다.

긴 기도를 마치고 신도들이 한 명 두 명씩 일어나 나가자 화인도 밖으로 나왔다. 복도에서 부목사가 신도들과 인사를 나누고 있었다. 다른 한편에서는 대학생처럼 보이는 젊은 남자가 신도들에게 행사를 알리는 전단지를 나눠주고 있었다. 화인은 그에게 다가갔다.

"죄송하지만 이천식 목사님은 안 계신가요?"

"아버지는 요즘 심야 집중기도 중이셔서 조금 이따 나오실 거예요."

화인은 반가웠다. 아무런 기대 없이 교회를 찾아왔는데 가족을 만나다니 의외의 수확이었다. 화인은 자신의 신분증을 보여주며 말했다.

"나는 경찰인데 잠시 얘기 좀 할 수 있을까요. 죽은 여동생에 대해서.”

　여동생이라는 말과 동시에 그는 얼굴이 굳어지며 입을 다물었다. 화인은 그를 바라보며 대답을 기다렸다. 이윽고 그가 입을 열었다.

　“나가서 얘기하시는 게 좋을 거 같은데요.”

　그는 앞장서서 교회의 뒷마당으로 갔다. 농구대와 탁구대가 있는 걸로 봐서 아이들이 운동하라고 만들어둔 공간 같은데 밤이라 그런지 사람들의 발길이 없었다. 그의 이름은 동현이었다. 서울에서 학교를 다니다 군대에 가기 위해 휴학 중이라고 했다.

　“그런데 경찰이 어쩐 일이시죠? 서현이에 관한 건 다 끝난 일인데요.”

　“그냥 참고할 게 좀 있어서 알아보는 거예요. 죽었을 때 가출 중이었다던데 언제 가출했어요?”

　“7월 말이었어요. 방학 직후니까요.”

　“이유는……?” 동현은 한숨을 내쉬었다.

　“저는 모르겠어요. 그 애는 가족들을 다 싫어했어요. 아버지도 싫어하고 모두 다.”

　열다섯 살밖에 되지 않은 아이가 가족들을 미워하는 데는 그만한 이유가 있을 것이다.

　“그런데 가출 신고는 되어 있지 않았던데.”

　“안 했어요. 우리 식구들이 직접 찾으러 다녔어요. 돈도 없는데 걔가 갈 만한 데는 뻔하니까.”

"뻔한 거기가 어디죠?"

"애들 모여 노는 데 있잖아요. 걔는 초등학교 때부터 남자애들이랑 어울려 다녔어요. 늦게까지 안 들어와서 여러 번 찾으러 갔었어요. 서현이가 잘 가는 데를 알고 있어서 금방 찾을 수 있을 거라 생각했어요."

아버지가 유명한 목사니까 가출 신고를 꺼렸을 것이다. 더욱이 동현이 말하는 걸로 봐서 서현은 꽤나 사고뭉치였던 것 같으니 목사의 입장에서는 더더욱 숨기고 싶었을 것이다.

"그래서 찾았어요?"

"찾지는 못했고 전화 통화만 했어요. 전화가 왔더라고요. 돈이 하나도 없다면서."

"그때가 언제죠?"

"가출한 지 열흘 정도 지났을 때니까 8월 초 정도였어요. 어디에 있냐고 묻자 찜질방이나 피시방에서 잔다고 했어요. 친구 집에서 자기도 하고요."

"친구 누구?"

"그건 말하지 않았어요. 근데 거짓말이었을 거예요. 걔는 친구도 별로 없었고, 누구랑 친한지도 통 알 수 없었어요. 그러다 연락이 끊겼어요. 제가 카톡을 여러 번 보냈는데 읽지도 않고, 겨우 답을 해도 알았어, 나중에 연락할게, 뭐 이런 대답뿐이었어요."

동현은 잠시 고개를 숙인 채 말을 멈췄다. 마치 자신이 무슨 말을 했는지 점검하는 듯이.

"그게 다예요. 전 이만 가봐야 해요."

"이서현 양의 사진 가지고 있죠? 내 폰으로 하나 전송해주겠어요? 그리고 아버님을 좀 뵙고 가게 해주세요. 잠시면 되니까."

화인을 쳐다보는 동현의 눈빛에 불안과 두려움 같은 것이 스쳤다. 아버지를 두려워하는 것일까. 아니면 그의 아버지를 통해 화인이 듣게 될 말을 두려워하는 것일까. 동현은 휴대폰을 꺼내 잠시 통화를 하더니 화인을 데리고 교회 안으로 들어갔다. 이천식 목사의 방으로 가며 화인은 동현에게 자신의 휴대폰 번호를 불러줬다. 동현은 내키지 않는 듯한 동작으로 화인의 번호를 저장했다.

이천식 목사의 사무실은 2층 귀퉁이에 있었다. 동현이 문을 노크하자 "들어오세요."라는 낮은 목소리가 들려왔다. 동현은 따라 들어오지 않고 화인의 등 뒤에서 문을 닫았다.

목사가 고개를 돌려 화인을 쳐다봤다. 사진과는 달리 많이 여위고 주름이 가득했다. 실내의 조명은 책상 위에 있는 스탠드 하나뿐이었다. 목사는 조명의 밝기를 키우지도 않고 화인을 맞았다. 화인은 신분증을 내밀었다. 동현과는 달리 목사는 화인의 신분증을 찬찬히 들여다봤다.

"과학수사계 서화인 계장……. 과수계가 왜 우리 서현이를 조사하시는 거죠?"

"이건 수사가 아니라 자료를 모으는 겁니다. 가출 청소년에 대한 자료를 만드는 중이라서요."

"경찰서에서 만드는 건가요?"

목사가 화인의 눈을 뚫어져라 바라보며 물었다. 그의 눈빛에는 거짓말을 할 수 없게 만드는 힘 같은 것이 있었다.

"아, 아뇨. 제가 개인적으로 모으는 겁니다. 가출 기간과 가출 후 행적, 가출 후 어떻게 생활하는지, 그런 자료 말입니다."

"계장님, 경찰한테는 자료겠지만 우리한테는 깊은 상처입니다."

"죄송합니다."

이 사람한테서는 아무 말도 듣지 못하겠구나, 화인은 생각했다. 뉴스에 자주 등장하는 엉터리 목사에 대한 기사들 때문에 화인도 이천식 목사에 대한 선입견에 사로잡혀 있었다. 이곳에 올 때 이천식 목사에 대한 화인의 생각 속에는 지금 목격하고 있는 깊고, 아득하며 슬픈 눈동자는 들어 있지 않았다. 화인은 조심스럽게 입을 열었다.

"죄송합니다만…… 혹시 타살의 가능성은 전혀 없을까요?"

"그건 경찰에서 밝히셔야죠."

"의심스러운 건 전혀 없으셨고요?"

"저야말로 묻고 싶군요. 그 아이가 살해되었다는 증거가 있습니까?"

"아뇨. 하지만 그렇게 믿을 근거가 전혀 없다고는 할 수 없습니다.”

“믿음이라…….”

“남들이 보면 터무니없다고 할지 몰라도 저한테는 그렇습니다.”

화인은 이천식 목사의 진지하고 조용한 태도에 감응되어 최대한 솔직하게 말했다. 목사는 잠시 말을 멈추고 조용히 허공을 응시하더니 다시 입을 열었다.

“만약 서현이의 죽음에 이상한 점이 있다면 밝혀주길 바랍니다. 조용히 덮고 지나가자고는 하지 않겠습니다. 그건 서현이의 입장에서 너무 억울한 일이 될 테니까요. 서 계장님의 믿음이 올바른 것이라면 올바른 답을 찾겠지요.”

이천식 목사는 할 말을 다 했다는 듯 자세를 고쳐 앉았다. 조용히 일어서 나오려던 화인이 문득 생각나서 물었다.

“서현 양의 원래 가족은 아십니까?”

“아무도 없어요. 아버지가 사고로 돌아가신 후 어머니가 재혼하면서 할머니가 서현이와 걔 언니를 떠맡았어요. 그 애의 할머니가 우리 교회 성도셨거든요. 그런데 할머니가 치매로 시설에 가게 되자 오갈 데가 없어진 거예요. 그래서 제가…….”

“그럼 언니는요?”

“언니는 그 당시에 실종이었어요. 경찰이니까 아시지 않나요? 강소희라고.”

화인의 가슴에 뭔가가 쿵 하고 떨어지는 것 같았다.

"이서현이 강소희의 동생이라구요?"

"네. 원래 이름은 서현이 아니라 소명이었죠. 강소명."

교회에서 나와 차에 오르는데 휴대폰이 울렸다. 동현이 보낸 서현, 아니 소명의 사진이었다. 예쁜 아이였다. 단순히 예쁜 게 아니라 뭔가 사람을 매혹시키는, 만약 길거리에서 지나친다면 어지간히 둔한 사람이라도 몇 번이고 돌아보게 만들고, 잠시 후 그 아이가 사라지고 나면 내가 뭘 봤지, 하며 고개를 갸우뚱하게 만들 그런 얼굴이었다.

입은 옷이나, 카메라 앞의 자세는 특별할 게 없었다. 어깨까지 오는 머리카락을 바람에 날리며 두 손을 허리에 대고 새침한 표정으로 카메라를 응시하고 있었다. 이마에는 솜털이 보송보송하고 꼭 다문 입술은 뭔가를 비웃듯이 한쪽 끝만 살짝 올라가 있었다. 자세히 보면 양쪽 뺨에는 주근깨가 있고 눈, 코, 입은 어딘가 대칭적이지 않았다. 그래서 전형적인 예쁜 아이의 모습은 아니었지만, 예쁜 것 이상의 뭔가가 있었다. 어른스러운 표정 때문일까. 아니면 무언가를 응시하는 것 같은 눈동자 때문일까.

모든 생명은 다 소중한 것이고 평등한 것이라고 흔히들 말하지만 어떤 죽음은 다른 죽음보다 더 안타깝다. 나이가 어릴수록 더 그렇고, 죽은 사람의 재능이나 아름다움이 뛰어날 경우 또한 더 그렇다. 소명은 어렸고 또 아름다웠다. 이 아이가 한 살 한 살 자라면서 보여주었을 그 모든 아름다움들이 죽음과 함께 사라져버린 것이다.

화인은 휴대폰을 꺼내 방금 사진을 전송해준 동현의 번호로 메시지를 보냈다.

서현의 친구들 전화번호 알면 가르쳐줘.

화인은 답을 기다렸지만 동현은 침묵했다. 잠시 후 휴대폰이 울렸다. 확인해보니 오정미에게서 온 문자였다. 같이 저녁을 먹자는 내용이었다. 상냥하고 성격이 좋은 여자였다. 이런 여자와 결혼해서 적금 붓고 연금 모으며 건실하게 살아가는 것이 자신처럼 평범한 인간에게는 최상의 라이프 스타일일 것이다. 그걸 놔두고 자신은 지금 뭘 하고 있나. 화인은 잠시 생각하다 답을 보냈다.

일이 좀 밀려서 오늘은 곤란하겠네요. 다음에 내가 살게요.

바로 '읽음' 표시가 떴지만 오정미의 답은 늦었다. 마음이 상한 것일까. 화인은 뭔가 보충 설명을 더 해야 한다고 생각했지만 달리 생각나는 것이 없었다. 오정미는 잠시 후 '그럼 다음에 꼭 봬요.'라는 문자를 보냈고 화인은 바쁜 것처럼 보이려고 일부러 한참 있다 '그래요. 수고해요.'라고 답을 했다. 착한 오정미가 방긋 웃는 이모티콘을 보내왔다. 동현은 끝내 답을 하지 않았다.

화인은 시동을 걸고 교회를 빠져나왔다. 운전을 하며 차분하게 머릿속을 정리해보려고 했지만 쉽지 않았다. 강소희는 8년 전 실종되었고, 그 여동생은 자살한 시체로 발견되었다. 오정미의 말에 의하면 그 애의 손톱은 붉게 칠해져 있었다. 이것이 우연일까. 우연이 아니라면 이정아를 죽인 범인이 소희와 그녀의 여동생 소명까지 죽였다는 의미였다. 그렇다면…….

윤장호는 범인이 아니고, 증거가 위조되었다는 것이 드러날 것이다. 아니다. 그런 일은 절대로 없을 것이다. 경찰은, 이정아를 죽인 범인이 윤장호라고 끝까지 주장할 것이고 화인 자신도 그 주장에 동조할 것이다. 그래야만 하고 그럴 것이다. 누구나 영웅이 되고, 진실을 드러낼 수 있는 것은 아니다. 진실은커녕 이 안정된 밥벌이를 위해서는 여기서 모든 것을 외면하고 눈을 감을 수도 있었다.

하지만 다른 한 가지 가능성이 있었다. 화인이 다른 경찰들에게 알리지 않고 몰래 수사해서 진범을 찾아내어 쥐도 새도 모르게 그놈을 죽여버리는 것이다. 윤장호는 계속 오명을 쓴 채로 남겠지만 어차피 그는 죽었으니 다른 피해자는 더 없을 것이다.

범인이 누구인지는 모르지만 범인이라는 확증만 있다면 그를 죽일 수도 있을 것 같았다. 다른 사람은 몰라도 그 인간만큼은. 그를 찾아내기만 한다면.

그런데 어떻게 죽일 것인가. 총은 안 된다. 화인에게는 총기를 사용할 권한이 없었고 대번에 추적당할 것이다. 칼로 찔러? 외진 곳으로 유인해서 목을 졸라버릴까. 아니다. 다른 방법들이 더 있다. 어렵지 않은데 단지 지금 생각이 나지 않을 뿐이다.

그때 화인의 눈에 홍진의 정육점이 들어왔다.

홍진은 여전히 가게 안 구석자리 테이블 앞에 앉아 있었다. 화인이 들어서자 홍진은 천천히 일어나 화인 쪽으로 다가왔다.

"구워 먹을 소고기 한 근 주세요."

"등심? 안심?"

"안심."

홍진은 냉장고로 가서 고기 덩어리를 들고 왔다. 그러고는 지난번처럼 고기를 잠시 물끄러미 바라본 후 썰기 시작했다. 서툴지는 않으나 다른 정육점 주인들처럼 능숙한 칼질도 아니었다.

"얼마죠?"

이번에도 홍진은 돈을 받으려 하지 않았다. 아마도 홍진은 화인에게 나름 어떤 보답을 하고 싶어 하는 듯했다. 멀쩡한 경찰을 붙잡고 사람 죽이는 법에 대해 물어본 것에 대한 자기 식의 대가 지불인지도 몰랐다.

그런데 화인은 홍진이 간절하게 구하던 사람을 죽이는 방법에 대해 이야기하고 싶었다. 미친 척하고 얼마나 잔인한 방법들이 있는지 떠들고 싶었다. 도대체 이 여자가 죽이고 싶어 하는 사람은 누구며, 지금은 포기를 했는지, 아니면 마침내 방법을 찾은 것인지도 궁금했다. 무엇보다 그냥 집으로 가고 싶지 않았다. 혼자 침대에 누워 떠올릴 생각들이 불길했다.

"그럼 같이 먹읍시다, 이 고기."

홍진이 화인을 쳐다봤다. 놀란 것이 분명했지만 표정에는 변화가 없었다. 홍진보다 화인이 더 놀랐다. 순간적으로 당황해서 홍진이 거절해줬으면 하는 마음까지 들었다. 그러나 홍진은 보일 듯 말 듯 살짝 고개를 끄덕였다.

홍진은 살짝 몸을 틀어 화인이 안으로 들어가게 했다. 냉장고 뒤에는 홍진이 늘 앉아 있던 테이블이 있었다. 이인용 테이블에는 의자도 두 개뿐이었다. 바닥에는 일부분에만 장판이 깔려 있는 데다 원래 바닥이 고르지 않은 모양인지 화인이 앉은 의자는 삐거덕거렸다. 테이블 옆에는 용도를 알 수 없는 빈 상자들이 어수선하게 쌓여 있고, 방과 가게를 구분 짓는 구식 미닫이문에는 불투명한 유리가 끼워져 있어 안에 누가 있다 해도 알 수 없을 것 같았다.

홍진은 주방에서 휴대용 가스레인지와 프라이팬을 가져왔다. 이어 빈 접시와 수저, 김치와 소주병까지, 마치 미리 준비를 해둔 것처럼 화인의 앞에 주르르 늘어놓더니 고기를 굽기 시작했다.

그제야 화인은 잘 알지도 못하는 여자와 아무도 없는 집에서 술판을 벌이고 있다는 사실 앞에서 황망해지기 시작했다. 자신이 지금 이러고 있다는 것을 오정미가 알면 뭐라고 할 것인가.

홍진은 지난번에 혼자 산다고 말했지만 또 모를 일이다. 이 여자가 죽이려고 하는 상대가 쳐들어올지도.

복잡한 화인의 마음과는 달리 홍진의 얼굴은 마치 그한테 고기 구워주기를 기다리기라도 했다는 듯이 태연했다. 홍진은 익은 고기를 그의 접시에 놓아주었다.

"같이 드시죠?"

홍진은 고개를 살짝 저었다. 화인은 잔에 술을 부어 여자에게 건넸다. 여자는 잠자코 마셨다. 술 몇 잔이 들어가도 홍진은 입을 열지 않았고, 연신 고기를 집어 화인의 앞에 놓아줄 뿐이었다. 홍진의 등 뒤편 벽에, 한자가 적힌 붉은 종이가 붙어 있었다.

불공견삭관음不空羂索觀音.

화인은 글자를 물끄러미 바라다봤다. 무슨 뜻인지 알 수 없기도 했고, 그녀를 보고 있는 것보다는 벽에 붙은 글자를 보는 게 더 편하기도 했다.

"저 한자는 무슨 뜻이죠?"

홍진이 고기를 구우며 작은 목소리로 말했다.

"관음신의 일종인데……."

여자는 천천히, 때로는 조금씩 더듬어가며 설명했다. 화인도 끈기 있게 귀를 기울였다.

'견삭'은 올가미를 말한다. 살아 있는 모든 것은 그 올가미에서 빠져나갈 수 없어서 모든 중생을 구제한다는 신이 '견삭관음신'이다. 그런데 견삭관음신에게 공을 잘못 올리면 중생은 피안으로 가지 못하고 영원히 축생도에서 살게 된다.

"불교 신자이신가 보군요. 그러신 분이 왜 사람을 죽이는 방법을 찾고 계셨어요?"

홍진은 무슨 뜻인지를 모르겠다는 듯 잠시 어리둥절한 표정이었다. 불교 신자라는 것과 사람을 죽이는 게 무슨 상관이냐고 묻는 것 같았다.

"그래서, 아직도 사람을 죽일 방법을 찾고 계세요?"

"네."

"경찰에 고소를 하든가 그러지 않고 왜……."

"내 말을 안 믿을 거예요. 그리고……."

홍진은 잠시 생각하더니 더 작은 목소리로 덧붙였다.

"내 손으로 해야 할 일이라서……."

왜 꼭 자신의 손으로 해야만 하는지는 말하지 않았다. 물어도 대답해주지 않을 것 같았다. 그러나 화인은 그 말이 납득되었다. 납득이 되었다기보다는 그 말이 화인의 뭔가를 건드렸다. 윤장호를 생각할 때마다 늘 찜찜하게 남아 있는 것, 반복적으로 꾸는 이정아에 대한 꿈, 마치 새벽의 정욕처럼 자신을 덮치는 진범에 대한 집착. 모든 것이 그 한마디로 설명될 것 같았다. 내가 해야 한다. 내 손으로 해야 할 일이다…….

화인은 홍진에게 사람을 죽이는 일은 머릿속에서 상상하는 것과는 다르다고 말해주었다. 지금은 해낼 수 있을 것 같지만 막상 닥치면 손이 떨려서 못 할 거라고. 시도한다 해도 피해자의 완강한 저항에 부딪혀 오히려 자신만 다칠 수 있으며, 무엇보다 성공한다 해도 그다음이 진짜 문제였다.

"시신을 어떻게 처리할 건데요? 죽은 사람이 얼마나 무거운지 알아요? 땅을 파서 파묻을 거예요? 아님 바다에 던질 거예요? 뭘 하든 그 팔뚝으로는 안 돼요."

고기를 굽느라 말아 올린 소매 아래로 드러난 홍진의 팔목은 몹시 앙상해 보였다. 홍진은 화인의 시선을 느낀 듯 소매를 당겨서 손목을 덮었다.

"어떻게 요행히 처리를 했다 칩시다. 시신이 발견되지 않을 거 같아요? 예전에는 15년만 도망 다니면 공소시효가 만료되었지만 '태완이법' 이후로 살인사건에는 공소시효도 사라졌어요."

"그래도 잡지 못한 범인 있잖아요? 아니에요?"

화인의 가슴이 울렁거렸다. 화인이 확인하지 못했던 증거와 잡지 못한 범인. 그놈에 대한 미움과 스스로에 대한 혐오가 취기와 함께 올라왔다.

상가 안의 다른 가게들이 모두 비어 있는 탓에 이상하리만치 조용했다. 가게 앞으로 지나치는 차들도 거의 없었다. 배관에서 윙 하고 울리는 소리만 한 번 지나갔다.

"도대체 그 사람이 무슨 죽일 죄를 지었는지 한번 들어봅시다."

화인은 성폭행 같은 것을 생각했다. 그로 인해 만신창이가 되어버린 여자아이의 아픔 같은, 생각만으로도 술맛이 떨어질 것 같은 넋두리. 그러나 한 번쯤은 들어줄 수 있을 것이다.

"나한테 잘못한 건 없어요."

"그럼 혹시 애한테?"

"내 애는, 오래전에 죽었어요."

홍진의 목소리는 담담했지만 더 자세한 것을 물어볼 수는 없었다. 한 가지는 분명한 것 같았다. 홍진이 죽이고 싶어 하는 사람은 그녀와도, 그리고 그녀의 아이와도 무관한 누군가였다. 이해가 되지 않아야 하는데 이해가 됐다.

들판을 가로질러 온 황량한 바람이 가게의 문을 흔들어댔다. 문이 요란한 소리를 내는데도 홍진은 고개 돌려 한 번 쳐다보지도 않았다. 홍진의 얼굴에는 세상 모든 것과 뚝 떨어져 있는 듯한 초연함 같은 것이 있었다. 마치 다른 세상에서 살다 잠시 이곳에 와 있기 때문에 이곳의 삶에 대해 호기심도 관심도 가질 이유가 없다고 말하는 듯한 무심함이었다. 화인은 이 여자의 무심함과 누군가를 죽이고 싶다는 강렬한 의지가 어떻게 양립 가능한가를 생각하며 술잔을 다시 비웠다.

바람 소리와 기묘한 분위기에도 불구하고 의외로 다정한 저녁이었다. 홍진도, 화인도 입을 열지 않고 술만 마셨지만 심심하거나 어색하지 않았다. 몇 시간쯤 그대로 앉아 있어도 될 기분이었다. 그래도 뭔가는 말해야겠기에 화인은 가출한 아이들에 대한 이야기를 꺼냈다.

"예전에 집을 나오면 애들은 서울이나 수원 같은 큰 도시로 가곤 했어요. 하지만 요즘은 여기가 애들이 살기에는 가장 편한 곳이라는 걸 알게 되었는지 멀리 가지 않아요. 인근에서 알바하면서 자기들끼리 살죠. 가출해서 멀쩡하게 학교 다니는 애들도 있어요. 낮에는 학교에 갔다가 밤에는 매춘하고. 심지어 매춘으로 위장해서 어른들을 협박을 하기도 해요. 모텔에 들어간 다음 잠시 후에 남친이 들이닥치는 거죠. 미성년자 약취로 고발하겠다고 하면 웬만한 남자는 다 털리죠."

홍진은 화인의 이야기에 진지하게 귀를 기울였다. 마치 누군가 자기에게 어떤 이야기를 들려주는 건 처음이라는 듯. 프라이팬 위에서 고기가 타들어 가자 여자는 불을 껐다.

"그런 애들은 남자를 어떻게 만나요?"

"주로 채팅을 하죠."

"채팅?"

놀랍게도 홍진은 채팅이라는 단어를 몰랐다.

"인터넷 안 해봤어요?"

역시 고개를 저었다.

"휴대폰은 있어요?"

홍진은 끄덕이며 자신의 휴대폰을 내보였다. 이른바 '실버폰'이라고 하는, 폴더식 휴대폰이었다. 그것도 아직 반짝반짝 빛나는 새것이었다.

"며칠 전에 처음 만들었어요."

화인은 너무 신기해서 홍진을 다시 쳐다보았다. 그녀는 정말로 멀고 먼 딴 세상에서 온 모양이었다. 화인은 자신의 휴대폰을 꺼내 보이며 앱이라는 것, 그중에서도 채팅 앱에 대해 설명했다.

"그러니까 이제는 모든 게 훨씬 쉬워진 거죠. 나이 든 남자가 어린 여자아이를 만날 수 있는 기회, 방법 모든 게 다. 심지어 폰에 장착된 카메라로 남자들은 아이들의 외모를 미리 보고 고를 수도 있어요."

홍진은 화인의 휴대폰을 보며 앱이라는 걸 이해하려고 애를 쓰는 것 같았다.

"그런 사람들 중에는 어린 여자애를 죽이는 남자도 있겠죠?"

"……."

"들키지 않은 사람도 있을 거고."

마치 홍진은 화인이 말하지 못하는 것을 다 아는 것 같았다. 홍진은 화인의 얼굴을 들여다보며 단어 하나하나에 정성을 불어넣듯 천천히 물었다.

"그냥 죽는 게 아니라 가장 고통스러운 방법으로 죽는 건 어떤 거예요?"

"아마 화상이겠죠."

"그렇지만 어떻게 불에 집어넣고, 언제쯤 꺼내는지……."

"꺼내는 게 아니라 적당한 때에 불을 꺼야죠."

어느새 화인은 요리의 레시피처럼 사람을 죽이는 것에 대해 이야기하고 있었다. 아무리 힘들고 엄청난 일도 세부적인 내용으로 들어가면 지극히 기술적인 단어들로 치환될 수 있는 법이다.

"차가 있으면 기절시켜서 차에 묶어놓고 불을 지른 다음 적당한 때에 소화기로 불을 끄는 거예요. 문제는 차 안에서 불이 나면 금방 차 전체에 불이 옮아붙기 때문에 이게 쉽지 않다는 거예요."

홍진이 한숨을 내쉬었다. 살인이 쉽지 않아서 아쉽다는 듯이.

"꼭 죽여야 한다, 그러면 말이죠……."

화인은 본격적으로 그 방법에 대해 설명하기 시작했다. 과수계 소속 경찰들은 '흔적 없이 사람을 죽이는 방법'에 대해 종종 숙덕거렸다. 어떤 약물을 음식에 섞어 먹이면 몇 시간 후에는 흔적 없이 심장마비, 즉 심근경색으로 진단이 된다, 등등. 물론 그런 약물은 처방전 없이 구하기가 쉽지 않았다.

"가장 중요한 건 들키지 않는 거죠. 요즘은 어디나 시시티브이(CCTV)가 있고, 블랙박스가 있어서 정말 어려워요. 더구나 피해자는 휴대폰을 가지고 있으니까 위치 추적이 가능하죠. 그러니 감옥에 가지 않으려면 제일 먼저 해야 할 일이 피해자의 휴대폰을 처리하는 거예요."

"그런 건 상관없어요."

"그럼 도대체 뭐가 문제인데요?"

홍진은 멍한 시선을 허공에 던진 채 한참 동안 침묵하더니 이윽고 입을 열었다.

"……고통이죠. 할 수만 있다면 아주 고통스럽게 해서……."

"해서?"

"말하게 만들고 싶어요. 자기가 했다고……. 자기가 잘못했다고."

아아.

그 말을 들을 수만 있다면.

내가 죽였다는 실토를 들을 수만 있다면.

그 말이 나오도록 고통을 줄 수만 있다면. 그렇게만 할 수 있다면 다른 건 정말이지 어떻게 되어도 상관없는 것이다.

"그럼 그놈을 잡아다 고문을 해야지."

"어떻게 잡죠? 토끼도 아닌데."

"토끼라고 생각하면 되죠. 동물용 마취제를 쓰면 기절시킬 수 있어요. 졸레틸이나 럼푼 같은 동물 마취제가 좋은데 요즘은 다 향정신성 의학품으로 분류돼서 처방전 없이는 구할 수 없어요. 물론 예외가 있긴 하죠."

화인은 처방전 없이 살 수 있는 동물 마취제 이름과 동물 의약품 파는 곳을 가르쳐주었다. 직업을 통해 얻은 전문적 지식을 이렇게 써먹어도 되나 하는 자책 따위 별로 없었다.

"고마워요."

홍진이 들릴락 말락 낮은 목소리로 말했다. 화인은 뿌듯함마저 느꼈다.

"너무 많이 쓰면 바로 죽을 수 있으니까 조심해야 돼요."

화인은 진지하게 덧붙였고 홍진도 진지하게 고개를 끄덕였다.

"여기 가게 열기 전에는 무슨 일을 했어요?"

"그냥저냥 살아졌어요."

살아졌다…….

무덤덤한 말투였다. 무심한 대답이 한숨이나 눈물보다 오히려 더 격하게 느껴졌다.

바람은 더 거세게 불어서 당장이라도 문을 부술 듯했지만 술기운 때문인지 정육점 안은 더없이 따뜻했다. 지금 이것이 무엇이든 바깥은 더 추운 것이다.

홍진의 가게에서 나온 것은 밤 열 시가 훨씬 넘어서였다. 대리운전을 부르고 기사가 도착할 때까지 화인은 홍진과 멀뚱멀뚱 앉아 있었다. 갑자기 어색하고 불편한 기분이 되살아나 화인은 대리 기사가 어서 오기만을 기다렸다. 마침 대리 기사가 근처에 왔다고 전화를 걸어주었다.

문을 열자 차가운 바람이 화인의 몸에 부딪혀왔다. 화인은 인사를 하려고 홍진을 돌아보았다. 홍진은 마치 거기까지만 허락된 사람이라는 듯 정육점 문에서 더 나오지 않고 멈춰 섰다.

"내 명함 가지고 있어요?"

"……."

"전화기 좀 줘봐요."

영문을 모른 채 홍진은 휴대폰을 내밀었다. 화인은 홍진의 연락처 목록에 자신의 번호를 저장해주었다. 그녀의 연락처는 텅 비어 있었지만 더는 놀랍지도 않았다.

"혹시 무슨 일이 생기면……. 경찰이 아무 소용도 없다지만 그래도 모르는 거니까요."

홍진은 아무 말도 하지 않았다. 대리운전 기사가 도착했고 화인은 차에 올랐다. 차 안에서 화인은 자신이 한 헛소리들을 복기해보았다. 설마 홍진이 정말로 사람을 죽이지는 않겠지, 진짜 죽일 작정인 사람에게 자신이 방법을 가르쳐준 건 아니겠지, 화인은 편하게 생각하기로 했다. 사람을 죽이는 일이 얼마나 어려운데.

7

 동물 마취제부터 구해야겠다고 작정하고 홍진은 서울로 갔다. 한 시간 넘게 버스를 타고, 서울역에서 내린 다음부터는 길을 찾을 자신이 없어서 택시를 잡아탔다. 목적지는 동대문 시장이었다. 오래전에 두어 번쯤 가본 적이 있었다.

 그중 한 번은 남편이 홍진을 성폭행한 지 얼마 지나지 않았을 때였다. 그는 홍진을 시장으로 데리고 가서 옷을 사줬다. 홍진은 그때도 남편이 무섭기만 했지만 새 옷은 좋았다. 홍진이 세상에서 유일하게 좋아한 게 있다면 옷이었다. 예쁜 옷을 입고 싶고, 사고 싶고, 가지고 싶었다. 예쁜 옷을 입고 다니는 여자들이 언제나 부러웠다. 지금은 그조차도 잊어버렸지만 그때만 해도 새 옷은 홍진의 마음을 들뜨게 했다. 성폭행 당한 직후임에도 불구하고.

나는 그 정도로 변변치 못한 인간이었어, 라고 홍진은 생각했다. 군이 변명하자면 홍진은 그때 그것이 연애라고 생각했고 남들도 다 그렇게 사귀는 건 줄 알았다. 그때까지는 자신이 다른 사람들과 그다지 다르지 않다고 당연하게 믿었었다.

사실은 지금도 홍진은 무엇이 당연한 것이고, 이상한 것인지를 잘 구별할 수 없었다. 경찰이 그녀의 가게에 왔고, 그녀는 그와 긴 이야기를 했는데 그게 이상한 일인지, 아닌지도 판단이 서지 않았다. 그에게 준 고기가 상한 고기일까 봐 그게 계속 신경 쓰였다. 냉동실에 넣어놨다가 다시 해동한 고기인데 냉동 기간이 너무 길었다. 칼 연습을 하느라 몇 토막 썰어서 고양이들에게 나눠주었을 뿐 손도 대지 않은 채 냉동실에 걸려 있던 고기.

그가 고기를 같이 먹자고 했을 때 홍진은 처음에는 그게 무슨 말인지를 이해할 수 없었다. 누군가와 같이 밥을 먹는 것은 너무나 오래전의 일이었고 홍진이 잊어버리고 있던 일 중 하나였다. 그의 눈에 그녀가 무척 이상해 보이는지, 아니면 그가 궁금한 게 많은 사람인지 잘 모르겠지만 어쨌든 그는 계속 홍진에게 뭔가를 물었다. 그런 걸 사람들이 대화라고 부르는 것일까.

홍진의 인생이라고 부를 수 있는 폭력적이고 기괴한 시간 속에서 대화란 거의 일어나지 않은 사건이었다. 홍진에게는 친구도 연인도 없었고 다른 사람에게 할 말도, 듣고 싶은 말도 없었다. 심지어 홍진은 자신의 엄마와도 이야기를 나눠본 기억이 없었다. 살아남기 위한 생존 본능으로써 엄마에 대한 애착이 사라지고 난 후로 엄마를 그리워해본 적도 없다. 홍진의 집은 가난했고 가난은 그 자체로 폭력이었다. 한 끼를 해결하고, 하루를 보내기 위해 홍진의 가족들은 늘 누구에게나 폭력적이고 전투적이었는데, 세상은 만만치 않은 터라 그 폭력은 언제나 가족들에게로 향했다.

더 분명하게 말하자면 홍진의 인생에는 거의 모든 것들이 결핍되어 있었다. 아무것도 적히지 않은 채 더렵혀진 종이처럼. 아무리 때가 많이 끼었어도 그 안에 아무 내용이 없다는 것을 부정할 수는 없을 것이다. 절에서 내려온 후로 홍진이 하는 모든 일들은 처음 해보는 일이었다.

경찰은 그의 전화번호를 홍진의 휴대폰에 저장해주었다. 0, 1, 0, 9, 0, 4, 3, 1……. 홍진은 그 번호를 지우지 않았지만 외우지도 않았다. 어차피 홍진은 서화인이라는 사람에게 전화를 걸지 못할 것이다. 그런 일은 정상적인 사람들, 남편의 칼에 찔려 죽을 뻔했다거나, 정신병원과 절간에서 고립되어 살았다거나 하는, 그런 괴상망측한 이야기와는 전혀 다른 세상의 사람들이 하는 일이었다. 홍진에게는 너무 큰 용기와 힘을 필요로 했다. 자신이 가진 힘이 있다면 그게 얼마가 되든 이지하를 죽이는 데 다 써야만 했다.

홍진은 서화인이 해준 이야기를 복습하듯 곰곰이 떠올려봤다.

'그럼 그놈을 잡아다 고문해야지.'

시장은 멀미 나게 복잡했다. 홍진은 길을 묻기가 싫어 발이 닿는 대로 상가를 걸어 다니며 눈에 띄는 것들을 샀다. 빨랫줄과 주사기를 사고 무엇에 쓸지도 확실하게 정하지 않았지만 왠지 쓸모가 있을 것 같아 아령 작은 것과 큰 것을 각각 하나씩 샀다.

칼 가게가 보였다. 보통 정육점에서는 우도와 발골칼을 쓴다. 우도는 일반적인 주방 칼과 비슷하게 생겼고, 발골칼은 좀 더 모양이 날렵하고 크기가 작다. 사람에 따라서 도끼칼을 쓰는 경우도 있다. 남편은 도끼칼을 썼다. 도끼칼은 무겁기 때문에 적응하기 어려웠지만 일단 몸에 익고 나면 그만큼 편리했다. 칼의 무게가 사람의 힘을 덜어주는 것이다. 홍진은 도끼칼 한 자루도 샀다. 또 무엇이 필요할까 생각하다 호신용 장비를 파는 가게가 있기에 들어가서 가스총도 하나 샀다.

자신에게 돈이 있다는 것이 얼마나 다행인지. 남편이 홍진을 위해 해준 게 있다면 단 하나, 생명보험을 들어둔 것이었다. 사건 직후 홍진을 동정한 경찰서 직원 하나가 남편 명의의 셋방과 가게를 처분해서 홍진의 통장에 넣어줬다. 그리고 감옥에서 남편이 죽자 보험금이 나왔는데 그 돈도 같은 통장으로 들어왔다. 병원에서 나온 후로는 계속 절에만 있었기 때문에 홍진은 돈을 쓸 필요가 없었다.

소명이 그렇게 갖고 싶어 하던, 바로 그 돈. 홍진은 소명에게 한 푼도 주지 않았다. 딱 한 번, 3만 원을 빌려준 적이 있을 뿐이다. 그 애는 돈이 없어서 11월이 됐을 때도 여름에 입는 얇은 점퍼 차림으로 다녔다. 그때도 홍진은 불쌍하다는 생각을 하지 않았다.

동물병원이 보였다. 홍진은 문을 열고 들어가 동물 마취제를 파느냐고 물어봤다.

"어디다 쓰시게요?"

"돼지를 키우는데 병에 걸린 거 같아요."

"공무원에게 신고하면 알아서 해줄 텐데요."

"전염병이 아니라던데요."

"돼지 열병인가? 그런 건 드문데. 그래도 공무원이 처리해줄 거예요."

"제가 키우던 거라 제 손으로 해결해주고 싶어요."

어쩌면 거짓말이 그렇게 술술 잘 나오는지 신기했다. 홍진은 동물병원 두 군데에 더 들러 똑같은 얘기를 둘러대며 마취제를 샀다. 그 정도면 코끼리도 죽일 수 있을 것 같았다. 뭔가를 해낸 듯한 뿌듯한 마음이 들었고, 기분이 좋은 탓인지 새로운 아이디어가 떠올랐다. 너무 그럴싸해서 가슴이 두근거림과 동시에 왜 진즉에 이걸 생각해내지 못했는지 자책하는 마음마저 들었다. 홍진은 부랴부랴 근처 빵집으로 들어갔다.

"당근 케이크 팔아요?"

"우리는 안 해요."

"어디 가면 팔아요? 근처에서 살 수 있어요?"

친절한 주인은 휴대폰을 두드려 뭔가를 검색하더니 주소를 가르쳐주었다. 택시에 올라타 주인이 가르쳐준 주소를 불러주니 무슨 케이크 전문점이라는 곳에 홍진을 데려다주었다. 홍진은 그곳에서 가장 비싼 가격의 당근 케이크를 샀다.

홍진은 그동안 자신이 시간 낭비만 한 것이 아니라는 사실에 가슴이 뿌듯했다. 이지하의 사무실을 찾아가고, 그의 뒤를 밟았던 것이 다 헛수고는 아니었다. 그의 사무실을 처음 찾아갔던 날 그는 친구와 통화하며 당근 케이크를 좋아한다고 말했다. 그뿐인가. 이지하가 혼자 살고 있다는 것까지 알아냈다. 당근 케이크가 눈앞에 있다면 혼자 먹을 것이다.

물론 이지하를 잡아다 고통을 주고 자백을 받아내고 싶었다. 서화인에게 했던 말들은 서투르기는 할지언정 사실이 아닌 것은 하나도 없었다. 그러나 현실은 엄연히 현실이다. 이지하를 어떻게 잡아서 어떻게 고통을 준다는 말인가. 죽일 수 있는 방법이 있을 때 이거라도 완수를 해야만 한다.

"이걸 소포로 보내려면 어디로 가야 하죠?"

홍진이 묻자 가게 주인의 눈이 둥그레졌다.

"이걸 택배로 보낸다고요? 그럼 케이크가 다 뭉개져서 엉망이 될 텐데요."

그건 곤란했다. 먹음직스러워야만 했다. 절로 손이 갈 수 있도록.

"멀리 보내실 건가요?"

홍진은 신도시의 이름을 말해줬다.

"제가 직접 가지고 갈 수는 없어서……."

"퀵으로 보낼 수는 있는데, 좀 비싸요."

"상관없어요. 그걸로 보내주세요."

가게 주인이 주소를 적어달라며 메모지를 내밀었다. 홍진은 이제는 외우게 된 이지하의 주소를 또박또박 적다가 문득 손을 멈췄다. 케이크 안에 약을 넣어야 한다는 사실이 떠올랐다.

홍진은 가게 주인에게 잠시 후에 다시 오겠다며, 기다려달라고 부탁한 후 케이크를 들고 어느 커피숍의 화장실로 갔다. 그곳에서 홍진은 주사기와 동물 마취제를 꺼내 케이크 안에 잔뜩 넣었다.

이걸 먹고 죽을까. 설마. 죽지 않는다 해도 병원으로 실려 가면 홍진이 그 병원으로 찾아가 납치해올 수 있지 않을까. 어떻게 병원을 알아내고, 어떻게 납치할 것인지 세부 계획은 없었다. 당근 케이크를 이지하에게 보낸다는 것을 생각해낸 자신이 너무 대견해서, 어린 소년이 우주 정복의 꿈을 꾸듯 홍진의 상상은 혼자서 행복한 방향으로 마구 치달았다.

다시 케이크 가게로 가서 배달을 맡기고 퀵서비스 비용을 지불하자 주인이 다시 물었다.

"보내시는 분 성함은요?"

"……서화인."

그녀의 머릿속에 떠오른 유일한 이름이었다. 이지하와 서화인은 동창이니 이지하가 의심하지 않고 먹을 거라는 생각이 들었다. 만약 운 좋게 이지하가 죽고 난 다음에 수사가 시작되면 그 이름을 통해 홍진을 찾아낼 수 있을 거라는 일종의 표시이기도 했다. 사람을 죽여놓고 아무런 처벌을 받지 않고 편하게 살 생각 따위 하지 않으니까.

아주 긴 하루가 이어졌다. 케이크가 제대로 전달됐는지, 이지하가 그걸 먹었는지 모든 것이 너무 궁금해서 가만히 있을 수 없었다. 참다못해 홍진은 불공견삭관음을 외우며 백팔 배를 올렸다. 108번이 끝나면 다시 108번을 반복했다. 무릎을 꿇고 하늘을 향해 손바닥을 들어 올리며 제발 이지하가 그걸 먹고 죽게 해달라고, 홍진이 원하는 사지가 찢어지는 죽음은 아니지만 그의 숨통이 끊어지게 해달라고 빌고 또 빌었다. 그녀가 포기하기 전에, 아무것도 아닌 자신이 아무것도 아닌 채 끝나기 전에.

"성공할 거야. 너무 걱정하지 마."

홍진이 지쳐서 방바닥에 드러누워 눈을 감았을 때 소명이 속삭이듯 말했다. 홍진은 고개를 끄덕거렸다. 정말로 잘될 것 같았다.

다음 날 아침 일찍 홍진은 이지하의 아파트로 달려갔다. 그가 사는 신축 아파트는 언제 봐도 멋있었다. 지하 주차장 입구마다 201, 202, 203과 같은 식으로 숫자가 붙어 있는데 입구가 여러 군데가 아니라 딱 한 군데였다.

홍진은 입구 근처에서 몸을 숨기고 이지하의 차가 나오는가를 살펴보려고 했지만 금방 마음을 바꿨다. 기다릴 필요 없이 주차장 안으로 들어가서 그의 차를 찾으면 되는 일이다. 그의 차근처에 숨어서 그가 나오는지 확인하는 편이 더 정확했다. 요즘은 대견한 생각을 자주 한다면서 홍진은 스스로를 칭찬했다.

이지하의 차는 지하 2층에 있었다. 홍진은 그의 차가 잘 보이는 기둥 뒤에 서서 그를 기다렸다. 갑자기 낙관적으로 부풀어 올랐던 기분이 스르르 꺼지면서 우려와 실망감이 밀려왔다. 그가 배달된 당근 케이크를 먹었을까. 먹었다면 어제 병원으로 실려 갔을까. 가서 살아났을까, 죽었을까. 아니다. 조금밖에 먹지 않았다면 그냥 푹 자고 일어났을지도 모른다. 아, 또다시 그녀는 잘못한 것이다. 동물 마취제 대신에 농약을 넣었어야 했는데. 왜 이렇게 실수만 거듭할까.

시간이 지나갔다. 이지하는 모습을 보이지 않았다. 절망했던 홍진의 가슴은 다시 들뜨기 시작했다. 그녀가 보낸 케이크를 먹고 이지하는 정말 죽었는지도 모른다. 지금쯤 차가운 시체가 되어 있는 거라면…….

내가 정말 해낸 것일까. 정말로?

홍진의 다리가 후들거렸다. 이지하의 아파트로 달려 올라가 문을 두드려 그의 생사를 확인하고 싶은 충동 때문에 당장에 쓰러질 것만 같았다.

시간은 아주 느리게 흘러갔다. 정오가 다 될 무렵 홍진은 거의 기진맥진한 상태였다. 그때 이지하가 나타났다. 마법처럼 스르르 열리는 자동문 사이로, 자신은 절대로 죽지 않는다는 듯이.

이지하는 집에서 입는 추리닝 차림으로 손에는 음식물 분리통을 들고 있었다. 그는 관리실로 가서 경비와 잠시 이야기를 나눴다. 홍진은 멀찌감치 떨어져서 그의 모습을 훔쳐봤다. 그는 멀쩡했다. 너무나 멀쩡해서 그 모습 자체가 모욕적일 정도였다. 애초에 그는 언제나 멀쩡하도록 태어난 것만 같았다. 홍진이 언제나 모자라도록 태어난 것처럼.

이지하는 아파트 마당 구석에 놓인 분리수거대로 가서 음식물 쓰레기를 버리고 다시 자신의 집으로 들어갔다. 홍진은 음식물 쓰레기통으로 다가가 뚜껑을 열었다. 음식이 썩는 들큰하고 역한 냄새와 함께 당근 케이크가 그 안에 버려져 있었다. 당근 케이크는 손도 대지 않은 채였다. 홍진은 자신이 음식물 쓰레기통에 처박힌 것 같은 모욕감에 사로잡혔다.

중년의 여자 한 명이 음식물 쓰레기를 버리러 다가왔다. 그 여자가 홍진의 당근 케이크 위에 음식을 버리기 전에 홍진은 손을 뻗어 당근 케이크를 한 주먹 쥐어 입 안에 쑤셔 넣었다.

"엄마야!"

중년 여자가 비명을 지르며 뒤로 물러섰다. 홍진은 고개를 돌려 그 여자를 쳐다봤다. 당황하고 역겹고 겁에 질린 눈빛. 어이가 없기는 홍진도 마찬가지였다. 자신의 좁은 상식에서 조금만 벗어나도 비명을 지르는 사람들은 얼마나 예외가 없는 단정한 세상에 살고 있는 것일까. 홍진은 여자를 쳐다보며 손에 쥔 케이크를 남김없이 먹었다. 이렇게 맛있는 건데…….

홍진은 하얗게 질린 여자를 내버려두고 아파트를 빠져나왔다. 하늘이 빙빙 도는 것 같았다. 손을 흔들어 택시를 불렀다. 그녀가 가야 할 주소를 불러주고 홍진은 택시 뒷좌석으로 엉금엉금 기어올라 뻗어버렸다.

오지랖 넓은 택시기사가 홍진을 병원으로 데리고 갔다고 했다. 병원에서 몇 시간 푹 자고 일어나자 간호사와 의사가 와서 홍진에게 질문을 해댔다.

"남홍진 씨, 항정신성 약물을 드시고 계신데 꾸준히 복용하는 중이세요? 혹 다른 약물을 드신 건 아니에요?"

홍진이 어떤 대꾸도 하지 않자 의사는 보호자가 없느냐, 연락할 사람 없느냐, 귀찮게 물어대더니 결국에는 약을 꼬박꼬박 먹어야 한다는 충고를 한 후 홍진을 돌려보내주었다. 홍진은 가게로 돌아왔고 다시 잠이 들었다. 밤에 눈을 뜨자 소명이 옆에 앉아 그녀를 물끄러미 내려다보고 있었다.

"꺼져!"

홍진은 소명을 향해 소리를 빽 질렀다. 방 안에 음식 썩는 냄새가 가득했다. 바로 자신의 몸에서 나는 쉰내와 악취였다.

홍진은 비틀거리며 일어나 화장실을 다녀왔다. 현기증이 남아 있었다. 케이크에 넣은 동물 마취제 양과 그녀가 먹은 양을 가늠해보니 마취제를 대략 어느 정도 주사하면 사람을 뻗게 만들지 알 수 있을 것 같았다. 그게 소득이라면 나름 소득이었다.

홍진은 식탁으로 돌아와 의자에 앉아 멍하니 눈앞의 어둠을 바라보았다. 가만히, 가만히 있는 것. 그것이 홍진이 유일하게 잘하는 것이었다. 아무 생각도 하지 않고 머릿속을 텅 비우면 맥박도 느려지고 몸 전체가 천천히 멈추는 것 같았다. 그렇게 모든 것이 멈추어버린다면 얼마나 좋을까. 그러나 제대로 된 것이 들어 있을 리 없는데도 그녀의 머릿속에는 뭔가가 끊임없이 작동하고 있는 모양이었다. 불쑥불쑥 엉뚱한 기억들이 튀어 올라왔다.

소명의 얼굴, 죽은 아이의 어릴 때 모습, 서화인의 목소리.

'그럼 그놈을 잡아다 고문을 해야지.'

그러자 식탁 아래 지하실이 있으니 창고로 쓰면 좋다던 복덕방 주인의 말과 당근 케이크를 보내면서 홍진이 했던 상상, 즉 이지하를 납치한다는 것이 동시에 떠오르면서 머릿속에서 폭발 같은 것이 일어났다. 홍진이 이지하에게 다가갈 수만 있다면, 그를 자신의 차에 타게 할 수만 있다면, 홍진은 그에게 동물 마취제를 주사해서 이 안으로 데리고 올 수 있다. 그렇게만 할 수 있다면…….

심장이 뛰기 시작했다. 불가능하던 것이 가능해 보였고, 그것은 지금까지 자신이 했던 짓거리들, 음료수에 농약을 넣어서 건넨다거나 하는 바보짓과는 차원이 다른 것이었다. 그녀는 이지하를 자신의 손안에 넣고 그녀가 원하는 상태로 만들 수 있다. 그녀는 그를 벌할 것이고 그는 그녀의 저주에 묶여 다시는 인간으로 태어나지 못할 것이다.

홍진은 식탁과 그 아래 깔린 장판을 치우고 지하실 문을 당겨 열었다. 복덕방 주인의 말대로 사다리가 붙어 있었다. 홍진은 사다리를 타고 아래로 내려가봤다. 두어 평 정도 될 것 같은 공간이었다. 전 주인이 사용하다 버리고 간 몇 가지 잡동사니가 굴러다닐 뿐 아무것도 없었다. 등도 달려 있지 않았다. 바로 그 이유 때문에 홍진은 지하실이 마음에 들었다. 이지하를 이곳에 데리고 와서 위에서 문을 닫아버렸을 때 그는 어떤 기분이 될 것인가.

홍진은 이지하를 납치하는 방법에 대해 아주 신중하게 생각했다. 그를 붙잡아서 지하실에 처넣는다는 생각에 비하면 농약이니, 교통사고니 하는 것은 정말 어린애 장난보다 더 유치한 짓이었다.

그러나 가지고 싶은 것은 언제나 아득한 법이다. 아무리 생각해도 홍진에게는 이지하를 납치할 방법 따위가 떠오르지 않았다. 공책을 펴 들고, 홍진은 뭔가 적어보려고 애를 썼지만 단어 하나 떠오르지 않았다.

소명은 시도 때도 없이 나타나 왜 가만히 방구석에만 처박혀 있냐고 닦달을 해댔다. 소명은 그녀를 믿지 못하는 것 같았다.

하긴 홍진 자신도 스스로를 믿지 못하니까 충분히 이해가 되는 일이었다. 도무지 방에 있을 수 없어 가게로 나와 식탁에 앉아 있으면 방 안에서 소명이 소리치는 게 들렸다.

"넌 포기할 거야. 점점 용기가 없어지고 있잖아?"

"아냐, 안 그래."

"맞아. 너는 네 애가 죽을 때도 보고만 있었잖아."

"아니야! 모르면 입 다물어!"

홍진은 가게 밖으로 나왔다. 갈 데가 없는 홍진은 발이 가는 대로 무작정 걸어 다녔다. 어떤 날은 논밭이 흩어진 들판이었고, 또 어떤 날은 신도시로 이어진 자전거 도로기도 했다. 지치도록 걸으며 이지하의 가게로 가서 칼을 들이대고 다짜고짜 끌고 나오는 모습을 생각했다. 그럴 수는 없는 노릇이었다. 그렇지만……

홍진은 걸음을 멈추고 가만히 섰다. 뭔가가 눈에 보이는 것 같았다. 그래, 그럴 수도 있겠구나……

다음 날 홍진은 이지하의 아파트에서부터 그를 뒤쫓았다. 그가 자신의 영업장으로 들어가고 난 후 점심을 먹으러 나오기를 기다렸다. 그는 종종 점심을 혼자 먹기도 했으니까. 그날은 정말로 운이 좋았다. 출근한 지 삼십 분도 안 되어 그가 밖으로 나왔다.

홍진은 달려가 그의 앞을 막았다. 이지하가 놀란 눈으로 그녀를 쳐다봤다. 이 여자가 또 왜 이러지, 하는 눈빛이었다. 홍진은 이지하의 귀에 닿을 듯 바싹 얼굴을 들이밀고 천천히 말했다.

"소명을 죽인 거 알고 있어."

"예?"

"소명. 증거를 가지고 있어. 저기 식당 맞은편 골목 끝으로 따라와."

홍진은 이지하에게 노란색 열쇠고리를 내밀었다. 소명이 백팩 뒤에 매달고 다니던 물건이었다. 이지하는 도대체 영문을 모르겠다는 표정으로 소명의 열쇠고리와 홍진을 번갈아 쳐다봤다. 홍진은 몸을 돌려 자신의 트럭을 대놓은 곳으로 달려갔다.

트럭에 올라탄 홍진은 중얼거렸다. 이지하는 분명히 올 것이다. 오지 않을 리가 없다. 만약 오지 않는다면…… 홍진은 머리를 흔들어 나쁜 가능성을 머리에서 떨쳐버리려 애썼다. 떼를 쓰는 어린아이처럼. 모든 건 잘될 것이다. 이지하는 올 것이고, 그녀는 그를 포획할 것이다.

시간은 느리게 갔다. 정말 느렸다. 얼마나 느리게 갔는지 지난 몇 개월 동안 자신이 한 일들이 모두 꿈만 같았다. 소명을 죽인 범인을 찾겠다고 나선 것에서부터, 그를 확인하고 죽이겠다고 결심한 것까지, 모든 것이 비현실적으로 느껴졌다. 어쩌면 자신이 엉뚱한 오해를 하고 있는 것이 아닐까, 하는 생각도 들었다. 자신은 아는 것도 없고 지능도 떨어지는데 이렇게 정확하게 범인을 찾았을 리가 없다. 자신이 뭔가 쓸모 있고, 보람 있는 일을 하게 될 리가 없지 않은가.

그때 골목으로 이지하가 들어왔다. 홍진에게 다가오는 그는 화가 난 것처럼 보였다. 홍진은 차창을 내리고 고개만 살짝 내밀어 이지하에게 자신이 있는 위치를 알렸다.

"조금 전에 뭐라고……."

"일단 타요."

"예?"

"할 말이 있으니까 타라고!"

홍진이 버럭 소리를 지르자 이지하가 트럭 조수석에 올랐다. 홍진의 차림새는 너무 초라했고 차는 부서져 범퍼가 덜렁거렸다. 초라한 존재를 두려워하기란 어렵다. 특히 남자들은 자신이 여자에게 끌려간다는 생각은 쉽게 하지 못한다. 그 오만함이 홍진을 도와주었다.

이지하가 트럭에 오르자 홍진은 계획했던 대로 그의 얼굴을 향해 바로 가스총을 쐈다.

"악."

이지하가 비명을 지르며 두 손으로 얼굴을 감싸 쥐었다. 홍진은 동물 마취제가 든 주사기를 꺼내 그의 허벅지에 찔렀다. 이지하는 홍진을 밀치며 소리를 질렀다.

"이게 무슨 짓이야! 왜 이러는 거야, 왜?"

그의 목소리는 컸지만 아침의 유흥가 골목에는 사람이 없었고 그의 의식도 오래가지 않았다. 이지하의 머리가 옆으로 넘어갔다. 홍진은 그의 주머니를 뒤져 휴대폰을 찾았다. 화인이 그것부터 먼저 처리해야 한다고 했으니까. 처리란 어떻게 하라는 것일까. 홍진은 잠시 생각하다 이지하의 휴대폰을 하수구 구멍 안으로 던져버렸다. 다시 차에 오른 홍진은 트럭의 시동을 걸고 자신의 가게로 향했다.

이지하를 트럭에서 가게 안으로 옮기는 건 아주 힘든 일이었다. 홍진은 트럭의 조수석을 가게 문 앞에 가도록 대고 이지하를 끌어내린 후 양쪽 겨드랑이를 끼고 안으로 끌고 가야 했다. 불과 얼마 되지 않는 거리였지만 정말 고통스러울 정도로 힘들었다. 돼지고기 덩어리를 냉장고로 옮길 때처럼.

남편과 함께 정육점을 하던 시절, 홍진의 힘으로는 꿈쩍도 하지 않는 고기나 짐을 날라야 할 때 그 무게 때문에 온몸이 후들거렸다. 허리와 팔, 다리에 가해지던 압박은 홍진을 무기력하게 만들었다. 이를 악물고 용을 써도 그녀가 옮기려던 것은 아주 조금 움직였을 뿐이다. 마치 근력이 약한 자신을 비웃기라도 하듯. 그녀가 바닥에 주저앉는 꼴을 보고 싶기라도 하듯.

홍진은 이를 악물고 이지하를 끌고 들어간 후 가게 문을 잠갔다. 이지하는 여전히 정신을 차리지 못한 채였다. 식탁을 옆으로 치우고 지하실의 문을 열었다. 어둠이 마치 지옥으로 가는 입구인 양 뻐끔 나타났다.

홍진은 이지하를 그 안으로 밀어 넣었다. 지하실로 굴러 떨어졌지만 이지하의 입에서는 비명도 나오지 않았다. 홍진은 손전등과 빨랫줄을 찾아 들고 사다리를 내려갔다. 홍진은 사다리에 손전등을 걸어놓고 빨랫줄로 그의 손과 발목을 묶었다.

죽을 만큼 지치고 피곤했다. 온몸이 땀에 젖고 덜덜 떨리고 여기저기가 아팠다. 그러나 해냈다. 이지하를 끌고 자신의 집, 아니 자신의 처형장까지 왔다. 어떤 운명이 드디어 실행되었다.

홍진은 손전등을 챙겨 들고 사다리를 타고 올라갔다. 지하실의 문을 닫고 자신의 방으로 엉금엉금 기어들어 가 그대로 쓰러져버렸다. 이지하와의 첫날이 시작되었다.

8

출근 후 커피 한 잔도 다 마시지 못했을 때 화인은 호출을 받았다. 강력팀의 오 팀장이었다.

"너 이천식 목사를 찾아갔다며?"

자신을 부른다고 할 때부터 찜찜했는데 역시 나쁜 예감은 잘 들어맞았다. 무슨 그만한 일로 경찰서로 연락까지 넣었나 싶어 화인은 짜증이 치밀었다. 이천식 목사는 화도 내지 않았고 서로 좋은 분위기에서 이야기를 나누고 헤어졌다고 생각하고 있었다. 그런데 목사는 그게 아니었나 보다. 이 정도로 예민하게 굴 때는 뭔가 켕기는 게 있을 것이라는 의심이 들었다. 하지만 화인보다 더 열 받은 건 팀장이었다.

"이 목사를 찾아가서 자살한 딸에 대해 이것저것 캐물었다며?"

"……."

"왜? 뭐가 궁금한 거야?"

그 말투에는 빈정거림과 불쾌함이 고스란히 묻어났다. 무작정 아무 말 않거나 다른 핑계를 대고 넘어갈 수 없는 문제였다.

"이상한 얘기를 좀 들었어요."

"뭔데?"

화인은 여학생들 사이에 퍼지고 있는 죽음의 손톱과 소명의 자살에 대해 이야기했다.

"그래서?"

"자살한 이서현은 8년 전 실종된 강소희의 동생이에요."

"그래서어?"

오 팀장의 말투에 빈정거림이 더 노골적으로 드러났다.

"이정아 사건이 생각나서요."

"이정아? 이정아가 거기서 왜 나와? 왜 나오냐고!"

오 팀장의 목소리가 높아졌다. 김 형사가 뭐라도 도와주고 싶다는 듯 눈치를 보며 반장과 화인의 옆을 얼쩡거렸지만 아무런 도움도 되지 못했다. 반장은 화인을 잡아먹을 듯 노려봤다.

"이정아, 실종된 강소희, 강소희의 여동생. 모두 중학생이에요."

"그래서? 하고 싶은 말이 뭐냐고!"

"팀장님도 이정아 사건과 관련이 있잖아요? 왜 모른 척하세요?”

“뭐?”

18년 전 강력계 형사였던 오 팀장은 윤장호가 범인이라고 누구보다 강하게 주장했다. 족치면 진술을 받아낼 수 있다고. 윤장호가 범인이 아니라면 자기 손에 장을 지진다고.

“이 새끼가 진짜 미쳤나? 내가 무슨 관련이 있다는 거야? 내가 뭐?”

그때 잽싸게 김 형사가 다가와 화인의 어깨를 붙잡아 돌려세웠다.

“계장님, 그만하시고…….”

가만히 있지 못하는 사람은 화인이 아니라 팀장이었다.

“김 형사, 넌 나가 있어. 나가라니까!”

오 팀장의 서슬에 김 형사가 잠자코 나가자 팀장은 화인의 얼굴에 자신의 얼굴을 바싹 들이대고 말했다.

“좋아. 이정아 사건 가지고 너 할 말이 있나 본데. 내가 먼저 물어보자. 그때 감식반이 증거를 조작한 거, 인정하는 거냐?”

한 번은 말하고 지나가야 할 질문이었다. 답은 정해져 있었다.

“제가 안 했어요.”

“그럼 양 반장이 했다고?”

“…….”

“그런데 양 반장은 왜 이정아의 졸업식까지 갔을까?”

화인은 처음 듣는 얘기였다. 당시에 양 반장은 흔들림 없이 윤장호가 범인이라고 말했었다.

"범인이 잡히지 않았다면 이정아의 졸업식에 나타날 거라며 캠코더까지 들고 갔어. 너한테는 왜 말을 안 해줬을까. 응? 일이 잘못되면 네 인생 끝장이라고 양 반장이 뒤에서 많이 챙겨준 거, 알기는 하냐?"

노름판에서 자신이 호구라는 건 본인만 끝까지 모른다. 정신을 차리고 보면 모두들 판돈을 들고 일어선 후고 자신만 엉뚱한 패를 틀어쥔 채 남아 있다는 것을 그제야 알아챈다. 양 반장이 화인에게 해준 얘기였다. 바보는 자신만 그 사실을 모른다고. 부끄럽고 쓰라렸다. 모든 동료들에게 화가 치밀었다. 무엇보다 자기 자신에게.

인사도 하지 않고 화인은 방을 나왔다. 화인의 등에 대고 팀장은 한 번만 더 이런 짓을 하면 시말서라고 나지막이 말했다. 크게 말할 필요도 없었다. 말 한 마디 한 마디가 화인의 뼈를 때렸으니까.

과수계로 돌아오는데 전화벨이 울렸다. 이지하였다. 동창회 관련된 일인 것 같았다. 그게 아니라면 이지하가 화인에게 전화를 할 이유가 없으니까. 통화할 마음이 아니어서 화인은 통화 거절 버튼을 눌러버렸다.

벚꽃이 뽀얗게 피어오르고 있었다. 이정아가 죽던 계절. 꽃을 볼 때마다 늘 이정아를 생각해왔던 세월이 18년이었다. 18년은

161

얼마만큼의 시간일까. 후회하기엔 너무 길고 다 잊어버리기엔 너무 짧아서 결과적으로 아무것도 달라지지 못한 그 시간들.

화인은 다음 날 월차를 내고 양 반장을 찾아갔다. 양반장은 밭에서 일하다 화인을 맞았다.

"나는 그 사건에 대해 남아 있는 기억이 별로 없어."

양 반장은 아침 햇살이 부담스러운 듯 눈살을 찌푸리며 화인에게 말했다. 조직의 미묘한 생리에 의해, 감식반이라는 명칭의 부서에서 일했던 그의 직급은 반장이었고, 과수계라는 부서에서 일하는 화인의 직급은 계장이었다. 같은 일을 하면서도 호칭이 다른 것만큼 양 반장과 화인은 다른 기억을 가지고 있는지도 몰랐다.

경찰에서 퇴직할 때 양 반장은 귀농해서 농사나 지으며 살겠다고 말했었다. 실제로 그는 비닐하우스 농사를 짓고 있었고, 그가 사는 집 주변도 밭이었지만 그 주변은 마치 출격 준비를 기다리는 군대처럼, 새로 짓는 아파트들의 층수가 크레인과 함께 점점 올라가는 중이었다. 사실상 귀농이라기보다는 신도시 주변에 투자를 해둔 것이었다.

"땅값이 꽤 올랐겠는데요?"

"그래 봤자 장가가는 아들놈 집 한 채 사주면 개털이야."

"윤장호의 유족들한테 고소당하면 그나마도 못 해주겠죠?"

화인을 쳐다보는 양 반장의 얼굴이 묘했다. 언짢은 것 같기도 하고, 우스워하는 것 같기도 했다.

"그때 왜 그러셨어요?"

"뭘?"

"아시잖아요. 제가 뭘 말하는지."

양 반장은 화인에게 담배를 내밀었다. 화인은 고개를 저었다. 양 반장은 담배를 입에 피워 물며 투덜댔다.

"자네도 담배 끊었어? 요즘은 다들 금연이구만. 뭘 그렇게 오래 살겠다고 난리야? 실컷 피우다 일찍 죽으면 그게 또 사회를 위하는 길인데."

"별로 안 웃겨요, 반장님."

"내가 윤장호한테 뭘 어쨌다는 말이야?"

"제가 윤장호의 화목 난로에서 가져온 재 안에는 손톱이 없었어요. 그건 반장님이 집어넣으신 거예요."

"내가 그걸 어디서 얻었다는 말이야? 이정아의 손톱을 내가 어디서 구해?"

"검시 때였겠죠. 검시 참관하셨으니까."

"자네도 참관했지. 내가 데리고 갔잖아. 생각해보니 다 기억이 나네. 그래, 그 손톱 조각은 확실히 이상했어. 난로 안에 그런 게 남아 있을 리가 없잖아. 그런데도 그게 나왔다는 건……."

"나는 하지 않았어요."

양 반장은 천천히 담배를 다 피웠다. 마치 담배 연기가 너무 소중해서 한 모금도 그냥 허공에 흘려버릴 수 없다는 듯이. 거의 필터까지 타들어 간 담뱃불을 나무 둥치에 비벼 끈 다음 꽁

163

초는 담뱃갑에 집어넣었다.

"그럼 재 안에 들어 있었겠지."

화인은 어이가 없었다. 그때 재판에 넘겨졌던 증거 목록에는 화인이 화목 난로 안에서 채취한 재와 찌꺼기 봉투가 있었고, 채취자는 서화인이라는 이름으로 서류에 남았다. 그렇다고 양반장이 이렇게 자신이 한 일을 딱 잡아떼리라고는 생각하지 못했다.

"근데 자네는 왜 윤장호가 범인이 아닐 거라고 생각해? 증거가 있고 없고를 떠나서 윤장호가 범인이면 안 될 이유는 뭐가 있어?"

"그럼 반장님이 죽은 이정아의 졸업식에 간 이유는 뭐예요? 캠코더로 녹화해 오셨다면서요?"

"뭐, 시간이 남았으니까 갔겠지. 그래, 맞아. 그 때문이야. 당시에 내가 연수를 갔을 때 프로파일링인가 뭔가, 그런 수업이 있었거든."

"알아요. 저도 같이 갔었잖아요."

"그랬나? 게다가 소니 캠코더도 한창 유행이었고. 소니는 왜 사라졌는지 모르겠어. 그렇게 잘나가던 회사가."

"반장님!"

"암튼, 어느 날 생각이 나더라고. 만약 윤장호가 진범이 아니거나, 아니면 범인이 둘이거나, 뭐 그런 경우라면 이정아의 졸업식에 나타날 수도 있지 않을까."

"만약 그 진범이 아직도 범행을 저지르고 있다면요?"

양 반장은 다시 담배를 피워 물었다. 화인은 그의 담배 연기가 지겨웠다. 담배가 생각하는 걸 도와준다고들 하지만 웃기는 얘기였다. 보통은 말하기 껄끄러울 때 담배를 피워 물었다.

"이봐, 서 계장. 아마 내가 실수를 했는지도 몰라. 우리는 엉뚱한 사람을 집어넣었는지도 모르지. 그렇지만 우리는 윤장호가 범인이라고 백 퍼센트 믿었어. 아니었나?"

그렇다. 믿고 있었다. 백 퍼센트였을까. 화인은 윤장호가 진범일 가능성이 크다고 생각했고, 윤장호가 범인이라는 걸 입증하고 싶었다. 너무나 간절하게. 그러나 백 퍼센트는 아니었다. 없는 증거를 만들어낼 만큼 믿지는 않았다. 백 퍼센트의 믿음은 어디에서 나와 어디에서부터 무너지는 것일까.

"말장난 하지 마세요. 백 퍼센트 확신이라는 게 어디 있어요?"

"내 말이 그 말이야. 백 퍼센트는 없어. 확실한 것도 없어. 아주 중요해 보이는 일, 결정적으로 보이는 일도 조금만 떨어져서 보면 사실 중요한 게 아냐. 하지만 인간은 자신이 믿는 것에 매달려서 살고 죽어. 그것이 올바른 것인가는 부차적인 문제야. 자, 기본적인 것만 생각하자고. 우리가 해야 하는 건 누군가를 잡아넣는 거야. 왜냐면 진범도 중요하지만 검거율도 그 못지않게 중요하거든. 검거율이 높으면 사람들이 죄를 저지르지를 못해. 왜냐면 죄를 저지른다면 반드시 잡힌다고 사람들이 믿는데 어떻게 범죄를 저지르냐고."

"그런 강의 들으러 온 게 아니에요. 만약 윤장호가 진범이 아니라면 그 손톱은 나 아니면 반장님 짓이에요."

"그런가."

"소니 캠코더로 찍었다는 졸업식 장면. 가지고 계시죠?"

"아니. 그걸 내가 왜 가지고 있겠어? 감식반 캐비닛 어디에 처박혀 있겠지."

"봐야겠어요."

"왜?"

"확인하고 싶은 게 있어요."

"근데……. 이런 말 하긴 뭐하지만 자네도 거기 갔었잖아."

화인은 할 말을 잃고 양 반장을 쳐다봤다. 양 반장은 왜 자신을 보고도 아는 체하지 않았을까. 양 반장은 다 이해한다는 듯 화인의 어깨를 툭툭 쳤다.

"그냥 잊어버리라니까. 잊을 건 잊어야 살아."

양 반장은 화인의 얼굴 위로 길게 담배 연기를 내뿜고는 돌아섰다.

D시로 돌아온 화인은 곧장 경찰서로 갔다.

"계장님."

휴가 낸 사람이 사무실에 왜 오냐고 부하 직원이 의아한 듯 화인을 쳐다봤지만 화인은 아랑곳하지 않고 캐비닛을 뒤졌다.

소니 캠코더는 더 이상 사용하지 않지만 캐비닛 안에 들어 있었다. 테이프는 보이지 않았다. 디지털화된 지 오래이기 때문에 필요한 자료는 모두 디지털 정보로 변환해서 메모리 안으로 들어갔다. 양 반장이 이정아의 졸업식에 가서 찍어온 테이프라면 그냥 버리지는 않았을 텐데.

"뭐 찾으세요?"

"예전 캠코더로 녹화한 테이프들 어디 됐어?"

"글쎄요."

사건과 관련된 증거는 종결 후에도 일정 기간 보관한다. 미제사건은 미제사건 전담반에게 넘긴다. 하지만 양 반장이 촬영한 내용은 증거가 아니었다. 굳이 말하자면 개인적인 내용일 뿐이다. 이정아 사건은 종결되었기 때문에.

"계장님이 다 정리하신 거 아니에요?"

부하 직원이 덧붙였다. 그리고 보니 몇 년 전 경찰서를 신축해서 사무실을 옮기면서 대대적으로 청소를 했었다. 그때 더 이상 쓰지 않는 장비들과 사용 기한이 지난 물건들을 다 폐기시켰다. 자신의 손으로.

화인은 캐비닛 문을 닫고 경찰서를 나왔다. 환한 봄 햇살이 물러서지 않는 과거의 기억처럼 화인을 덮쳤다.

생각해보면 18년은 참으로 짧았고 짧았지만 너무 많은 것들이 변했다. 티끌만 하던 이정아의 작은 손톱은 화인의 삶 전체에 균열을 내고 있었다. 그 균열을 깔고 누워 악몽에 시달리며 화인은 항상 잊었노라 믿으려고 애썼다.

잊다니.

화인은 사건이 종결된 후에도 이정아가 살던 동네를 종종 찾아갔었다. 이정아가 사라진 그 골목 어귀에 서서 화인은 쓰라림과 안도감을 동시에 느꼈었다. 범인은 잡혔고, 다 지나간 일이며 되돌릴 수 있는 것은 없었다.

왜 자신은 캠코더로 기록해둔다는 생각을 못 했을까, 화인은 씁쓸했다. 그때 주변을 녹화해두었어야 했다. 몇 번 반복하다보면 어쩌면 화면을 스치고 지나가는 인물이 나왔을지 모른다. 그리고 이정아의 책상 위에 두고 간 성모상도 감식을 했어야 했다. 최소한 지문이라도 채취해두었어야 했다.

물론 그것은 희망 사항일 뿐 그렇게 해서 용의자를 찾는다 해도 그걸로 기소까지 갈 수도 없었다. 진범은 이미 잡혔기 때문에.

문득 중학교 동창 한 명이 떠올랐다. 중학교 때 공부를 아주 잘했던 친구였는데 서울에서 대학을 마친 후 작가로 데뷔했다. 하지만 그의 소설은 모두 흔적도 없이 사라졌고 그 후 20년 가까이 아무것도 하지 못하고 있었다. 그 친구와 여전히 연락을 하는 동창들의 말에 의하면 그는 극단적인 생활고 속에서도 계속 뭔가를 쓰고 있는데 죽어라 운이 따라주지 않았다. 그러자 명리학을 공부한 또 다른 동창은 그 친구가 7월생이라 물의 기운이 강해서 흙이 쓸려 나간다고, 그래서 남는 것이 없다고 떠들었다.

하지만 화인이 보기에는 아주 간단한 문제였다. 운명의 복잡한 원리나 우주의 알 수 없는 비밀까지 갈 이유가 없었다. 그 친구는 소설을 지독히 못썼다. 그의 소설을 직접 봤기 때문에 자신 있게 말할 수 있었다. 난해한 예술도 아니고 그저 재미없고 지루했다. 그것만 받아들이면 동창의 비극은 충분히 이해가 되고 남았다.

화인은 자신도 마찬가지일지 모른다고 생각했다. 자신이 받아들이지 못하는 것, 보지 못하는 한 가지가 있을지 모른다고. 너무나 당연한 사실이지만 자신의 눈에만 보이지 않는 그것이 지난 18년 동안 자신의 삶을 찜찜하게 만들고, 계속 삐거덕거리는 소리가 나게 하는 거라고.

왜 그랬냐고 이유를 누군가 묻는다면 모른다고밖에 대답할 수 없을 것이다. 뭔가 털어내고 싶었는데 그 장소가 왜 하필이면 정육점이었는지.

화인이 문을 두드리자 홍진은 천천히 다가와 문을 열어주었다. 화인은 잠자코 안으로 들어가서 이인용 식탁 앞에 앉았다. 홍진은 서서 잠시 머뭇거리는 것 같더니 주방으로 들어가 소주 한 병과 밑반찬 하나를 들고 와 화인 앞에 내려놓았다. 화인은 잠자코 술을 따라 한 잔 마셨다.

화인과 홍진은 미리 정해진 각본에 따라 무언극을 하는 사람들 같았다. 할 말도 없었다. 없는데도 다 말한 것 같았고, 홍진은 다 알아들은 듯 조용히 그의 옆에 앉아 있었다. 홍진의 오른 손 가락에 밴드가 감겨 있었다.

"다쳤어요?"

"칼에 벴어요."

칼질이 서툴러 보이긴 했다. 화인의 눈빛을 읽었는지 홍진이 말을 이었다.

"오래전에 그만뒀다 다시 해서 그래요. 칼질은 남편에게 배웠는데."

하다가 홍진은 말을 멈췄다. 하긴 애가 있었다고 했으니 남편도 있었을 것이다. 홍진이 더 말하고 싶지 않은 듯해서 화인은 화제를 돌렸다.

"며칠 전에 지나다 들렀더니 아무도 없던데요. 낮이었는데 바빴나 봐요."

홍진이 고개를 저었다.

"영화를 봤어요."

"어떤 영화?"

"이것저것. 많이. 거기서는 사람이 참 쉽게 죽던데."

"그건 영화니까."

"영화처럼 되면 참 좋을 텐데."

화인은 웃었다. 마흔이 훨씬 넘은 여자의 입에서 나오는 말치고는 너무 천진했지만 홍진은 정말로 진지했다. 그 진지함과 깊이 팬 주름과 어린애 같은 말이 뒤죽박죽이 되어 화인을 웃게 만들었다.

영화였다면 긴 세월 자신이 누명을 씌운 것이 아닐까 노심초사하던 경찰은 진범을 잡아야 한다. 사람이 만든 이야기는 항상 그렇게 끝이 난다. 주인공의 목표가 있고 그것을 이루는 과정에서 장애물이 나오고, 그리고 목표를 이루든, 이루지 못하든 어떤 식으로든 결말의 순간이 온다. 영화에서는 아무리 터무니없는 이야기도 반드시 끝이 있다.

정작 우리의 삶에는 그 모든 것들이 결여되어 있다. 어쩌면 신이 우리를 만드셨다는 증거가 바로 이것일지도 모른다. 주제도, 일관성도, 결말도 없는, 삶이라는 유일무이한 미스터리. 술병이 비자 홍진은 일어나 부엌에서 다시 술병을 가지고 나왔다.

혹시 이 여자는 자신이 다시 오기를 기다리고 있었던 것일까. 화인은 홍진이 손님이 없는 가게를 지키다, 혼자 영화를 보고, 아무도 없는 집으로 돌아오며 그를 위해 슈퍼마켓에 들러 소주 몇 병을 봉투에 담는 모습을 그려봤다. 엉뚱하고, 다소 기이한 느낌마저 있었지만 묘한 고마움과 안도감도 들었다. 그녀의 고립과 단절이 가져다주는 안도감이었다. 그것이 화인의 입을 열게 했다.

"18년 전에 이정아라는 여중생이 실종된 후 사체로 발견된 사건이 있었어요."

화인은 불쑥 말을 꺼냈고 홍진은 조용히 화인의 이야기에 귀를 기울였다.

"범인은 이정아가 다니던 중학교 근처에 있는 문구점 주인으로 밝혀졌어요."

"그 사람이 진범이 맞아요?"

화인은 홍진을 쳐다봤다. 이 사람은 왜 자신에게 이런 질문을 할까. 그가 가지고 있는 의심을 그새 눈치챈 것일까.

"맞아요."

화인은 이내 천천히 고개를 저었다.

"정확하게는 나도 몰라요."

"왜 몰라요?"

그렇다. 왜 자신은 그것을 모르는 것일까. 분명히 알고 있는데. 알고 있어야 하는데.

"어쩌면."

화인은 홍진에게 어쩌면 자신이 증거 조작에 가담했는지도 모른다고 말했다. 누구에게도 하지 않았던 이야기였다. 누구에게도 말할 수 없다고 믿었던 이야기가 쉽게도 흘러나왔다. 그만큼 홍진이 만만하게 느껴진 것일까. 아니면 그녀는 이해할 수 있을 거라고 믿는 것일까.

"그게, 그 손톱 조각이 거기서 나올 수가 없어요. 하지만 나는 모른 척했어요. 윤장호가 범인일 거라고 믿었는지도 모르죠. 분명 수상한 데가 있었거든요. 내 책임이 아니라고 믿었을 수도 있어요. 아니면 그냥 조용히 있는 게 좋겠다고 느꼈는지도."

일단 털어놓기 시작하자 마치 화인의 가슴 안에서 풀려나고 싫어 안달을 하던 것처럼 걷잡을 수 없이 모든 것들이 튀어나왔다. 이서현이라는 아이의 자살, 알고 보니 그 아이가 8년 전 실종된 강소희의 여동생이고 이름이 소명이며, 이정아를 죽인 범인의 짓일지 모른다는 것. 그리고 이정아의 졸업식에 가서 목격했던 성모상까지.

"아……."

묘한 신음소리가 홍진의 입에서 흘러나왔다. 놀라움도 아니고 깨달음도 아닌, 탄식 같은 소리였다.

"재밌는 게 뭔지 알아요? 성모에 대해 검색을 해봤어요."

구글의 이미지 정보에서 독특한 사진 하나가 화인의 눈길을 끌었다. 열 살도 채 되지 않은 어린 여자아이가 성모로 분장해 거리 행진을 하는 사진이었다. 사진 설명에는 '필리핀의 산타크루잔 축제'라고 되어 있었다. 여자아이는 짙은 화장을 하고 꽃으로 장식된 희고 긴 베일을 쓰고 있었다. 화인은 어린 여자아이의 짙은 화장이 그토록 음란한 느낌을 준다는 것을 처음 알았다. 그리고 또 한 가지. 어쩌면 곁가지일지도 모르겠지만 성경에서 성모 마리아는 열네 살. 우리 나이로 치면 사라진 소녀들의 나이와 똑같았다.

"나는 점점 더 확신이 들어요. 이정아를 죽인 범인은 지금도 이 부근에 있어요. 절대로 멀리 가지 못해요. 추억이 너무 많아서 범인은 이 장소를 떠날 수 없어요. 아주 가까운 곳에서 자신의 정당화될 수 없는 욕구를 어떤 식으로든 해소하고 있을 거예요. 이를테면 이정아가 다니던 학교 주변을 자주 찾는다거나, 어린 여학생을 돌본다거나, 입양한다거나 하는 방식으로."

홍진은 조용히 듣기만 했다. 화인이 말을 멈추고 나서도 여전히 입을 다물고 있던 홍진이 갑자기 물었다.

"만약 진범을 잡으면 어떻게 할 거예요?"

홍진이 물었다. 화인은 머뭇거리지 않고 대답했다.

"내 손으로 죽여버릴 거예요."

홍진은 화인의 눈을 조용히 응시했다. 아무것도 읽을 수 없는 고요한 응시였다. 바람 소리와 함께 배관이 윙 울리는 소리, 그리고 고양이 울음 같기도 하고 몸이 아픈 환자의 신음 같기도 한 기이한 소리가 동시에 울렸다. 홍진이 벌떡 일어나며 화인의 손을 잡고 이끌었다.

"나가요. 여기서 나가요."

화인은 영문도 모른 채 밖으로 나왔다. 홍진은 밖으로 나와서도 화인의 손을 꽉 쥐고 있었다. 홍진은 그의 말 전부를 믿었다. 화인은 그것을 알았고 뭔가 위로를 받은 것 같았다. 홍진은 무작정 걸었고 화인은 홍진을 따라갔다.

텅 빈 상가 건물 뒤 공터에 낡은 트럭 한 대가 주차되어 있었다. 사고를 냈는지 앞 범퍼가 흉물스럽게 부서져 있었다. 전에도 트럭이 주차해 있었던가. 기억나지 않았다. 앞 범퍼를 덜렁거리며 어둠 속에 방치되어 있는 그 트럭은 어딘가 불길하고 꺼림칙했다.

"당신 차예요?"

홍진은 말을 알아듣지 못하는 사람처럼 화인을 돌아봤다.

"저 트럭. 누가 폐차하려고 버리고 간 거예요?"

홍진은 걸음을 멈추며 물끄러미 트럭을 바라보더니 스르르 화인을 손을 놓았다. 눈에서 반짝이던 생기 같은 것도 사라지고 없었다.

"감사합니다. 그럼."

뭐가 감사하다는 건지 물을 새도 없이 홍진은 달려가버렸다. 화인이 대리운전을 부르고 자신의 차로 다가갈 때까지 홍진의 가게 안에는 불도 켜지지 않았다. 분명 안으로 들어갔을 텐데. 어둠 속에서 홍진은 무엇을 하는 것일까. 또 죽일 사람을 생각하는 것일까. 화인은 자신의 차 옆에서 대리 기사를 기다리며 어수선한 생각에 사로잡혔다. 다행히 기사는 금방 와서 화인을 태우고 집으로 향했다.

9

홍진은 며칠 동안 이지하를 내버려두었다. 그는 계속 비명을 질러댔다. 홍진은 스티로폼 박스를 구해와 헌 옷가지들을 넣어 지하실 입구에 쌓아두었다. 화장실에서도 비명이 들리긴 했지만 그리 크지 않았고, 무엇보다 이 건물 안에는 그녀밖에 없었다. 지나치는 사람조차 드물었다.

이지하를 어떻게 할 것인가. 그녀가 줄 수 있는 가장 큰 고통을 주고 영원히 축생의 공간에서 벗어나지 못하게 해야 하는데 어디부터, 무엇을 해야 하는지, 홍진은 결정할 수 없었다.

무슨 말부터 해야 하고, 무엇부터 물어봐야 할 것인가. 자신이 듣고 싶은 말은 무엇인가.

홍진은 태어나 거의 처음으로 사람이 그리웠다. 상의할 수 있는 사람이 있으면 얼마나 좋을 것인가. 소명은 홍진이 이지하를 지하실로 끌고 온 그날부터 코빼기도 보이지 않았다.

잠을 이루지 못하고 뒤척이던 어느 밤에 홍진은 갑자기 이지하와 대면해야 한다는 생각이 들었다. 홍진은 손전등을 허리춤에 찔러 넣고 더 필요한 게 뭘까 잠시 고민한 후 고기를 다질 때 쓰는 망치를 들고 지하실로 내려갔다. 지하실의 문을 열어젖히자 오물의 냄새가 코를 찔렀다. 손전등 불빛에 눈을 뜬 이지하는 홍진을 보더니 오히려 반가워했다.

"이봐요, 나한테 왜 이러는 거예요? 제발 이유나 압시다."

"말했잖아. 소명."

"소명? 도대체 누굴 말하는 거요? 나는 그런 애 몰라요."

"가출한 여학생이야. 중학교 2학년이었는데 지난겨울에 죽었어."

"당신이 그 아이의 엄마예요?"

고작 묻는 게 그따위라니. 가소로웠다. 엄마라면 이런 행동이 납득이 가고 낯모르는 사람이라면 가당치 않다는 이야기인가. 중요한 것은 이지하가 소명에게 무슨 짓을 했는가, 그것이지 홍진과 소명과의 관계가 아니었다. 사람들은 흔히 이런 것들을 뒤섞는다.

"혹시 돈 때문이에요? 돈이라면 줄 수 있어요. 이야기해보자고. 그런데 날 이런 데 가둬놓고 돈을 달라고 하면 안 되잖아요? 나는 지금 다쳤어요. 치료가 필요해요."

또다시 홍진은 이지하에게 실망했다. 돈을 언급할 만큼 미련한 인간이라고는 생각하지 않았다. 누가 돈을 얻기 위해 이렇게까지 애를 쓴다는 말인가. 돈 많고 멀쩡하게 잘 살아가는 사람이라 모든 일을 다 간파하고 있으리라고 기대했던 것이 잘못이었다. 어쩌면 정상적인 사람들도 그녀가 생각한 만큼 멀쩡하지 않은 건지도 몰랐다. 홍진이 손전등을 사다리에 걸쳐놓고 허리춤에서 망치를 빼들자 그가 엉덩이 걸음으로 뒤로 물러나며 놀라 소리쳤다.

"이봐요, 도대체 나에게 원하는 게 뭔지 말해요. 뭐든 말해봐요. 이유가 뭐냐고요!"

홍진이 그의 곁으로 다가갔다. 발로 그의 손등을 꽉 밟고 망치로 그의 손가락을 내리쳤다. 찢어지는 듯한 비명이 지하실 안을 울렸다.

"잘 생각해봐. 내가 무슨 말을 듣고 싶어 하는지. 다음에 내가 내려올 땐 손가락을 잘라버릴 거야."

홍진은 다시 사다리를 타고 올라왔다. 이지하의 끙끙거리는 소리가 문을 닫고 다시 스티로폼 박스를 쌓아둘 때까지 들렸다.

울음소리는 방에서도 들려왔다. 홍진이 문을 열어젖히자 소명이 울고 있었다. 소명은 눈물 그렁한 눈으로 홍진을 보더니 악을 썼다.

"그 사람한테 너무 잔인하게 굴지 마."

"미친년. 네가 죽여 달라고 했잖아!"

"내가 언제? 언제 그랬어?"

어이가 없었다. 이지하를 데리고 오니 소명의 마음이 바뀐 것이다. 홍진은 방문이 떨어져라 세게 닫고 가게를 나와버렸다.

바깥에는 어둠뿐이었다. 한밤으로 가는지, 새벽으로 가는지 구분이 되지 않는 시간. 텅 빈 재래시장 안을 천천히 걸어가자 어디선가 나타난 길고양이가 홍진을 피해 달아났다. 시장 끄트머리에는 응달에 선 벚나무가 허둥지둥 꽃을 피우고 있었다. 곧 질 텐데 뭐 하러 서두르는 건지. 봄밤에는 모든 것이 좀 기이하게 보였다. 슈퍼마켓 옆에는 아무도 쓰지 않는 공중전화가 매달려 누군가를 기다리는 것 같았다. 공중전화를 붙잡고 누구한테라도 전화를 걸어 자신이 사람을 죽일지 모른다고 고백하고 싶었다.

그러나 홍진은 너무 멀리 왔다. 이지하는 반드시 죽어야 하고, 그를 죽이지 않더라도 그녀의 인생은 아무런 의미가 없었다. 아니 그녀의 인생이라는 건 이지하를 죽이지 않으면 정말로 구제불능의, 무의미한 삶이 될 것이고, 죽이 되든 밥이 되든 홍진은 자신의 결정을 바꾸지 않을 거라고 다시 한번 다짐했다. 홍진은 공중전화를 지나쳐 새벽까지 계속 걸었다. 기다린 것도 아닌데 아침이 왔다.

소명과 자신의 관계는 아무것도 아니었다고 홍진은 생각한다. 소명은 이지하에 대해 아무것도 말한 적이 없었다. 첫날 홍진의 방에 와서 자던 때부터 어느 날 사라졌다 저수지에서 죽은 채로 발견될 때까지 홍진은 소명과 거의 말을 하지 않았다. 소명이 끝없이 그녀의 눈치를 보며 잘 지내보려고 애를 쓰고 있다는 것을 알았지만 홍진은 소명에게 마음을 열고 싶지 않았다.

마음을 연다는 말, 그건 참 우스운 얘기다. 홍진은 지난 20년 가까이 누구에게도 곁을 주지 않고 살았지만 사람의 도리라는 게 있다는 건 안다. 그게 누구든 그 사람이 무슨 큰 잘못을 했다고 그녀의 마음을 보여준다는 말일까. 그녀가 특별히 선량한 사람은 아니라 해도 그 정도의 배려심은 가지고 있었다. 영화에 등급이 있듯이 사람의 마음에도 등급을 매긴다면 그녀의 마음은 아무도 볼 수 없는 '전체 관람 불가'일 것이다.

물론 홍진이 소명을 배려해서 냉담했던 건 아니었다. 홍진에게는 그 애의 존재 자체가, 그녀의 옆에 있다는 것 자체가 싫었다. 홍진은 분노도, 원한도, 기쁨도, 슬픔도 없이 기계적으로 시간에 맞춰 살았고 그 상태에 익숙해져 있었다. 홍진이 입원했던 병원에 정기적으로 들러 환자들에게 법문을 설명해주던 주지 스님이 그녀를 절로 거둬간 이유는 정확히는 모르겠지만 그녀가 그렇게 무덤덤해지기를 바라서일 거라고 믿고 있었다.

소명이 스님과 어떻게 만났는지 홍진은 정확하게 몰랐다. 큰 스님이 잠시 데리고 있으라는데 거절할 수는 없는 노릇이었다.

"아주 불쌍한 애야. 어릴 적에 엄마랑 이 절에 다녔다는데 그 후로 입양되어서 험한 꼴을 당한 모양이야. 중국에서 엄마가 곧

오기로 했다니까 잠시만 데리고 있어."

소명이 큰스님한테 털어놓았다는 얘기는 처음부터 끝까지 모두 수상했다. 어릴 때 어른들한테 온갖 거짓말을 다 해봤기 때문에 홍진은 촉을 가지고 있었다. 아이들은 다 싫었지만 큰스님을 그렇게 속여먹는 아이는 더 싫었다. 처음부터 싫었다. 소명의 모든 게 싫었다.

소명은 자꾸 홍진에게 말을 걸었다. 저녁을 먹었느냐, 춥지 않았느냐, 빨래를 할까 말까…….

"시끄러. 입 열지 마."

"그렇지만 제가 뭐라도……."

"무슨 말이든 무조건 하지 말라고."

"알았어요. 아무 말 안 할게요."

그렇게 말하며 소명은 방긋 웃어 보였다. 아무리 모진 사람이라 해도 스르르 마음이 풀릴 것 같은 그런 미소였다. 소명도 그걸 알고 있는 것 같았다. 하지만 홍진은 달랐다. 홍진은 그 애가 그녀의 마음을 누그러뜨리려고 웃는 것도 싫었고, 고작 열네 살이라는데 사람 눈치 보는 데 이력이 난 것 같아 그것도 싫었다.

홍진이 절에서 일하는 동안 소명이 뭘 하는지는 알 수 없었다. 소명이 죽고 난 후에 사람들이 하는 이야기를 들어보니 소명은 가끔 절에 나타나 공짜 밥을 먹고 갔다고 했는데 홍진은 보지 못했다. 홍진이 일을 마치고 돌아가면 그사이 소명은 방을 치우고, 컵라면을 끓여서 먹고, 빨래를 널어놓고, 절 주변을 돌아다니며 꺾었을 꽃을 소주병에 꽂아났다. 그러고는 홍진이 뭐라고 할지, 어떤 반응을 보일지 슬금슬금 눈치를 봤다. 홍진은 어이가 없었다. 소명의 눈에는 자신이 꽃을 보며, 아 예뻐라, 하고 감탄할 그럴 사람으로 보인 건지. 홍진은 그런 짓들이 자신에게 아무 소용이 없다는 것을 분명하게 보여주고 싶어서 그 꽃들을 쓰레기통에 집어넣어버렸다. 소명은 깜짝 놀란 것 같았지만 상처를 입든 말든 홍진이 알 바가 아니었다.

집으로 돌아가면 홍진은 씻고 바로 이불을 덮고 누웠다. 깜깜한 방 안에서 소명은 혼자 휴대폰을 들여다봤다. 휴대폰 불빛 때문에 홍진이 짜증을 내면 이불을 뒤집어쓰고 휴대폰을 봤다. 때로는 홍진이 잠에서 깨는 그 시각까지 소명은 잠이 들지 않고 있었다.

소명은 자면서 몸부림을 치곤 했다. 홍진의 잠든 얼굴 위로 그 애의 팔이, 혹은 홍진의 다리 위로 그 애의 다리가 올라오곤 했다. 홍진은 소스라치게 놀라 그 애를 밀어냈다. 홍진이 얼마나 세차게 밀어내는지 어떨 땐 소명이 잠에서 깨어 미안하다고 할 정도였다. 새벽에 홍진이 일어나면 소명은 어린아이처럼 몸을 웅크린 채 이불을 덮는 게 아니라 끌어안고 잠들어 있었다. 홍진은 그 애를 위해 이불 한 번 덮어주지 않았다.

"너 언제 집으로 갈 건데?"

"조금만 있다가……."

"조금 언제?"

"어, 엄마가 이제 곧 올 거거든요. 이제 곧……."

그 엄마한테 왜 전화하지 않는지, 왜 빨리 오지 못하는지 홍진은 묻지 않았다. 홍진이 차갑고 퉁명스럽게 굴어도 소명은 다소곳했다. 아니 홍진이 못되게 굴수록 더 잘 보이려 애를 썼고 더 싹싹하게 굴었다. 소명의 모든 게 다 싫었지만 그게 가장 싫었다.

열네 살. 그 나이 대 갈 곳 없는 아이들의 행동이라는 게 어떤 건지 홍진은 너무 잘 알고 있었다. 누구라도 조금만 곁을 주면 그 옆에 들러붙으려 할 것이라는 게 뻔했다.

과거에 홍진은 소명보다 나이가 조금 더 많았을 때였는데도 그녀를 성폭행한 남자에게 들러붙어 있었다. 나중에 홍진을 상담하던 의사는 그녀가 무슨 신드롬인지 뭔지에 빠져 있었다고 설명해주었다. 즉, 자신을 폭력으로 지배하는 사람에게서 자신을 분리하지 못하고 그 사람을 오히려 보호막처럼 생각한다는 것이었다.

"그러니까 그건 남홍진 씨의 잘못이 아닙니다. 남편의 폭력에 너무 무방비로 노출되어 있었던 게 문제인 거죠."

홍진은 의아했다. 의사는 무슨 근거로 그녀의 잘못이 아니라고 하는 걸까. 남편이 서너 살밖에 안 된 아이에게 주먹과 발길질을 날릴 때 홍진은 남편을 말리지 못했다. 말리지 못했을 뿐 아니라 남편의 비위를 상하지 않게 하기 위해 옆에서 같이 아이를 야단쳤다. 홍진은 자신이 맞지 않기 위해 서너 살밖에 안 된 아이를 방패로 삼았던 것이다.

남편은 무슨 이유에서인지 그 아이가 다른 남자의 자식일 거라고 믿었다. 그 말이 사실이라면 홍진은 하루 종일 남편 옆에서 정육점 일을 하고, 집으로 돌아와 아이를 업고 집안일을 하고, 그러는 사이사이 두들겨 맞아가며 다른 남자를 만나는 초능력을 가진 셈이었다. 자신에게 그런 능력이 있다면 먼저 도망을 가지 왜 남자를 만날까.

홍진은 도망칠 생각조차 하지 못했다. 나는 정말 병신이었어. 홍진은 늘 속으로 중얼거렸다. 당시에 홍진은 늘 잠을 좀 더 잤으면, 하루만이라도 남편 없이 편하게 쉬어봤으면, 오직 그 생각뿐이었다. 홍진은 그런 생각만으로도 죄책감을 느꼈고, 남편이 다가오면 어떻게든 잘 보여서 하루만이라도 맞지 않고 넘어가려고 애를 썼다. 공연히 웃고, 비위를 맞추며, 남편이 듣고 싶은 말만 하려고 노력했다. 마치 소명이 그녀의 눈치를 보던 것처럼. 자신은 소명처럼 예쁘지 않았으니 더 초라했을 것이다.

"물 좀……."

홍진은 플라스틱 통에 물을 가득 담아 다시 지하실로 갔다. 그녀는 물통을 이지하의 입에 대주었다. 꿀꺽꿀꺽 물이 넘어가는 소리가 들렸다. 그의 얼굴은 추위에 얼어 파랗게 질려 있었고, 그의 옷은 몇 번이나 오줌을 싸는 바람에 몸에 착 달라붙어 있었다. 물통에서 입을 떼고 이지하가 먼저 말을 꺼냈다.

"내가 다 얘기할게요."

"해."

"다 얘기하면 여기서 내보내준다고 약속부터 해요."

사람들은 약속을 하면 지키나 보다. 홍진은 속으로 중얼거렸다. 그녀는 약속이란 거짓말의 다른 이름이라고 생각했었다.

"왜 소명을 죽였어? 그것부터 말해."

"도대체 소명이 누구예요? 나는 처음 듣는 이름이에요."

홍진은 칼을 꺼냈다. 이지하의 눈이 휘둥그레졌다. 얼굴은 수척했으나 아직 놀랄 힘은 남아 있는 모양이었다.

"지금 그걸로 날 죽일 생각이에요?"

"죽이는 게 목적이라면 빈 주사기 하나로도 가능해."

홍진은 화인에게 들었던 방법을 이지하에게 들려주었다. 죽이는 것이 그녀가 바라는 것의 전부였던 적도 있지만 이제는 아니라고.

"네 손가락을 자를 거야."

홍진은 그의 손등을 발로 밟았다.

"하지 마! 하지 마! 다 말할 테니 이러지 마!"

"다시 말해봐. 소명을 모른다고?"

"혹시 이서현을 말하는 거예요? 지난가을에 가출했던 그 애."

"역시 알고 있구나."

"걔가 소명이라고?"

"그 애를 왜 죽였어?"

"난 죽이지 않았어. 내가 걔를 왜 죽이냐고!"

"네가 소명을 죽이지 않았다면 네 발로 순순히 내 트럭까지 쫓아왔던 이유는 뭐야? 찔리는 게 있으니까 왔을 거잖아!"

"당신이 계속 날 찾아왔었잖아! 아무리 봐도 정상이 아닌 것 같은 여자가 주변을 얼쩡거리는데 이상하다는 생각이 안 들어? 내 사무실로 처음 찾아왔을 때 내 책상 위에 있는 우리 딸 사진을 유심히 봤잖아. 당신이 우리 딸을 해코지할까 봐 경고하러 따라갔던 거야!"

"아니야! 넌 소명을 죽였어. 그런데 내가 소명을 죽인 범인을 안다고 하니까 놀라서 쫓아온 거야!"

"아니야, 아니라고! 나는 걔가 죽었는지도 몰랐다고!"

"그 애가 죽었다는데도 넌 놀라지도 않았잖아. 알고 있었으니까 놀라지 않은 거야!"

이지하가 기가 막힌다는 듯 홍진을 쳐다봤다.

"소명이 죽은 저수지에 성모상을 갖다 둔 사람, 너지?"

"아, 정말 미치겠네."

"넌 성당에 다니잖아."

"성당에 다니는 거랑 그게 무슨 상관이냐고. 이 미친 여자야!"

"나도 미쳤지만 너도 미쳤어!"

홍진은 소리쳤다. 사람들은 죄다 미쳤는데 미치는 방식이 좀 다를 뿐이다.

"너는 이정아를 죽이고 졸업식에 가서 그 애 책상 위에 성모상을 놔뒀어. 맞잖아!"

"도대체 무슨 말인지. 내가 누굴 죽이고, 뭘 갖다났다는 거
야!"

홍진은 칼을 들어 이지하의 손가락을 향해 내려쳤다. 이지하
의 손이 홍진의 발에서 빠져나가 칼은 시멘트 바닥에 부딪혔다.
이지하는 정말로 겁을 집어먹고 거의 울듯이 말했다.

"안 돼, 안 돼! 내가 다 말할게. 말한다고!"

다시 홍진은 발로 이지하의 손등을 밟았다. 이번에는 도망가
지 못하도록 체중을 실었다.

"너는 나한테 잡혔어. 내 마음대로 다 할 수 있어. 네 손가락을
차례차례 다 잘라버릴 거라고."

"이, 이서현, 그러니까 소명이라는 애를 몇 번 만났어. 걔는 가
출해서 갈 데가 없다고 해서 내가 도와줬어."

"도와줘?"

"돈을 좀 줬어. 임시로 있을 곳이 필요하다고 하니까. 중국에
서 엄마가 올 거라고 했어. 나한테 왜 가출했는지 이유를 털어
놨는데, 그냥 집에는 보낼 수 없었어. 그 애가 가출한 이유, 알
아?"

"……."

"걔 오빠가 그 앨 성폭행했대. 뭐, 거짓말인지도 모르겠지만.
걔 오빠, 아니 아빠 알아? 사랑교회라고 인근에서 가장 큰 교회
목사야. 애를 여러 명 입양해서 키운 사람으로 유명해. 그런데

자기 집에서 그런 일이 일어난 거지."

"그런 얘기까지 할 정도로 많이 만났다는 거구나."

"아니야! 걔가 말한 거야. 내가 시키지도 않았는데 아무렇지도 않게 술술 말했다고."

"그래서 너도 그 앨 건드렸지? 맞지!"

홍진이 소리를 지르자 이지하도 같이 소리를 질렀다.

"나는 아니야! 걔에게 내가 돈을 줘서 고시원에 가 있게 했어. 걔는 정말로 나한테 고마워했다고."

"거짓말하지 마! 그냥 돈을 줬을 리가 없어. 내가 모를 줄 알고? 같이 자는 대가로 준 거잖아. 그게 뭐기에? 뭐 대단한 게 있다고 어린애한테!"

단순한 쾌락 때문이 아니라는 거, 홍진은 알고 있었다. 남편은 그냥 옷을 벗겨도 될 것을 반드시 홍진을 때린 후 겁탈하듯 그녀의 몸을 덮쳤다. 나중에 홍진은 그것이 더 쾌락을 주기 때문이라는 것을 이해했다. 자기 마음대로 해도 되는 물건 다루듯이 하는 것, 짐승이 자신의 먹이를 가지고 놀듯이 제압하는 것이 만족과 쾌락이 될 수 있다는 것을 나중에 알았다. 비루하고 볼품없는 인생을 사는 남자의 옆에는 더 비루하고 볼품없이 당하는 여자가 항상 존재하기 마련이다.

홍진은 아무 말 않고 그의 손등을 더욱 세게 밟았다. 이지하가 홍진을 떨어져 나가게 하려고 미친 듯이 몸부림쳤다.

"움직이지 마. 잘못하면 손모가지가 날아가."

"뭘 하려는 거야! 하지 마! 미친년아, 하지 말라고!"

이지하가 고래고래 고함을 질렀다. 홍진은 망설임 없이 그의 손가락을 겨냥했다. 홍진은 이 순간을 대비해 도끼칼을 잘 벼려 왔다. 그건 닭을 토막 낼 때 사용하는 칼이었고, 남편이 그녀와 아이를 죽이려고 할 때 썼던 칼이었다. 홍진은 이지하의 엄지손 가락을 향해 있는 힘을 다해 칼을 내리쳤다.

이지하의 비명소리가 지하실을 가득 메웠다. 그토록 격렬한 고통이 세상에 존재할 줄 이지하는 몰랐을 것이다. 극심한 고통 과 증오, 다시는 돌이킬 수 없다는 절망이 배 속 가장 밑바닥에 서부터 튀어나와 지하실의 어둠과 공기의 모든 입자를 삼켰다. 신음이 흘러나왔다. 고통을 견디지 못해서 이를 악물고 우는 소 리였다. 이지하의 몸에서 새어나오는 소리가 너무 끔찍해서 홍 진은 귀를 막아버리고 싶었다. 홍진 역시 고통스러웠고 구역질 이 치밀어 올랐다.

결국 이지하는 정신을 잃어버렸다. 홍진은 이지하를 버려두 고 사다리를 타고 위로 올라왔다. 기운이 모두 빠져서 숨을 쉴 힘도 없었다. 구역질이 나와서 싱크대로 달려갔지만 먹은 게 없 어서 나오는 것도 없었다.

10

운동장은 비어 있었다. 뒤늦게 하교하는 몇몇 학생들의 처진 발걸음뿐, 운동장은 조용하기만 했다. 화인은 운동장을 가로질러 천천히 걸음을 옮겼다. D여중. 신시가지가 들어서는 것과 함께 남녀공학이 되며 학교의 이름도 바뀌었지만 화인에게는 모든 것이 생생했다. 새롭게 강당이 들어서고 화사한 페인트로 칠을 했지만 예전의 학교 모습이 그대로 남아 있었다. 마치 오래전 연인을 만나러 가는 것처럼 화인의 마음 한편이 저려왔다.

다 잊었다고 생각하고 있었지만 사실은 이 근처를 지날 때마다 화인은 학교 안에 들어가보고 싶은 충동을 억눌러왔다. 아무런 소용없는 일인 줄 알면서도 학교 안에는 아직도 이정아와 관련된 뭔가가 남아서 화인이 발견해주기를 기다리고 있을 것만 같았다. 마치 18년 전 졸업식 때처럼. 그날 범인은 분명히 이곳에 왔었다. 어쩌면 서로를 지나치며 어깨를 스쳤는지도 모른다. 그렇게 가까이 있었다.

"소명? 서현이의 본명이 소명이었다고요?"

소명의 담임이었던 교사는 처음 듣는다는 듯 말했다. 40대 초반 정도로 보이는 그는 체구가 자그마하고 약간은 신경질적으로 보이는 인상이었다. 화인이 소명의 일로 찾아왔다고 하자 동현과 마찬가지로 그도 당황하는 것 같았다.

"참 어이없는 일이죠. 그 애가 그렇게 죽다니."

"가출했다던데 학교에서 아무런 조치도 취하지 않으셨습니까?"

"개학을 했는데 등교를 안 해서 집에 전화를 했더니 처음엔 친척집에 갔다고 하더라고요. 그러더니 목사님이 절더러 좀 만나자고 하더니, 서현이가 완강하게 학교에 가지 않으려고 한다고, 자퇴할 수밖에 없을 것 같다고 하셨어요. 제가 일단은 홈스쿨링으로 돌려놓겠다고, 겨울방학 때까지 천천히 생각해보자고 했죠."

"가출을 의심하지는 않으셨어요?"

"그런 생각을 전혀 하지 않은 건 아닌데, 학부모가 직접 찾아와서 그렇게 말씀하시는데 저로서는 달리 방법이 없었어요. 아시다시피 서현이 아버님은 이 지역에서 내로라하는 분이시니까……."

담임은 아주 천천히 말했다. 신중하고 조심스러워야 한다고 스스로에게 계속 다짐하는 사람처럼.

"이서현과 친했던 친구는 누구죠? 혹 서현이에게 무슨 일이 있는지 물어보신 적 없어요?"

"친구가 있어야죠. 서현이는 친구 없이 늘 혼자 다니는 애였어요."

"왕따였다는 말인가요?"

"왕따라기보다는, 친한 친구가 없었던 거죠. 걔 성격이 좀……."

"성격이라면?"

"사교적이지 않다고 해야 할까요? 말도 통 없었고 친구를 사귀려고 하지 않았어요. 자발적 왕따라고 본인 입으로 말했으니까요."

"이서현이 직접 그렇게 말했어요?"

"네. 교실에서 친구들과 어울리지 않는 거 같아서 제가 불러서 얘기를 한 적이 있거든요. 자기는 아무하고도 이야기하고 싶지 않다고 했어요. 늘 이어폰만 끼고 혼자 다녔어요. 그런 데다……."

담임은 한숨을 쉬었다. 그러고는 아주 꺼림칙한 것을 얘기하는 것처럼 다시 입을 열었다.

"서현이는 아주 예쁜 애였거든요."

"예, 사진을 봤더니 그렇더군요."

"당연히 남자애들이 많이 따랐고 개도 남자애들과 많이 어울려 다녔나 봐요. 그러다 보니 이상한 소문도 많았죠."

"어떤?"

"자세히 말하기는 좀 뭣하지만…… 그런 거 있잖아요? 서현이가 어느 학교의 누구랑 잤다더라, 고등학생들에게 끌려가 단체로 당했다더라, 뭐 그런 거."

"그것 때문에 서현이가 많이 괴로워했나요?"

"그 정도 소문이야 그냥 한쪽 귀로 흘린다고 했어요."

그 정도 소문. 그 정도를 넘어서는 것이 서현에게는 있었던 것이다. 혹 담임은 알고 있었을까.

"이서현이 선생님한테 다른 문제를 털어놓은 적은 없나요?"

"털어놨다기보다는……."

담임은 잠시 망설이더니 말을 이었다.

"서현이가 오빠한테 성폭행 당했다는 소문이 있었어요."

"네?"

"아이들 사이에서 싸움이 일어났는데, 몇몇 애들이 서현이에게 성폭행을 당했으면 왜 고발하지 않느냐고 따졌다는 거예요. 그 애들은 서현이가 거짓말로 관심을 끌려 한다고 생각했던 모양이에요. 애들은 서현이를 좋아하지 않았으니까요. 그 일 이후에 서현이가 학교에 나오지 않았어요."

화인은 동현의 모범생 같던 얼굴을 떠올렸다. 혹 동현이 범인일까. 하지만 이정아의 경우 동현이 범행을 저질렀을 가능성은 없었다. 당시에 동현은 고작 서너 살이었다.

"다른 일은 더 없어요?"

"서현이가 가출하고 두어 달 쯤 후였어요. 개학하고 난 후였으니까. 누가 저에게 전화를 했어요."

"뭐라고 하던가요?"

"자기가 이서현을 잘 아는 사람이라면서 그 애를 도와달라고 했어요. 가출하고 혼자 있어서 위험한 것 같은데 담임이 뭐 하느냐고요."

"자기가 누군지는 밝히지 않고요?"

"네. 하지만 장난 전화 같지는 않았어요. 장난으로 그런 이야길 할 리는 없잖아요."

"남자였죠?"

"아뇨. 목소리를 일부러 변조해서 굵게 내긴 했지만 분명히 여자였고 어른이었어요."

"여자? 혹시 전화 건 사람의 번호는 기억하세요? 요즘은 일반 전화도 모두 발신자 표시가 뜨지 않습니까?"

"저도 발신자 번호를 확인해봤어요. 공중전화였어요."

공중전화를 썼다면 자신의 신분이 드러나는 것을 감추고 싶어서일 것이다.

"그래서 서현이를 만나보셨어요?"

"가출이라고 하니 걱정되잖아요. 카톡을 보냈지만 답이 없어서 메일을 보냈어요. 꼭 좀 연락하라고 했죠."

"답이 왔어요?"

"아뇨. 읽었다고 뜨는데 답은 없었어요."

화인은 감사하다고 말하고 자리에서 일어났다. 정식 수사가 아니라 잠시 짬을 내서 들른 거라 오래 있을 수 없었다. 하지만 상담실을 나가기 전 문득 의문이 들어 다시 그를 돌아봤다.

"혹 학생들의 메일 주소를 다 가지고 계신가요?"

"그런 건 아닙니다만……."

"서현이 메일을 가지고 계셨다는 걸 보면 아끼는 학생이었나 보군요."

"담임인데 그게 무슨 문제가 됩니까?"

그는 불쾌하다는 듯 화인을 노려보며 말했다. 하지만 교사가 가르치는 여학생들을 좋아하는 경우는 드문 일이 아니었다. 욕망은 언제나 가까이에 보이는 것에서부터 시작되는 법이니까.

"선생님, 이 학교 이전에는 어디서 근무하셨습니까?"

"이 근처에서 근무했는데, 왜요?"

"그 이전에는요? 첫 발령은 몇 년도에 받으셨어요?"

"2003년에 K읍에서부터 시작해서 여기가 네 번째 학교인데요. 왜 그러시죠?"

K읍은 이곳에서 멀지 않았다. 2004년 이정아가 죽었던 해에 그도 이 근처에 있었던 것이다. 그러나 그런 식으로 따지면 D시에 있는 남자들 대부분이 용의자가 될 터였다. 마치 이정아가 죽었던 그해 봄에 화인과 수사과 형사들이 맞닥뜨렸던 상황으

로 되돌아간 것 같았다. 화인은 상담실을 나왔다.

　어둡고 긴 복도. 여학생들의 웃음소리가 저 멀리서 들려왔다. 상담실을 나온 화인은 멀미를 느껴 몇 번이고 깊은 숨을 들이마셨다.

　운동장을 지나 학교 앞 거리로 나오자 아이들의 모습이 보였다. 길에 서서 간식을 사먹거나, 학교 근처 학원으로 들락거리는 아이들은 마치 외국어처럼 알아들을 수 없는 말들을 재잘거리며 화인의 옆을 스쳐 지나갔다. 핫도그를 파는 가게 앞에서 3학년 명찰을 가슴에 달고 있는 여학생 둘이 보였다. 화인은 그 애들에게 말을 건넸다.

　"저기, 얘들아. 잠깐만. 혹시 이서현이라고 아니?"

　아이들은 서로의 얼굴을 멀뚱멀뚱 바라보더니 화인을 향해 고개를 끄덕였다.

　"알아요. 1학년 때 같은 반이었어요."

　한 아이가 대답했다.

　"친했어?"

　그 아이는 고개를 저었다.

　"걔 재수 없어요."

　"왜 재수 없어?"

　"걔 완전 화장 진하게 하고 다니면서 다른 애들이랑 말도 안 해요. 늘 휴대폰으로 이상한 자기 사진만 찍고 그랬어요."

"이상한 사진?"

"얼굴이 아니라 코만 찍고 입만 찍고, 암튼 자기 자신만 찍었어요. 그리고 소문도 되게 더러웠어요."

그 말을 하면서 두 아이는 혐오스럽다는 표정을 지으면서도 킥킥 웃었다.

"그럼 혹시 죽음의 손톱이라는 말은 들어봤니?"

아이들이 서로의 얼굴을 쳐다보더니 고개를 저었다.

"아뇨."

"이서현이 죽었을 때 붉은색 매니큐어 칠하고 있었다던데, 그래서 그걸 바르면 따라 죽는다고."

여학생들이 킥킥거리며 웃었다.

"그건 옛날부터 있던 얘기인데요. 예전에 유행했던 얘기. 야, 너도 옛날에 들었지?"

"나는 방과 후 수업에서 들었어. 만화 가르쳐주던 선생님한테."

"그 여자 맛탱이 갔어. 술 마시고 수업 와서 잘렸잖아."

"나도 발라봤는데 안 죽던데."

"좀 기다려봐. 너 뒈질 거야."

화인은 여학생들의 웃음소리를 뒤로하고 돌아섰다. 사망 당시 이서현의 시신 사진을 확인할 필요가 있었다. 이서현이 정말로 손톱에 붉은 칠을 하고 죽었는지부터 확실히 해야 하기 때문이다. 일단 사건 정보 열람 신청을 해야 하는데, 그랬다간 수사

지휘 체계를 위반한 것이 되고 화인은 징계를 받을 것이 분명했다. 다른 방법이 없을까 생각해봤지만 그런 게 있을 리 만무했다. 게다가 열람 신청이 받아들여진다 해도 단순 자살로 처리되었다면 시신의 사진, 특히 손톱 부분이 남아 있을지 의문이었다. 화인은, 나는 왜 과수계로 오게 되었을까, 속으로 불평하며 차를 몰고 집으로 향했다.

다음 날 화인은 늦잠을 잤고 지각을 했다. 허겁지겁 차를 몰아 경찰서 주차장에 도착했을 때 수사과의 김 형사가 동료 형사와 함께 차에 막 오르는 중이었다.

"어딜 가?"

"실종 신고가 들어와서요."

"실종? 누가?"

화인의 놀라는 얼굴을 본 김 형사가 손을 내저으며 말했다.

"오십 다 된 남자예요."

김 형사가 화인에게 다가오더니 귓속말을 하듯 살짝 말했다.

"지난번 부탁하신 건 책상 위에 갖다 뒀어요."

화인은 잘 다녀오라고 하고 서둘러 사무실로 갔다. 화인의 책상 위에는 흔히 쓰는 노란색 서류 봉투 하나가 놓여 있었다. 열어보니 기대했던 대로 이서현의 통화기록, 죽기 전 6개월 동안의 기록이 들어 있었다.

대부분이 반복되는 번호였다. 일일이 전화해서 확인해봐야 하겠지만 아마도 가족이거나 담임이거나 아니면 어울려 다니는 애들이라고 짐작되었다.

　그러나 가출 후 얼마 지나지 않아 어색한 번호가 보이기 시작했다. 공중전화 번호였다. 처음에는 사나흘에 한 번 정도, 그러다 한동안 사라졌다가 죽기 얼마 전부터 다시 나타났다. 요즘 같은 때에 공중전화라는 건 어색했다. 더욱 어색한 건 공중전화 번호 중에서 동일한 번호는 하나도 없다는 것이었다.

　소명의 담임에게 전화를 걸었던 사람도 공중전화를 사용했다고 했다. 동일 인물일까? 하지만 소명의 담임에게 전화를 건 사람은 여자라고 했다. 범인이 여자일 리는 없었다. 단순히 휴대폰이 없어서 공중전화를 사용한 것이 아님은 분명했다. 그렇다면 매번 다를 번호일 리가 없었다. 매번 다른 사람이 모두 공중전화를 통해 소명에게 연락을 했다는 것도 가능성이 없어 보였다. 가능성은 단 하나. 누군가 자신을 노출시키지 않으려고 극도로 조심하며 일부러 여러 공중전화를 썼다는 것.

　화인은 날짜를 모두 체크해봤다. 공중전화 기록은 8월 중순 정도에 시작되었다가 9월에 들면서 사라졌다. 그러다 다시 10월경에 몇 번의 통화가 더 있은 후 중단되었다가 소명이 죽은 11월 중순에 두 번의 통화가 더 있었다. 죽기 열흘 전쯤, 그리고 소명이 죽기 이틀 전. 그날에는 동현의 전화번호도 찍혀 있었다.

　공중전화를 쓴 사람이 동현일까. 그렇다면 이날은 왜 자신의 휴대폰을 썼을까.

화인은 동현에게 전화를 걸었다. 휴대폰으로 전화를 하자 받지 않아서 경찰서 전화로 다시 걸었더니 동현이 바로 받았다.

"여보세요?"

"지난번에 교회에서 만났던 서화인인데 기억나지?"

"네."

"나한테 거짓말을 한 거 같은데. 서현이가 죽기 이틀 전에 통화했지?"

동현은 말이 없었다. 숨소리조차 들리지 않았다.

"여보세요? 듣고 있어?"

"듣고 있어요."

"전화해서 서현이와 만나기로 약속했지? 맞지?"

"아니에요. 서현이가 싫다고 했어요."

"서현이 담임을 만났어. 꽤 놀라운 얘기를 들었지. 서현이가 가출한 건 너 때문이야. 무슨 말인지 알지? 아버지도 아시니? 그래서 가출 신고도 안 한 거야?"

"서현이가 저 때문에 가출한 거 아니에요. 서현이가 가출한 건 거짓말 때문이에요. 저한테 성폭행 당했다고 떠들고 다녔거든요."

"거짓말이라고?"

"믿든, 믿지 않든 상관없어요. 걔는 구제불능의 관종이고, 우리 식구들을 욕 먹이고 싶어서 안달이 났었어요. 의심스러우시면 아버지한테 찾아가서 물어보셔도 돼요."

"너 서현이가 가출한 후 공중전화로 연락한 적 있지?"

"공중전화를 왜 써요? 휴대폰 있는데."

"전화해서 무슨 얘기 했어?"

"아버지가 걱정하신다고요. 물론 걔는 듣지도 않았지만요."

"나 좀 만나자. 만나서 다시 얘기해."

"저는 알바 때문에 서울에 있어요. 서울 오시면 연락 주세요."

동현은 전화를 끊어버렸다. 동현의 말을 믿을 수 있을까. 믿지 말아야 할 이유는 없다. 믿어야 할 이유도 역시나 없었다. 화인은 다시 통화기록을 들여다봤다.

동현의 말에 따르면 가출 직후 소명은 찜질방이나 피시방을 전전했다고 했다. 그러다 공중전화의 주인공이 나타났다. 분명 전화를 건 사람이 돈을 주었을 것이다. 9월에 전화 연락이 끊긴 것은 아마도 약속을 정하고 정기적으로 만났기 때문이 아닐까. 그렇다면 공중전화가 다시 등장한 이유는 뭘까?

소명이 직접 전화를 건 기록은 거의 없었다. 가출 후 소명은 어디에 있었던 것일까. 계속 피시방과 찜질방을 전전한 것일까. 가장 기본적인 질문. 가출하고 세 달이 넘는 동안 무슨 돈으로 살 수 있었을까.

그 의문이 의미하는 바는 불쾌하지만 명백했다.

매춘.

원조 교제라는 단어로 분칠한다 해도 본질적으로 그것은 매춘이고, 화인은 그 외에 다른 가능성을 찾을 수 없었다. 화인이

의문스러운 것은 매춘을 하는 남자가 왜 이렇게까지 조심스러 웠느냐는 점이었다. 흔하지도 않은 공중전화를 찾아 매번 다른 곳에서 전화를 거는 번거로움을 감수할 정도로 그토록 조심했던 이유가 무엇일까. 처음부터 소명을 죽일 계획으로 조심스럽게 접근했던 것일까.

화인은 사무실 벽에 붙어 있는 관내 지도로 다가갔다. 몬드리안의 그림처럼 직선으로 반듯반듯하게 만들어진 신시가지의 중앙로를 포함해서 구시가지의 실핏줄 같은 도로망이 서로 엉켜 있는 지도 위에 공중전화 발신지를 찾아 순서대로 X자 표시를 해보았다. 걸려온 전화는 모두 20회 정도 됐다. 수원과 서울에서 각각 한 차례씩 건 것을 제외하면 모두 이 도시 안이었다.

화인은 두어 걸음 뒤로 물러나 지도를 바라봤다. X자 표시는 지도 한 부분을 중심으로 원의 형태를 이루며 놓여 있었다. 원의 중심에는 화인이 늘 다니던 대형 마트와 문구점 건물이 있었다. 화인은 지도 앞으로 다가가 흩뿌려진 X자가 만드는 원을 다시 바라봤다. 화인은 그 원 안을 돌아다니며 밥을 먹고 차를 마시고 옛 문구점 자리를 지나며 이정아를 생각하고, 오정미와 데이트도 여러 번 했다. 도대체 저 원 안에서 무슨 일이 일어났다는 말인가.

화인은 통화 목록에서 동현과 이천식 목사, 담임의 전화번호를 체크했다. 반복되어 등장하는 또 다른 번호가 있었다. 화인은 그 번호로 전화를 걸었다. 그러자 화인의 액정화면 위로 의외의 이름이 떴다. 오정미.

화인은 손을 멈추고 물끄러미 그 전화번호를 들여다봤다. 혹시라도 자신이 헷갈린 것인가 싶어 휴대폰의 연락처 목록을 열어 확인까지 해봤다. 분명 오정미의 번호였다. 오정미의 번호는 가출 직후부터 세 번 찍혀 있었다.

오정미는 사회복지과 소속 공무원인 데다 가출 청소년들을 담당하고 있으니 소명과 접촉할 수도 있었다. 하지만 소명은 가출 신고조차 되어 있지 않았는데 어떻게 오정미가 소명을 알았을까. 혹 소명이 성폭력 상담 같은 걸 신청했고 그 과정에서 오정미와 접촉이 있었던 것일까. 그렇다면 오정미는 소명에 관해 뭔가를 알고 있을지 모른다.

화인은 휴대폰을 들고 복도 구석으로 가서 오정미에게 전화를 걸었다. 오정미는 받지 않았다. 두어 번 더 해봤지만 가입자가 전화를 받을 수 없는 상태라는 메시지만 흘러나왔다. 문득 오정미가 자신을 차단시켜 둔 게 아닌가 하는 생각이 들었다. 뚜렷한 이유도 없이 그와 오정미는 연락을 주고받지 않은 상태로 꽤 시간이 흘렀다. 그 사실조차 이제야 화인이 알아챘으니 그가 무심했던 것은 확실했고, 그 때문에 오정미의 마음이 상했다 해도 무리가 아니었다.

문득 죽음의 손톱에 대해 얘기해준 것이 오정미라는 사실이 떠올랐다. 그때 오정미는 소명을 개인적으로 알고 있다는 사실을 전혀 말하지 않았다. 저수지에서 죽은 애가 소명인 것을 몰랐던 것일까. 뭔가 어색하고, 찜찜한 채로 화인은 퇴근 시간을 기다렸다.

하지만 저녁까지 기다리는 것은 무리였다. 화인은 잠시 만날 사람이 있다는 핑계를 대고 오정미가 일하는 시청으로 찾아갔다. 1층의 안내 데스크에서 사회복지과 오정미 씨를 만나러 왔다고 하니 올려 보내주었다. 사회복지과는 그다지 크지 않은 사무실이었다. 데스크마다 칸막이를 해뒀지만 문을 열고 들어서자마자 사무실 안에 있는 사람들의 얼굴이 거의 다 보였다. 오정미는 보이지 않았다. 화인은 출입구 가까운 자리의 직원에게 다가가 물어봤다.

"죄송하지만 오정미 씨를 좀 만나러 왔는데요."

그 직원은 허리를 길게 펴서 몸을 일으켜 책상 두 개 너머의 여직원을 불렀다.

"오정미 씨, 손님 오셨어."

컴퓨터 모니터에 가려 얼굴이 보이지 않던 여자가 고개를 내밀었다. 그녀는 오정미가 아니었다. 오정미라고 불린 여자가 화인에게 다가왔다.

"어떻게 오셨어요?"

"오정미 씨를 만나러 왔는데……."

"제가 오정미인데요?"

화인은 처음 보는 낯선 얼굴 앞에서 너무 당황스러워 말을 잘할 수가 없었다.

"호, 혹시 사회복지과 말고 다른 부서에 오정미라는 분은 없나요?"

오정미, 아니 오정미라고 불린 여자는 고개를 갸우뚱하며 대답했다.

"글쎄요, 저는 잘 모르겠는데요……."

그 순간 화인은 시청을 다 뒤져도 오정미는 없을 거라는 사실을 알았다. 화인이 알던 오정미는 존재하지 않았다.

11

아주 오랜 시간이 지난 후에 홍진은 남편을 죽였어야 했다는 생각이 들었다. 그땐 이미 남편이 감옥에서 죽고 난 후였다. 남편은 심근경색으로 병원에 도착하기도 전에 죽었다고 했다. 주지 스님을 통해 연락을 받았다. 홍진은 병원에도 장례식에도 가지 않았지만 법적으로 그녀는 여전히 아내여서 시신을 인수해야 할 의무가 있었다.

홍진은 시신을 보지 않았다. 죽었다는데도 남편이 무서웠다. 장례업자를 불러 화장을 시킨 후 유골까지 알아서 처리해달라고 부탁했다. 하지만 장례업자는 유골을 자기 마음대로 처리하는 건 불법이라며 홍진이 인수해야 한다고 우겼다. 홍진은 유골함을 열지 않고 흔들어보았다. 체로 모래를 걸러내는 듯한 소리가 들렸다. 그 상자를 열면 만화영화처럼 가루들이 다시 남편으로 돌아갈 것 같은 두려움이 들었다. 홍진은 납골당의 가장 구석 자리를 골라 유골함을 집어넣고 문을 잠가버렸다. 그리고 30년 어치의 납골당 사용료를 미리 지불했다. 그때쯤에는 자신이 죽고 없으리라 믿으며.

그 후 얼마 지나지 않아 변호사라는 사람이 홍진을 찾아왔다. 여성 지원 단체 어쩌고 하는 복잡한 이름을 대면서 자신의 신분을 밝혔다. 변호사는 홍진이 국가를 상대로 손해배상 청구소송을 내야 한다고 말했다.

"남홍진 씨가 남편으로부터 자주 구타당할 때 이웃들이 경찰에 신고했어요. 경찰은 남홍진 씨 집을 방문했지만 남편의 말만 듣고 돌아가버렸어요. 이건 명백한 직무유기예요. 이걸 바로잡아야만 남홍진 씨와 같은 피해자를 막을 수 있어요."

홍진은 아무런 관심이 없었다. 자신 같은 피해자가 또 존재하리라는 생각이 들지 않았다. 무엇보다 자신이 과연 피해자일까.

아이는 홍진을 닮아서 작고 마르고 겁이 많았다. 홍진은 항상 지쳐 있었기 때문에 아이에게 늘 짜증이 나 있었고, 그녀 또한 남편과 마찬가지로 툭하면 때리겠다고 아이를 겁줬었고, 실제로 때리기도 했다.

그래서였을까. 아이는 그 순간에 홍진이 자신을 구하러 올 거라고 생각하지 않았던 모양이다. 아이는 살려달라고 고함 한 번 지르지 않았다. 그때 홍진은 부엌에 쪼그리고 앉아 귀와 눈과 입을 틀어막고 아무런 뜻도 없는 말을 중얼거리고 있었다. 홍진은 외면하고 싶은 일이 생기면 항상 그런 식으로 반응했다. 남편이 아이를 죽이고 그 칼로 그녀의 등을 후려칠 때까지.

홍진은 자신의 아이를 지키지 못했다. 그 작은 몸으로 매질을 당할 때 홍진은 대신 맞아주지 못했다. 겁에 질려 우는 그 애를 붙잡고 나도 무섭다고, 그렇지만 괜찮다고 말해주지 못했다. 홍진은 언제나 아이를 힘들어했고, 낳은 것을 후회했다. 그리고 종종 아이가 사라져주길 바랐다. 불가항력적이며 자신의 잘못은 아닌 어떤 것에 의해.

의사의 말대로, 또 변호사의 말대로 그 모든 것이 홍진의 잘못이 아니라면, 그렇다면 홍진은 남편을 죽였어야 했다. 술에 취해 잠들어 있는 남편이라는 자의 몸에 칼을 꽂았어야 했다. 그때는 지금보다 칼도 더 잘 썼으니 훨씬 쉬웠을 것이다.

소명이 사라졌을 때 홍진은 찾지 않았다. 궁금해하지도 않았다. 그냥 갔나 보다 생각했을 뿐이다. 홍진이 그렇게 쌀쌀맞게 굴었으니 말 한마디 없이 떠나버린 것이 전혀 이상하지 않았다. 소명이 말했던 대로 엄마에게서 연락이 왔겠거니 생각했다.

홍진은 자신이 누군가를 동정하고 불쌍하게 여길 만한 주제가 되지 못한다고 생각했다. 홍진이나 소명이나 전생에 모질게 살았던 탓인지 그들이 겪은 일들이 피차 만만치 않다 해도 최소한 소명은 도망칠 용기를 가지고 있었다. 소명이 부러웠고 부러운 만큼 홍진은 치사해져서 그 애를 동정할 이유가 없다고 생각했다.

소명이 사라지고 며칠 후 경찰이 절을 찾아왔다. 경찰은 먼저 행정실로 가서 중학생 정도 되는 여자애가 저수지에서 자살한 채 발견되었다는 걸 말하고 그다음으로 홍진을 찾았다. 행정실 여자가 토끼처럼 눈이 동그래져서 공양간으로 달려왔다.

"보살님, 나와봐요. 저수지에서 여자애가 죽었다는데, 이를 어째, 어떻게 이런 일이……."

홍진은 소명이 죽었다는 것보다 그 이유로 경찰이 자신을 찾는다는 것에 더 놀라 밖으로 나갔다. 절에 와 있던 여자들이 경찰과 홍진의 주변으로 모여들었다. 경찰은 좀 조용한 장소를 원했고 행정실 직원이 차 대접을 할 수 있는 다른 방으로 안내했다.

"이서현이라는 학생 아시죠?"

"모르는데요."

"진짜 모르세요?"

홍진은 희한한 질문이라고 생각했다. 가짜로 모르는 것도 있다는 말일까. 멍해 있는 홍진에게 경찰은 휴대폰을 열어 사진을 보여주었다. 소명이 교복을 입고 무표정하게 찍은 사진이었다.

"이 애는 알아요. 이름이 소명이라고 했는데……."

"이 애와 함께 살게 된 이유가?"

"함께 산 게 아니라, 잠시 재워준 건데요. 주지 스님이 부탁해서……."

"얼마나 같이 살았어요?"

"한 달 조금 넘을 거예요."

"집에 들어오지 않은 건요?"

"지난주 목요일부터인가……?"

"이상하다는 생각 안 했어요?"

홍진은 고개를 저었다.

"특이하다거나 이상한 점도 못 느꼈어요?"

홍진은 계속 고개를 저었다. 차를 내오던 행정실 직원이 거들었다.

"이 보살님은 새벽 일찍 절에 와서 하루 종일 일하다 집으로 가세요. 그 애가 뭘 하는지 알 수도 없어요."

경찰은 다시 휴대폰을 꺼내 화면을 보라고 홍진에게 내밀었다. 촘촘한 글씨가 들어 있는 하얀 백지를 찍은 사진이었다.

"저를 보살펴준 아주머니, 감사합니다. 전 이만 포기해야 할 것 같아요. 사는 게 너무 힘들어요. 제 힘으로 살아보려고 했지만 안 될 거 같아요. 아주머니, 잊지 않을게요."

홍진은 몇 번이나 읽어봤다. 손으로 쓴 것도 아니고 기계가 찍어낸 이 글자들이 유서인가. 소명이 하필이면 자신에게 유서를 남겼다는 건 정말 어이없는 일이었다. 그러나 홍진은 아무 말도 하지 않았고 홍진에게 그다지 들을 게 없다는 것을 확인한 경찰은 주지 스님을 만나러 갔다. 소명이 홍진과 살게 된 경위를 확인하려는 것이었다. 홍진은 공양간으로 돌아왔다. 곧 저녁 예불이어서 밥을 해야 했다.

　홍진은 울지도 않았고, 소명에게 좀 더 잘해줄걸 후회도 하지 않았다. 뭔가 이상하다는 생각만 들었다. 뭔가 많이, 아주 많이 이상했다.

　소명이 왜 자신을 향해 유서를 썼을까. 자신을 보살펴준 아주머니라니. 해괴한 말이었다. 보살펴주고 자시고를 떠나 소명은 홍진을 아주머니라고 부르지 않았다. 절에서 여자들을 모두 보살님이라고 부르듯 당연히 홍진도 보살님이라고 불렀다. 주지 스님이 소명을 처음 홍진에게 인사시킬 때도 그렇게 말했던 것이다.

　"보살님, 만공 보살님이라고 부르면 돼."

　소명이 자살했다는 소식에 저녁 예불 때는 스님들이 소명의 극락왕생을 바라는 기도를 올려주었다. 행정실의 직원은 눈물까지 흘리며 연신 절을 올렸다. 알지도 못하는 사람이 죽었는데 눈물까지 흘리는 이유를 홍진은 알 수 없었다. 다음 날 그 직원은 홍진이 일하는 부엌에까지 쫓아와서 소명에 관한 이야기를 늘어놓았다. 경찰이 주지 스님을 찾아가 해준 말에 의하면 소명은 치매인 할머니 밑에서 자라다 어린 시절에 입양되었다. 소명을 입양한 사람은 인근에서 유명한 교회를 운영하는 사람이었고 그 양반들이 와서 시신을 인수해 갔다는 것이다.

　"양아버지가 교회 목사인데 절 주변을 얼쩡거렸다니 이상하지 않아요?"

"근데 저수지에서 나온 시체가 그 애라는 걸 경찰은 어떻게 알았대요?"

"저수지 근처에 지갑과 유서를 남겨뒀대요. 못 들었어요?"

홍진은 고개를 저으며 다시 물었다.

"다른 건요?"

"다른 거라니?"

"휴대폰 말이에요. 그 애는 늘 휴대폰만 들여다봤는데."

"휴대폰 이야기는 못 들었는데. 좀 이상하다, 그죠? 혹시, 누가 그 애를 해코지했을까? 설마 그런 건 아니겠지?"

홍진은 아무 말도 하지 않았다. 그 후로 며칠 동안 여신도들은 어디서 듣고 왔는지 소명에 대한 갖가지 소문들을 수군거렸다.

"걔가 여기 오기 전에 남자들한테 몸 팔고 살았다는데?"

"걔가 가출한 거부터 이상한 거야. 걔 오빠가 걔를 건드렸다 그러더라고."

"정말? 그게 정말이야?"

"내가 아는 사람 딸이 걔랑 같은 학교에 다녔는데, 오빠가 학교 앞으로 늘 찾아오고 그랬대. 거기서 걔랑 싸우고, 끌어안고 하는 걸 다 봤다는 거야."

"세상에, 뭔 일이래. 오빠가 동생한테 그런 짓을 하다니. 그런 새끼들은 다 찢어 죽여야 돼. 나무아미타불, 아이고, 나무아미타불……."

212

그때 행정실 여자가 뽀르르 부엌으로 들어와 그들의 대화에 새 장작을 던졌다.

"보살님, 보살님, 내가 경찰에 전화해서 물어봤는데, 죽은 애 휴대폰 말이에요. 휴대폰은 발견되지 않았대요. 경찰 말로는 호주머니에 넣어두었는데 물에 빠진 거 아니겠냐고 그러던데?"

새로 공급된 장작에 의해 대화는 더없이 활활 타올랐다. 온갖 추측이 추리가 되고, 상상이 단서가 되어 소명이라는 애가 목사 아들인 양오빠에게 죽임을 당한 것이라는 결론이 나왔다. 여신도들은 서로를 붙잡고 치를 떨었다. 홍진이 소명과 같이 산 것을 아는 여신도들은 홍진에게 소명에 대해 아는 게 없는지 캐물었다.

"나는 아무것도 몰라요."

그게 사실이었고 또 절에서 홍진은 일체 입을 열지 않는 사람으로 알려져 있었기 때문에 더는 묻지 않았다. 홍진은 평소처럼 일을 마치고 곧장 집으로 돌아왔다. 든 사람 자리는 없어도 난 사람 자리는 있다고 했는데, 홍진에게는 그 전날과 똑같았다. 소명이 아무 말도 없이 집에 오지 않았을 때 홍진은 조금의 걱정도 없이 잘 잤고, 그다음 날도 이제 오지 않으려나 보다 생각하며 더없이 편했다. 그러니 홍진이 소명이 두고 간 가방을 열었던 것은 애초에 슬픔 같은 감정과는 달랐다.

시커먼 색깔을 한 소명의 가방 안에는 속옷 두어 장과 여벌의 추리닝 한 벌, 그리고 티셔츠 두어 장, 그게 다였다. 옷 사이에서 영수증 한 장이 바닥에 떨어졌다. 간이세금 영수증 같았다. 그 외에는 아무것도 없었다.

어디서 들은 이야기인지 모르겠지만, 또 확실한 건지도 모르겠지만 여자들은 자살하기 전에 속옷을 갈아입는다고 했다. 소명은 속옷도 그대로였다. 추리닝 주머니 안에서 종이봉투 하나가 나왔다. 아무것도 적혀 있지 않은 봉투 안에는 만 원짜리 세 장이 들어 있었다. 홍진은 그 돈이 무슨 돈인지 알았다. 그것은 소명이 홍진에게 갚으려고 따로 떼놓은 돈이었다. 소명이 죽기 며칠 전 홍진에게 돈을 조금만 빌려달라고 사정했던 것이다. 홍진은 쌀쌀맞게 물었다.

"얼마나?"

"사, 삼만 원만 좀……."

"돈을 빌려주면 다른 데로 갈 거야?"

소명은 고개를 푹 숙이고 말이 없었다. 갈 데가 없는 애라는 걸 알고 있었기 때문에 박정하고 잔인한 질문이었다.

"꼭 갚을게요. 곧 돈이 생길 거예요. 정말이에요."

홍진은 귀찮아서 소명에게 돈을 빌려주었다. 소명이 자살이라면 그 돈을 이렇게 남겨놓고 죽을 리가 없었다. 애초 그녀에게 유서 같은 걸 남길 이유가 없었다. 경찰은 저수지를 뒤져보지 않겠지만 뒤진다 해도 소명의 휴대폰은 나오지 않을 것이다. 소명은 자살이 아니니까. 홍진은 확신했다. 누군가 소명을 죽이고 자살로 위장한 것이라고. 물론 누구에게도 이런 말은 하지 않았다.

그때쯤 홍진은 몸살이 나서 심하게 아팠다. 그녀는 얇은 피부를 가져서 안이 아프면 밖이 쓰리고, 밖이 아프면 안까지 저렸다. 홍진은 끙끙거리며 일어나 절로 밥을 하러 갔다. 현기증을 누르려고 이를 악물고 밥그릇들을 법당으로 나를 때면 쓰러지지 말아야 한다는 생각에 진땀이 흘렀다. 나반존자와 칠성신, 산신을 모셔둔 삼선각은 계단이 길어 내려올 때 발을 헛딛지 않으려고 이를 악물어야 했다. 이상하게 자신의 발이 닿는 곳이 잘 보이지 않았다. 고열과 통증 때문에 집에 갈 시간이 되어서도 부엌에서 일어나지 못하고 끙끙거리며 앉아 있으니 스님 한 명이 와서 아스피린을 가져다주었다.

"내일 새벽 예불 밥은 내가 하고, 일은 다른 사람 불러다 시킬 테니 보살님은 쉬세요. 며칠 푹 쉬는 게 낫겠어요."

"고맙습니다, 스님."

홍진은 소용이 없을 거라는 걸 알면서 약을 받아먹고 어두워진 산을 내려왔다. 비수 같은 바람이 진땀을 흘리는 얼굴을 후려치며 지나가는 초겨울밤이었다. 홍진이 아픈 몸을 끌고 바로 집으로 가지 않고 저수지를 찾아가게 된 것은 열 때문에 길을 헤맸기 때문이 아니었다. 가보려고 작정했던 건 더더욱 아니었다. 뭔가가 잡아당기는 듯 그녀의 발걸음이 그곳으로 움직였다.

홍진은 이내 길을 잃었다. 잡목이 우거진 숲 안에는 분명 차들이 드나들 수 있는 길이 있을 터인데 홍진은 찾을 수 없었다.

눈발은 흩날리고 홍진이 허우적거리듯 걸음을 옮길 때마다 텅 빈 나뭇가지들이 열에 들뜬 홍진의 얼굴을 함부로 때리더니 갑자기 시야에서 사라졌다. 검은 물이 바람소리 아래 누워 있었다. 등대가 지친 배를 부르듯 그 물이 홍진을 불렀을까. 홍진은 물가로 다가갔다. 그러자.

소명이 거기 서 있었다. 새하얀 얼굴로 검은 물을 바라보며.

발밑에서 흙이 무너져 내렸다. 홍진의 몸도 같이 무너져 바닥에 주저앉았다. 나뭇가지를 붙잡고 겨우 다시 일어났을 때 홍진은 자신이 본 것이 소명이 아니라 조그만 조각상이라는 것을 알았다. 물가를 향한 채 머리에 긴 천을 뒤집어 쓴 여자의 조각. 성모상이 바위 위에 놓여 있었다. 마치 검은 물과 그 물속으로 사라졌던 소명을 지켜보듯이.

"그 사람이 갖다 둔 거야."

소명의 목소리였다. 홍진을 고개를 돌려 소명을 쳐다봤다. 헛것을 본 줄 알았는데 아니었다. 소명이 다시 거기에 있었다. 표정은 노래라도 부르는 듯 환했고 홍진이 친구라도 된 양 스스럼없이 말을 걸었다.

"이렇게 외진 곳에 일부러 찾아오지 않으면 누가 오겠어?"

왜 소명이 자신에게 나타났는지, 왜 자신의 눈에 소명이 보이는지 의아해야 하는데 전혀 의아하지 않았다. 무섭지도 않았고 어색하지도 않았다. 오히려 다른 게 마음이 쓰였다. 춥겠구나.

겨울인데 소명은 외투가 없었다. 늘 입고 다니던 추리닝 차림이었다. 가을에서 겨울로 넘어오는 내내 추웠을 것이다. 지금은 눈이 오는 계절. 소명은 이제야 마음이 쓰이냐는 듯 홍진을 빤히 쳐다봤다.

홍진은 성모상을 집어 들어 가슴에 품고 자리를 떴다. 소명은 홍진을 쫓아왔다. 자기 집을 찾아가듯이.

귀신이 붙었구나.

홍진은 생각했다. 성모상에 들러붙었는지, 아니면 자신에게 들러붙었는지 모르겠지만 귀신이 붙었다고 생각하자 홍진은 편안하게 받아들일 수 있었다. 그래서 홍진은 따라오지 말라고 소리치지도 않았다. 사라지기 전과 똑같이 소명은 홍진의 옆에 누웠다. 이제는 겁도 없이 홍진에게 말을 걸었다.

"보살님은 살면서 언제가 제일 좋았어요?"

이 애는 무슨 이런 질문을 하는 걸까. 홍진은 퉁명스레 대답했다.

"난 그런 거 없어."

"정말로 한 번도 없어요? 돌아가고 싶은 때가 없어요?"

돌아가고 싶은 때라……. 누구에게나 아지랑이 같은 시간은 있을 것이다. 봄날의 나른하고, 헛것인 것만 같은 그런 달짝지근한 시간이. 그러나 홍진은 아니었다. 그런 게 있다면 분명히 기억했을 것이다.

아버지와 엄마에게 번갈아가며 두들겨 맞았던 어린 시절. 그래도 찬찬히 살펴보면 언제나 술에 취해 있던 아버지가 무슨 마음에서였는지 자신에게 선물을 줬다든가, 가족끼리 유원지나 바닷가로 놀러 갔던 적이 한 번은 있었을 법한데 홍진은 아니었다. 전혀 없었다. 맞아 죽을 거 같아 가출하고 닥치는 대로 일을 하다 남편을 만났다. 남편은 그녀보다 열여덟 살이 많았다.

홍진은 자신에게 집이라 부를 수 있는 장소와 할 일이 생겼고 그로 인해 정상적인 삶이 된 것 같아서 깊이 안도했다. 결혼식을 대신해서 홍진은 남편과 사진을 찍었고, 같이 영화를 봤다. 그날이 돌아가고 싶은 때인가. 미친 소리. 홍진은 자신의 과거 그 어떤 날로도 돌아가고 싶지 않았다. 사는 건 견디는 것이지만 견디는 것을 산다고 말하지는 않는다. 홍진은 견뎠을 뿐이고 그녀는 살아 있는 게 아니라 그저 살아졌을 뿐이다.

"이상하지 않아? 왜 한 번도 없어? 아이를 낳았을 때 기쁘지 않았어? 아이가 예쁘지 않았어?"

"……."

"분명히 예뻤을 텐데……. 그 아이가 죽었을 때, 뭐 했어? 넌 뭐 했어?"

"……."

"뭘 했냐고. 그 애가 죽었을 때……."

홍진은 홱 돌아누웠다. 소명이 왜 자신에게 그런 걸 묻는지 어처구니가 없었다. 소명은 그녀와는 아무런 관련도 없는 사람이었다. 홍진은 그 애에게 좀 쌀쌀맞았을 뿐이다. 그녀가 꼭 잘해줘야 할 의무도 없었고, 잘해주지 않은 건 죄가 아니다. 홍진은 소명보다 더 많은 상처를 가지고 있었다. 소명까지 챙길 이유가 없었다. 저 예쁜 얼굴로 저렇게밖에 되지 못한 건 모두 소명의 팔자 탓이다. 홍진의 탓이 아니다.

아이가 예쁘지 않았느냐고? 아이의 얼굴이 기억나지 않았다. 다른 아이처럼 눈은 찢어지고 이마가 툭 튀어나온 아이였는데 지금 그녀 앞에 있다고 해도 알아볼 수 있을지 모르겠다. 그렇다 해도 왜 예쁘지 않았을까. 짐승도 새끼는 다 작고 예쁜데. 아이는 작고 말랑말랑하고 몸에 입술을 대면 카스텔라처럼 폭신했고, 목욕을 시켜놓으면 입으로 꼴딱 삼키고 싶을 만큼 좋은 냄새가 났다. 단지 홍진이 그걸 충분히 느낄 틈이 없었다.

남편이 그녀와 아이를 죽이려고 칼을 휘두르고 난 후 홍진은 재판에 나가 남편을 선처해줄 것을 빌었다. 남편의 변호사가 시킨 일이었지만 사실은 남편이 무서워서였다. 언젠가는 감옥에서 나올 것이고 그때를 대비해서 시키는 대로 해야 한다고 생각했다. 판사는 홍진을 가만히 쳐다보며 검사가 물었던 것과 똑같은 질문을 했다.

"아이가 죽을 때 남홍진 씨는 무엇을 했습니까?"

홍진은 눈물을 흘리며 아무것도 기억이 나지 않는다고 대답했다. 판사도, 검사도, 변호사도 홍진이 아무것도 기억하지 못하는 것을 이해하는 것 같았다. 하지만 홍진은 기억했다. 그녀의 아이가 두들겨 맞을 때 모른 체했듯이 죽어갈 때도 그냥 가만히 있었다. 가만히, 그저 가만히.

소명은 살아 있을 때처럼 홍진의 옆에서 잠이 들었다. 함부로 몸을 뒤채면서. 홍진은 처음으로 소명의 어깨에 이불을 덮어주었다. 소명의 작은 뼈가 그녀의 손바닥 안에 들어왔다. 모든 아이들의 뼈는 작고 얇다. 너무나 쉽게 부러진다. 홍진의 뼈는 지금도 여전히 얇다. 홍진은 그 약한 뼈가 서러워서 소명의 어깨를 잡고 마구 울었다.

이지하의 몸에서 열이 펄펄 끓었다. 4월이면 아직 추운 계절. 똥오줌에 젖은 옷으로 차가운 땅바닥에 며칠이나 있었으니 아프다 해도 이상할 건 없었다.

"배가, 배가 아파……."

이지하는 끙끙거렸다. 홍진은 이지하의 윗옷자락을 들춰보았다. 홍진이 지하실로 밀어버렸을 때 바닥에 있던 못 같은 것에 찔렸는지 피고름이 말라붙어 있었다. 홍진은 위에서 이불을 가져와 덮어주고 시장에 가서 남자 추리닝 한 벌을 샀다. 피와 똥오줌으로 범벅이 된 옷을 가위로 잘라서 벗기고 이지하에게 새 옷을 입혀주었다. 악취가 너무 지독해서 짜증이 났지만 참았다. 홍진이 원하는 것은 이지하가 가능한 한 오래 살아서 고통을 받는 것이지 추위로 얼어 죽는 게 아니었다.

굶어 죽는 것도 홍진이 원하는 바가 아니었기 때문에 그녀는 이지하에게 뜨거운 물을 먹이고 죽도 끓여서 먹였다. 적당히 식혀서 그릇에 담아 입에 대주니 꿀꺽꿀꺽 삼켰다.

"왜 갑자기 나한테……."

"너무 빨리 죽으면 안 되니까."

이지하는 벽에 머리를 기대고 지친 눈으로 홍진을 쳐다봤다.

"나는 아무도 죽이지 않았어. 아무도……."

"영수증이 나왔어."

처음에 홍진은 그것이 무엇인지 몰랐다. 간이 영수증과 비슷한 양식으로 '보령당'이라는 상호와 전화번호가 찍힌 종이에 수령 일자 9월 13일이라는 날짜가 적혀 있었다. 그 밑에 영어로 흘려 쓴 글씨는 읽기가 힘들었다. 며칠 후 홍진은 보령당으로 전화를 했다.

"네, 보령당입니다."

"제가 거기 영수증을 가지고 있는데요. 물건을 맡긴 영수증 같은데 수령 일자도 적혀 있어요."

"무슨 물건인가요?"

"그건 제가 잘 못 읽겠어요. 갖다 드릴게요. 거기 위치가 어디예요?"

보령당은 수원에 있는 금은방이었다. 거리에서 쑥 들어간 곳에 위치했지만 유서 깊은 곳인지 '명품시계 수리 전문'이라는 간판이 따로 붙어 있었다. 홍진은 사장처럼 보이는 사람에게 영수증을 내밀었다. 그는 홍진과 그녀가 내민 영수증을 번갈아 보더니 의아하다는 듯 물었다.

"이게 어디서 났어요?"

"아는 사람한테서 받았는데……."

"이거 빈티지 롤렉스인데. 데이저스트 콤비. 근데 이미 수령해 간 거 같은데. 잠시만요."

사장은 가게 뒷방으로 가더니 장부를 들고 나왔다. 그가 날짜를 찾아 홍진에게 내밀었다.

"여기 봐요. 수령자란에 사인하고 받아갔잖아요."

홍진은 수령자의 이름을 봤다. 이지하.

"이분 우리 가게 단골인데 왜 수령증을 다른 사람한테 줬지?"

"이분 좀 만나려면 어떻게 해야 하는지……?"

"왜 만나시려고?"

"시, 시계에 대해서 좀 물어보려고요."

사장이 홍진을 유심히 훑어봤다. 홍진이 뭐 하는 사람인지 가늠해보는 것 같았지만, 그녀가 빈티지와도, 롤렉스와도 완전히 무관하다는 결론을 내리는 데 그다지 긴 시간이 필요하진 않았다.

"이분 전화번호만이라도 좀 가르쳐주시면……."

"요즘은 그런 거 함부로 가르쳐주면 큰일 나요. 아줌마 뭘 믿고 내가 전화번호를 가르쳐줘요?"

"이분이 좀 안 좋은 일에 얽힌 거 같아서……."

홍진은 나름대로 그럴듯한 핑계라고 생각하고 말했지만 사장에게는 씨도 먹히지 않았다.

"무슨 일인지 모르겠지만 그럴 분이 아니에요. 빈티지 시계 수집하며 사는 편안한 사장님이 안 좋은 일에 왜 얽혀요? 정히 그러면 아줌마 휴대폰 번호를 가르쳐주면 내가 이 양반한테 전 달해줄게요."

홍진은 그때 휴대폰이 없었다. 홍진은 아무 말 없이 보령당을 나왔다. 지금 와서 생각해보면 보령당 사장에게 소명의 이름을 대고 이지하에게 전화해달라고 부탁했어야 했다.

하기야 미처 생각이 미치지 못한 일이 한둘이 아니었다. 생각 이라고 하는 건 언제나 타이밍을 놓치고 뒤늦게 떠올라 홍진은 늘 자신을 자책했다. 하지만 이번에는 달랐다. 아주 또렷한 목 소리가 홍진에게 들렸고 홍진은 그 말을 믿었다. 그 목소리에 따르면 소명은 이지하와 만났고, 이지하가 소명을 죽인 것이 분 명했다.

분명한 증거 따위 있을 리가 없다. 영수증과 그 애가 임신 상 태였다는 것이 증거라면 증거였다. 소명이 임신 중이었다는 것 도 절에 오는 어떤 사람에게 전해 들었다. 한동안 절에서는 만 나면 죄다 소명에 관한 이야기뿐이었다.

사람들은 소명의 오빠 짓일 거라고 수군거렸지만 홍진은 알 수 없는 일이라 생각했다. 가출한 지 여러 달 됐으니까 여러 사 람과 잤을 수도 있다. 그게 누구든 어리고 작던 그 몸에 아이를 심은 장본인이 소명을 죽인 범인일 거라고 홍진은 생각했다. 소 명이 죽은 저수지는 외진 곳이었다. 그곳은 잘 알려지지 않은 곳이고 가끔 같이 잘 방을 구하지 못한 십 대 애들이 은밀히 성행위를 하기 위해 찾아가는 곳이었다. 소명은 기꺼이 그곳으로 갔고, 그곳에서 죽임을 당했다. 소명을 불러낼 수 있고 소명이 만나러 달려 나갔을 그 사람에 의해.

홍진은 이지하가 누구인지 만나보고 싶었다. 어떤 사람인지. 그러나 '사장님'이라는 것만 빼고는 알 수가 없었다. 홍진은 행정실의 직원을 찾아갔다.

"사람을 좀 찾으려고 하는데……. 이 부근에 사는 사람이에요."

행정실의 직원은 홍진이 찾아간 것도, 말을 건 것도 처음이기 때문에 정색을 하고 자세를 고쳐 앉았다. 신도들 사이에서 홍진에 대한 온갖 소문이 다 떠돈다는 걸 그녀도 알고 있었다. 아무리 험한 소문이라 해도 사실보다는 미화되었을 텐데 그 소문조차 으스스하고 무서운 것인가 보다. 행정실 직원의 눈은 긴장해 있었다.

"물어보세요."

"이지하라는 사람을 찾는데요. 이 근처 사람이에요. 사업하는 사장님인데 어디에 있는지 몰라서……."

"일단 검색해볼게요."

행정실 직원은 컴퓨터 앞에서 자르르 자판을 두드렸다. 그러고는 계속 자판을 눌러가며 확인하더니 말했다.

"구글에 나오네요. 이 사람 맞아요?"

직원은 홍진이 잘 볼 수 있도록 모니터의 방향을 돌려주었다.

D시에서 발행하는 지역신문에 난 기사였다. D시의 시장이 새로운 청소년지킴이위원들을 위촉했는데 위촉받은 위원들의 이름이 단체 사진과 함께 실려 있었다. 이지하, 49세, 온누리 텔레콤 대표. 홍진은 사진 속에서 이지하의 얼굴을 찾아봤다.

사진은 아주 작았고 선명하지도 않았지만 그럼에도 홍진은 알았다. 소명이 조만간 돈이 생길 거라며 전화를 기다리던 바로 그 사람, 소명을 죽인 사람이 바로 이 자라는 확신이 들었다. 다르게 생각해볼 여지가 없었다. 홍진이 가진 것은 확신, 그것뿐이기에.

"이 사람 찾아가보시게요?"

홍진은 고개를 끄덕였다. 그러자 행정실 직원은 다시 컴퓨터를 두드려 온누리 텔레콤의 위치와 전화번호, 그곳으로 가는 교통편까지 모두 알려주었다. 컴퓨터라는 물건은 무엇이기에 저런 것들을 다 가르쳐주는지 알 수 없었다. 홍진으로서는 단지 고마울 따름이었다.

"내가 영수증을 흘렸었나 보네. 죽은 애가 그걸 가지고 있다고 날 범인이라고 생각하다니……."

이지하가 낄낄거리며 웃었다.

"영수증 한 장으로 내 손가락을 자르다니……."

이지하의 웃음소리는 쿨럭쿨럭 기침으로 변했다.

"어젯밤 여기에 누워서 계속 생각했어. 나는 어쩌면 이곳을 빠져나가지 못하는 거 아닌가. 나는 당신이 뭘 착각했거나 착오가 있는 건 줄 알았어. 그런데 진짜 내 손가락을 자르는 걸 보고 그게 아니라는 걸 알았어. 나는 여기서 죽는 거야……."

"맞아. 그러니 사실대로 다 말해."

"나는 아무도 죽이지 않았어."

홍진은 다시 도끼칼을 들고 이지하의 손가락을 자를 자세를 잡았다.

"하지 마! 하지 말라고! 나는 피를 너무 많이 흘려 죽을지도 몰라."

"아직은 안 죽어."

"그걸 어떻게 알아?"

"언제, 어떻게 죽일까 결정하는 건 내 권리야."

"미쳤군. 그게 왜 당신 권리야?"

"소명한테서 받았어."

"당신이 뭔데 소명이한테 그럴 권리를 받았다는 거야?"

홍진은 싸늘하게 이지하를 노려봤다.

"역시, 소명을 아는구나."

"당신이 계속 소명, 소명 떠들어댔잖아! 자기가 한 말도 기억을 못하면서, 그 주제에 누구한테 죄를 묻겠다는 거야! 너는 다 잘못 생각하고 있어. 전부 착각이고 그냥 미친 거야! 넌 미친 거라고!"

홍진은 너무나 화가 나서 발로 그의 명치를 걷어찼다. 이지하의 입에서 신음이 나오기도 전에 그의 가슴과 배를 다시 차고, 얼굴을 잘근잘근 밟았다. 어디를 패면 아픈지, 굴욕감을 더 느끼는지 홍진은 잘 알고 있었다.

"도대체 나한테 왜 이러는 거야. 소명이와 무슨 관계기에 이러는 거냐고⋯⋯."

홍진은 아무 말 없이 가게로 올라와버렸다. 이지하의 질문에 일일이 답해줄 이유가 그녀에겐 없었다.

12

출근할 때는 모든 것이 정상이었다. 여느 때처럼 순경들은 깍
듯이 인사를 하고 수사과의 직원들은 바쁘고 피곤하니 건드리
지 말라는 듯 잔뜩 구겨진 얼굴로 지나갔다. 김 형사와 마주쳤
을 때야 비로소 뭔가 이상하다고 느꼈다. 김 형사는 복도 반대
쪽에서 화인의 정면을 향해 걸어오고 있었는데 화인과 눈을 맞
추는 게 싫은 듯 일부러 그의 시선을 피하더니, 화인이 "좋은 하
루."라고 인사를 건네자 당황한 사람처럼 대답을 입 안에서 우
물거리며 지나가버렸다. 무슨 골치 아픈 사건이 생겼나, 생각하
며 사무실의 문을 열었을 때 오 팀장이 보였다.

팀장은 화인의 밑에서 일하는 감식요원 최와 얘기를 나누는
중이었다. 그거야 이상한 일이 아니었지만 분위기가 묘했다.

마치 경찰이 목격자를 다루듯 팀장의 눈빛은 예리했고 최는 영문을 모르겠다는 표정이었다. 오 팀장이 화인을 향해 고개를 돌렸다.

"어쩐 일이세요?"

"너 나 좀 따라와."

팀장이 화인을 데리고 간 곳은 휴게실도 아니고 창고도 아닌 애매한 방이었다. 전에는 흡연실로 썼지만 공공기관 내에서 흡연이 금지된 후에는 직원들끼리 조용히 할 얘기가 있을 때 주로 찾는 공간이었다. 화인이 소명의 사건을 계속 파고 있다는 걸 알았다 해도 그런 방으로 데리고 가는 건 좀 황당했다. 아무도 없는 데서 긴밀한 이야기를 나눌 작정인가. 팀장은 화인을 마주 보며 앉았다.

"일단 이건 비공식적인 질문이야."

"왜 그러시는지……?"

"이지하와는 어떤 사이야?"

"이지하요? 중고등학교를 같이 다녔는데요. 그놈한테 무슨 일이 있어요?"

"지금 실종 상태야."

"이지하가요? 언제부터요?"

"지난주 수요일."

이지하는 평소처럼 자신이 운영하는 휴대폰 가게에 출근했다고 했다. 삼십 분 정도 지났을 때 이지하는 병원에 다녀온다면서 사무실에서 나가서 돌아오지 않았다. 이지하가 자리를 비우는 일은 흔했고 며칠씩 사무실에 나오지 않는 일도 있었기 때문에 직원들은 아무도 신경 쓰지 않았다. 직원들은 번호표 순서대로 손님을 맞아서 휴대폰을 팔기에 바빴다. 영업 시간이 끝나면 서둘러 퇴근했다.

주말이 지난 후 이지하의 전처가 가게로 전화를 했다. 주말에 딸아이와 약속을 했는데 이지하로부터 아무런 연락이 없다는 것이었다.

"휴대폰으로 몇 번이나 전화했는데 받지도 않고, 카톡도 안 읽어요."

전화를 받은 사람은 이지하의 가게에서 가장 오래 일한 직원이었는데 그는 이지하의 허락 하에 명함에 부대표라고 적고 다녔다. 부대표는 이지하가 아픈 건지도 모르겠다고 생각하고 그의 집을 찾아가려고 주차장으로 향했다. 그때 비로소 그는 건물 주차장에 며칠째 방치된 이지하의 차를 발견했다. 부대표는 그 상황에서 누구나 느낄 법한 불안과 찜찜한 생각들을 가지고 이지하가 사는 아파트를 찾아갔다. 관리인에게 사정을 설명하고 그와 함께 현관문을 두드려봤지만 아무런 기척이 없었다. 부대표는 이지하의 전처에게 연락을 했다. 아무래도 무슨 사고가 생긴 것 같다고.

이지하의 전처가 경찰에 실종 신고를 했다. 경찰은 아파트 관리실의 시시티브이를 확인한 결과 이지하가 아침에 출근한 이후로 집에 출입한 적이 없다는 사실을 확인했다. 이지하의 사무실 주변 시시티브이를 확인하자 실종되던 날 아침 사무실에서 나간 이지하가 서둘러 횡단보도를 걷는 모습이 찍혀 있었다. 그것뿐이었다. 그 후로 이지하는 어디에도 모습을 나타내지 않았다.

"주변의 알 만한 사람들, 지인들에게 다 전화해봤지만 아무도 요 며칠 동안 이지하와 연락한 사람이 없어."

"저도 연락한 적 없어요. 동창이라고 하지만 친한 편도 아니었고. 지난번 동창회에서 본 게 다예요. 아, 며칠 전에 전화가 한 번 왔었어요. 바빠서 못 받았지만."

팀장은 잠시 화인을 물끄러미 쳐다봤다. 아무것도 읽을 수 없는 시선, 맞받아 쳐다보기엔 뭔가 부담스러운 시선이었다.

"도대체 왜 그러시는데요? 그냥 시원하게 말씀하세요."

"야, 서 계장."

"네."

"이지하한테 뭐 보낸 적 없어? 선물이라든가."

"선물? 아뇨. 그럴 사이도 아닌데요."

"그래?"

오 팀장은 뭔가 생각하거나 아니면 망설이는 것 같았다. 이를테면 화인에게 모든 걸 다 말할 것인가, 비밀로 할 것인가 하는 고민을 하는 듯했다.

"뭐예요?"

오 팀장은 결국 종이 한 장을 꺼내 화인의 앞에 내밀었다.

"이게 뭐죠?"

"퀵 배달서비스 영수증."

화인은 영수증을 확인했다. 배송지에는 이지하의 이름과 집 주소가 적혀 있고, 발송지에는 서화인이라고 적혀 있었다. 화인의 얼굴에서 눈을 떼지 않은 채 반장이 다시 말했다.

"날짜는 불과 2주 전이야."

"전 아무것도 보낸 적이 없는데요."

"근데 왜 네 이름이 적혀 있어?"

"그걸 제가 어떻게 알아요?"

팀장의 목소리가 버럭 높아졌다.

"너, 이거 대답 똑바로 해야 돼! 지금은 정식 취조가 아냐. 그래도 한솥밥 먹은 처지라 너 봐주고 있는 거야."

"도대체 무슨 말씀이세요? 뭘 봐줘요? 내가 왜 취조를 당하냐고요? 이 영수증부터 설명해주세요. 뭔데요?"

"이지하의 전처가 서울서 와서 같이 집 안으로 들어갔어. 쓰레기더미에 케이크 상자랑 포장지가 남아 있더라고. 그걸로 퀵배달 업체도 찾아낸 거야."

"전 케이크를 보낸 적도 없지만, 있다 쳐요. 케이크 보냈다고 절 취조하시는 거예요?"

다음 순간 케이크 안에 뭔가 들어 있구나, 하는 생각이 들어 화인은 오 팀장을 쳐다봤다. 팀장의 시선은 화인의 눈에 고정되어 움직이지 않았다. 마치 화인의 얼굴에 나타나는 미세한 떨림조차 놓치지 않겠다는 듯이. 화인은 그것이 용의자를 취조하는 형사의 눈빛이라는 걸 알았다. 그러니 케이크 안에 뭐가 들어 있는지 오 팀장은 알려주지 않을 터였다.

"만약에 내가 그걸로 이지하를 죽이려고 했다면 내 이름으로 보낼 리가 없잖아요."

"맞아. 나도 그렇게 생각해. 하지만 역으로 그런 생각을 이용할 수도 있지."

"내가 왜요? 도대체 내가 뭐 하러 그런 짓을 해요?"

"너, 지금도 이정아 사건의 진범이 따로 있다고 생각해?"

모든 것은 다시 그 봄으로 돌아갔다. 텔레비전을 켜면 온통 대통령 탄핵 뉴스이고, 창문을 열면 하얀 꽃이 우수수 떨어지고 있던 그 봄. 화인은 감식반의 신참이었지만 오 팀장은 형사 경력 10년 가까이 되는 베테랑이었다. 당시 오 팀장은 누구보다 수사에 열심이었다. 밤잠 자지 않고 엄청난 수의 용의자들을 하나하나 확인했고, 도시 전체의 시시티브이를 끝없이 돌려봤고, 시신이 유기된 산속을 수십 번 헤매고 다녔다. 화인이 출근할 때 사무실에서 밤을 새고 부스스한 얼굴로 칫솔을 물고 화장실로 가는 오 팀장의 얼굴을 보는 일이 다반사였다. 윤장호가 범인이라고 가장 먼저 지목한 것도 오 팀장이었다.

"범인은 이정아와 접촉할 기회가 있는 놈이 분명해."

"여중생이 문구점 주인과 그렇게까지 친해질 수 있을까요?"

"불가능한 건 아니잖아!"

오 팀장은 머리가 치밀하다거나 분석이 뛰어난 타입의 형사는 아니었다. 하지만 끈기가 있었다. 수사라는 것은 원래 티끌로 만들어진 태산을 이쪽에서 저쪽으로 옮기는 것과 비슷했다. 이정아 사건은 특히 더 그랬다. 시간과 노력을 들인 만큼 윤장호를 놓아주게 되었을 때 가장 분통을 터뜨린 사람도 오 팀장이었다. 재 안에서 이정아의 손톱 조각이 나왔을 때 그거 보라며 가장 기뻐한 사람도 오 팀장이었다.

오 팀장이 증거를 조작할 수도 있었을까. 불가능하지는 않았다. 누구보다 윤장호가 범인이 확실하다고 밀어붙였던 사람이었으니까. 증거 조작이 아니라 범인을 검거하는 거라고 믿었을 것이다.

그랬던 오 팀장이 왜 이정아 사건을 다시 꺼내는 것일까. 윤장호는 살인범으로 유죄 판결을 받았고 이미 죽었다. 오 팀장이 다시 이정아 사건을 들먹일 이유가 없었다.

"갑자기 이정아는 왜……?"

"나는 네가 왜 그렇게 이정아에 대해 집착하는지 이해를 못했어."

"이제는 이해한다는 말씀이세요?"

"아직은 아냐. 앞으로는 모르지."

"저도 팀장님이 무슨 말씀을 하시려는 건지 모르겠어요. 이지하 실종과 이정아가 무슨 관련이 있는 거예요?"

"아직은 별개야."

"아직은?"

오 팀장은 가슴팍에서 담배를 찾았다. 하지만 자신이 담배를 끊은 지 벌써 세 달이 넘었다는 것을 깨닫고는 짜증스럽게 빈손을 책상 위에 올렸다.

"나는 윤장호가 범인이었다고 믿어. 그렇지만…… 일단 너네 집에 좀 가자."

"집? 우리 집?"

"그래. 네 집."

"우리 집은 왜요?"

"갔다 와서 대답해줄 테니까 그냥 좀 가자. 가자고!"

화인이 오 팀장과 함께 취조실을 나오자 복도에 김 형사가 서 있었다.

"별일 아니니까 신경 쓰지 마세요."

김 형사가 화인의 등을 슬쩍 치며 말했다. 별일 아닌데 왜 난리냐고 묻지 않았다. 이정아라는 이름이 나오면서부터 화인 앞에서 벌어지고 있는 모든 일이 대단히 유별나고 심각한 사태였다.

화인은 김 형사와 오 팀장과 함께 관용차에 올랐다. 화인의 집에 도착하니 순경 두 명이 먼저 와 있었다. 화인은 어이가 없었지만 잠자코 문을 열어줬다. 순경들과 김 형사가 들어가서 화인의 집을 수색했다.

"지금 뭐 하는 겁니까? 내 집에서 뭘 찾는 건데요?"

"모른다, 나도."

"반장님. 제 집도 뒤지려면 영장이 있어야 한다고요."

"제보 전화를 받았어."

"무슨 제보였는데요? 이정아에 관한 제보였어요?"

오 반장은 고개를 끄덕였다.

"너무 어이가 없어서 무시하려고 했지만, 112로 들어왔으니 녹취가 남잖아."

"제보 내용이 뭐였냐니까요?"

"네가 여중생 연쇄살인과 관련되어 있다는 거야. 이정아와 강소희, 그리고 또 한 명 더 있는데. 가출했다가 자살한 여학생."

"이서현. 실종된 강소희의 동생이죠. 입양되기 전 이름은 강소명."

"잘 아는구나."

오 팀장의 입가에 피곤한 듯한 웃음이 떠올랐다 이내 사라졌다. 미소가 사라지는 입꼬리가 미세하게 떨렸다. 화인은 오 팀장에게 미안한 마음이 들었다. 전혀 예상하지 못한 이 상황, 화인이 처한 이 황당한 처지에도 불구하고 그랬다. 가끔 마음에 들지 않기는 해도 오 팀장 정도면 좋은 상관이라 할 수 있었다. 이리저리 전근을 다니는 통에 같은 경찰서에서 일한 것은 얼마 되지 않았지만 비교적 잘 아는 처지였으며, 화인의 어머니가 돌아가셨을 때 문상을 와서 장례식장을 지켜준 선배 중 한 명이었다.

화인은 김 형사가 순경들과 함께 나오기를 기다렸다. 시간이 지나가면 알기 싫어도 다 알게 될 일이었다. 잠시 후 김 형사가 나와 오 팀장에게 다가가 뭐라고 속삭였다. 오 팀장은 고개를 끄덕이더니 화인을 손짓으로 불렀다.

"돌아가자."

오 팀장이 먼저 차에 올랐다. 올 때와는 달리 돌아갈 때 김 형사는 순경들과 같이 차를 탔다. 화인은 그 역시 이유를 묻지 않았다.

오 팀장은 투명한 지퍼백을 화인의 앞으로 내밀었다. 화인에게 너무나 익숙한 증거 수집용 봉투였다. 여학생의 머리핀이 그 안에 들어 있었다. 증거품이라는 의미였다. 분명 자신의 집에서 가져온 것일 텐데 무엇에 대한 증거라는 말일까.

"이거 알아?"

화인은 고개를 저었다.

"그럼 이건?"

오 팀장은 다시 지퍼백에 든 증거품을 내밀었다. 립스틱이었다. 역시 화인이 모르는 것이었다. 오 팀장은 마지막 지퍼백을 내밀었다. 화인의 온몸이 얼어붙었다. 화인의 불안, 화인의 집착, 화인의 가책이 구체적인 형태를 가지고 그 안에 들어 있었다. 이름표였다.

2학년 3반, 이정아.

화인이 오 팀장을 쳐다보자 그가 대답했다.

"맞아. 이정아의 이름표야. 죽기 두 달 전까지 이 이름표를 썼지."

"이게 우리 집에서 나왔어요?"

오 팀장은 고개를 끄덕였다.

"이건 말도 안 돼요. 내가 이걸 가지고 있었다면 모를 리가 없어요."

"맞아. 나도 그렇게 생각해."

"내가 몰래 감추고 있었다고 생각하시는 거예요?"

오 팀장도 화인만큼이나 난감해하고 있다는 건 분명했다. 두 사람 모두 적절한 설명을 원하고 있었다. 오 팀장이 천천히 다시 입을 열었다.

"그나마 다행인 건 이게 2학년 때 이름표라는 거야."

이정아는 3학년이 되던 해 4월에 죽었다. 2학년으로 표기된 이름표는 죽을 당시에는 더 이상 사용하지 않고 있었다.

"너는 당시에 감식반이었으니까 이정아의 집에도 갔지?"

"네, 이정아의 소지품에서 범인의 흔적이 나올 수도 있으니까요."

"그렇지. 그때 네가 이정아의 이름표를 가지고 왔고, 버리지 못하고 가지고 있었던 걸로 하자. 워낙 요란했던 사건, 아니 인상적이었던 사건이니까."

238

"'하자'라뇨?"

"그게 아니라면 이 이름표가 너한테 남아 있을 가능성은 하나야. 이정아가 너한테 준 거지."

"반장님!"

화인의 입에서 고함이 터져 나왔다. 오 팀장의 목소리는 여전히 차분했다.

"112에 전화를 한 사람은 이 립스틱과 머리핀이 각각 강소희와 이서현의 물건이라고 했어."

"뭐라고요? 내가 사라진 여학생들의 소지품을 하나씩 가지고 있다는 거예요?"

"강소희의 DNA를 지금 와서 구하는 건 불가능해. 실종 처리되었기 때문에 DNA 정보 같은 걸 가지고 있을 이유가 없었지. 하지만 이서현, 아니 강소명이라고 했나? 그 애의 경우는 아마 지금이라도 구할 수 있을 거야. 그럼 이 머리핀이 정말 그 애 것인지 확인할 수 있어. 그리고 강소명의 DNA와 립스틱의 DNA를 대조해보면 둘이 자매 관계인지 알 수 있을지도 몰라."

"하세요. 꼭 해보셔야 해요."

화인의 말에 오 팀장은 피식 웃었다.

"18년 전에 우리가 증거를 조작해서 엉뚱한 사람 집어넣었다는 걸 이제 와서 인정하라고?"

"그냥 덮고 싶으세요?"

"그래. 덮고 싶다. 정말 다시 생각하기도 싫어. 나는 최선을 다

해 수사했고, 내가 할 건 다 했어. 윤장호가 범인인 게 확실해. 그때보다 지금 더 확실하게 믿어. 강소희, 강소명. 그 둘이 타살이라는 증거가 어딨어? 내가 알 게 뭐냐고?"

"그럼 제 혐의는요? 제 집에서 나온 저 물건들은요?"

"그러니까 해명해보라는 거잖아!"

"이지하는 왜요? 어떻게 관련된 거예요?"

"너와 이지하 사이에 뭔가 있는 거 같은데, 그게 뭘까. 이지하가 네 범행을 알고 협박했어? 아니면 공범인가?"

"도대체 누구와 누가 공범이라는 건데요? 나와 이지하? 이지하와 윤장호? 아님 이지하와 윤장호와 나, 셋이서 공모했다는 거예요? 설마 제가 윤장호와 공모했다고 생각하시는 건 아니죠?"

"그렇게 생각하진 않아."

오 팀장의 목소리는 덤덤했다. 그가 흥분하거나 화를 내지 않는다는 것이 화인에게는 더 불길하게 느껴졌다. 증거 조작에 관해 떠도는 소문들을 경찰서 안에서 자신만 몰랐던 것처럼, 어쩌면 지금 이 상황도 화인 자신만 모르고 있는지도. 호구가 가장 마지막에 자신이 호구였다고 깨닫는 것처럼.

"그럼 어떻게 생각을 하시는 건데요? 내가 이지하를 납치하기라도 했다는 거예요? 이지하가 사라진 시간에 나는 근무 중이었어요."

"이지하가 시시티브이에 찍힌 직후 실종되었다고는 단정할 수 없어. 이지하의 휴대폰은 사무실 인근에서 그날 오후부터 꺼졌으니까."

"여전히 나하고 이지하를 엮으시네요."

오 반장이 다시 피로한 한숨을 내쉬며 말을 이었다.

"자, 너한테 들을 이야기는 다 들었으니 정리하자. 이지하는 꽤 있는 집 자식이고, 나름 이 지역 안에서는 네임드야. 그런 사람이 실종됐으니 총력을 다해 찾을 거야. 서장 지시 사항이야. 이런 상황에서 네가 여중생 셋의 죽음과 관련되어 있다는 제보 전화가 들어온 거야. 이 두 사건이 별개일까."

화인은 한 번도 이지하와 여중생 연쇄살인을 진지하게 연결해본 적이 없었다. 오 팀장의 말을 듣고 보니 지금까지 왜 한 번도 이지하를 의심해보지 않았는지 의아할 정도였다. 여자아이를 죽인 초등학생. 고등학교 때 이지하에게서 들었던 얘기가 아직도 생생하게 기억났다. 허세라고 생각했지만 그 얘기가 떠오를 때마다 느꼈던 찜찜함도 분명했다.

물론 어린 시절의 범죄가 증거는 될 수 없다. 게다가 이지하는 단 한 번도 용의선상에 오른 적이 없었다. 하지만 이지하가 범인이라는 건 너무나 그럴 법한 그림이었고, 충분히 납득 가능할 뿐만 아니라 거의 유일한 설명처럼 여겨지기까지 했다. 그런데 이지하가 범인이라면 그는 왜 갑자기 사라졌을까.

화인의 복잡한 얼굴을 가만히 응시하며 오 팀장이 다시 입을 열었다.

"일단 네 문제부터 정리하자. 제보자는 너에 대해 어떻게 알았을까?"

 "제보자의 신원에 대해 밝혀진 건 있어요?"

 "아니."

 오 팀장은 제보자의 전화 내용에 대해서 더 자세히 말해줄 의사는 없었다. 오 팀장은 화인이 어떻게든 이정아를 비롯한 여중생 사건과 연결되어 있다고 믿는 것 같았다. 과거의 사건이 다시 튀어나오는 것은 반드시 막고 싶지만 그게 불가능하다면 그 연결은 화인의 선에서 끝나야 한다고 생각하는 것일까.

 "제보자 번호는요?"

 "공중전화를 썼어."

 공중전화라……. 화인은 관내 지도에 표시해둔 X자들을 떠올렸다.

 "짚이는 거 있으면 뭐라도 말해. 널 의심하고 있는 거 아냐. 이정아 사건은 윤장호가 범인이라고 지금도 믿고 있어. 하지만 수사는 해야 하니까. 지금 이거, 정식 취조도 아니잖아? 넌 아직은 어떤 혐의로도 용의자가 아냐. 뭐든 짚이는 거 말해봐."

 "없어요."

 화인은 간단하게 대답했다. 하지만 짚이는 것이 있었다. 분명하게.

 "팀장님, 양 반장님이 이정아의 졸업식 갔을 때 캠코더로 녹화해왔다고 하셨잖아요. 그거 가지고 계세요?"

"아니."

"자료실 정리하면서 분명 디지털로 변환해서 보관했을 텐데 파일 가지고 있을 만한 사람은 팀장님뿐이에요."

"나한테는 없어."

"그 테이프 중요해요. 제가 꼭 봐야 해요. 혹 보신 적 없으세요? 있죠?"

오 팀장은 대답하지 않았다.

"내가 꼭 봐야 해요. 실종된 이지하가 거기 있을 거예요."

오 팀장은 어이가 없다는 듯 혀를 찼다.

"범인이 그 졸업식에 갔을 거라고?"

"네. 이정아 책상에 성모상을 두고 갔어요."

"거기서 내가 아는 얼굴은 딱 한 명 나왔어."

"누군데요?"

"너."

오 팀장은 나가버렸다. 밖에서 김 형사가 오 팀장을 붙잡고 뭔가 이야기를 나누는 것 같더니 김 형사가 들어왔다.

"너도 취조할 게 있어?"

"아니에요. 계장님 말씀하신 게 기억나서요."

김 형사는 화인에게 사진을 내밀었다.

"소하리 저수지에서 사망한 이서현의 사진을 전달 받았어요. 손톱 부분을 확대해봤거든요."

화인은 사진을 집어 들었다. 손은 자연스레 오므려져 있었지만 엄지손가락은 분명하게 확인할 수 있었다. 이서현, 그러니까 소명의 손톱 위에는 붉은색이 선명하게 칠해져 있었다.

13

홍진은 계속 잠을 설쳤다. 이지하는 조용했지만 홍진의 귀에는 여전히 그의 비명이 들리는 것 같았다. 이지하가 다시 악을 쓰는 것 같아 잠에서 깨면, 바람 소리거나 가게 앞을 지나가는 자동차 소리였다. 새벽녘에 홍진의 어설픈 잠은 사라져버렸고 홍진은 막연한 충동에 끌려 밖으로 나왔다.

홍진은 이지하의 아파트로 향했다. 경찰이 이지하의 실종을 알았는지, 그래서 집을 뒤지고 있는지 궁금했다. 혹시 그의 집에서 소명과 관련된 뭔가를 경찰이 찾아낼지도 모른다. 하지만 경찰이 뭔가를 알아낸다 해도 홍진이 알 도리가 없으니 아무런 소용없는 짓이었다.

사실은 달리 갈 데가 없었다. 바닥에서 이지하의 비명이 올라오는 그곳에는 들어가고 싶지 않았다. 비명은 생각만 해도 구역질이 올라왔다.

걷다 보니 지쳐서 택시를 탔다. 택시는 금방 홍진을 목적지에 데려다줬고 홍진은 저녁 어스름에 잠겨가는 이지하의 아파트에서 내렸다. 이지하의 아파트에는 여전히 사람들이 보이지 않았고 누가 실종이 되든 알 바 아니라는 듯 조용하기만 했다.

문득 자신이 시간 낭비를 하고 있는 것은 아닐까 하는 생각이 들었다. 애초 홍진의 계획대로라면 그녀는 이지하를 죽여버리면 그만이다. 그녀는 이지하를 잡아왔고 그녀에게는 칼이 있다. 쓰러져 있는 그의 목을 그어버리는 것쯤은 일도 아니다.

그냥 죽여버려야 한다. 할 수 있다. 못 할 리가 없다. 그런데 무엇을 기다리고 있는 것일까.

이지하를 고문해서 그가 모든 것을 실토하며 잘못했다고 인정하게 만들고 싶지만 사실은 자신이 어리석어서인지도 모른다. 어렸을 적에 TV에서 영화를 보면 악당들은 언제나 당장 죽여도 될 주인공 앞에서 쓸데없는 말을 떠벌리며 허세를 부리다 죽일 순간을 놓치고 오히려 자신이 죽고 말았다. 그런 장면을 볼 때마다 홍진은 늘 생각했다. 입 닥치고 그냥 바로 쏴야지. 어쩌면 이 이야기의 주인공은 홍진이 아니고 이지하일지 모른다. 홍진은 타이밍을 놓치고 주인공을 살려주게 되는 악역인지도.

절대로 그렇게 될 수는 없다. 이것은 영화가 아니고, 자신이 악역이라면 이렇게 무능할 리가 없다. 철저하게 무능함에도 불구하고 자신은 처음보다 훨씬 발전했다고 홍진은 생각했다. 서화인이 해준 말이 도움이 되었다 해도 그렇다. 전에는 이지하를 죽인다는 것만으로 벅찼지만 이제는 그것으로 만족할 수 없게 되었다. 이것도 일종의 발전 아닐까.

홍진은 목적 없이 이지하의 아파트 주차장을 서성거렸다. 전에 이지하가 차를 대던 자리에는 다른 차가 주차해 있었다. 그의 사라짐 따위는 아무 일도 아니라는 듯이. 이게 맞는 것인지도 모른다. 이지하 따위가 사라진다고 해서, 그녀의 지하실에서 죽고 썩어들어 간다 해서 그게 무슨 대수라고. 이지하의 실종 따위는 아무도 상관하지 않는, 사소한 일이어야 하는 것이 맞다. 그녀의 아이가 죽고, 소명이 죽었을 때 그랬던 것처럼.

아파트 안에서 여자 한 명이 재활용 쓰레기를 들고 나왔다. 분리수거장으로 가면서 홍진의 얼굴을 힐끔 보는 것 같더니 쓰레기를 바닥에 놓아두고 그녀 쪽으로 다가왔다. 휴대폰을 꺼내 들고 통화를 하는 척했지만 홍진의 얼굴을 계속 힐끔거렸다. 홍진이 이 아파트의 주민이 아닌 것처럼 보여서인가. 다음 순간 홍진은 그 여자가 지난번 음식물 쓰레기 분리수거통 앞에서 마주친 여자라는 것을 알았다. 홍진은 알아채지 못했지만 그 여자는 홍진의 얼굴을 기억해낸 것이다. 음식물 쓰레기통에서 당근 케이크를 집어 먹는 여자를 만나기는 쉽지 않을 테니까.

홍진은 몸을 돌려 주차장을 빠져나왔다. 만약 경찰이 이지하의 실종을 수사하면서 아파트 주민들을 탐문한다면 저 여자가 떠들 수도 있다.

"이상한 여자가 주변을 어슬렁거리는 것을 봤는데요."

여자는 홍진이 쓰레기통에 버린 당근 케이크를 손으로 퍼먹더라는 얘기를 할 것이다. 불현듯 혹시 홍진이 퀵으로 보낸 당근 케이크의 박스나 영수증 따위가 이지하의 집에 남아 있으면 어떻게 되나, 하는 생각이 떠올랐다.

케이크를 보내는 사람은 서화인이라고 적혀 있고, 서화인은 담당 경찰서의 직원이다. 만약 서화인의 귀에 이 이야기가 들어가면 그는 생각할 것이다. 누가 자신의 이름으로 이지하에게 당근 케이크를 보냈을까.

후회가 밀려왔다. 발신인을 서화인이라고 쓴 것은 조금만 시간이 지나면 사라져버릴 소소한 충동이었다. 이름이 없다 해도 포장지에 표시된 제과점 이름으로 찾아가면 보낸 사람에 대한 인상착의 정도는 얼마든지 알아낼 수 있을 터였다. 그 설명만 듣고 서화인은 홍진의 짓이라고 추측할 수 있을까. 쉽지 않을 거라는 생각이 들었지만 경찰은 홍진보다 훨씬 영리하고, 무관해 보이는 많은 것들 사이에 보이지 않는 연결을 찾아낼 능력이 있을 것이다. 이지하의 사무실에 근무하는 직원들도 홍진에 대해 말할 테고, 초라하고 왜소한 여자가 이지하의 주변에 얼쩡거렸다는 사실을 금방 알아낼 수 있다.

붙잡히는 것은 상관이 없었다. 이 일을 시작할 때부터 사람을 죽여놓고 아무런 처벌도 받지 않는, 그런 염치없는 바람은 가져본 적이 없었다. 그런 게 가능하다면 홍진이 이지하를 굳이 죽일 명분도 없었다. 중요한 것은 홍진이 서둘러야 한다는 사실이다. 경찰이, 서화인이 그녀의 가게에 들이닥쳐서 지하실 뚜껑을 열어보기 전에.

하지만 홍진은 그 지하실로 다시 내려가고 싶지 않았다. 그 어둠, 곰팡이 냄새와 습기, 이지하의 오물 냄새와 대면하고 싶지 않았다. 그냥 그를 그 안에 두고 달아나고 싶었다. 그렇게 하면 왜 안 된다는 말인가.

사랑교회는 인근에서 가장 크고 유명한 교회라 찾기가 쉬웠다. 심지어 도로 표지판에도 나와 있을 정도였다. 달리 갈 데가 없어서 찾아온 것이기도 하지만 육중한 교회 건물을 보는 순간 발이 저절로 안을 향해 움직였다.

소명을 성폭행했다는 오빠라는 인간을 한번 봐야겠다는 생각이 들었다. 이지하와는 어떤 공통점을 가졌을까. 소명의 아버지라는 그 목사도 만나보고 싶었다. 이지하는 그 교회의 목사가 소명과 다른 아이들을 입양해서 길렀다고 했는데, 그는 자신이 데리고 온 아이를 보호해주지 못했다. 가출하게 내버려두었고 찾지도 않았다. 그것은 소명이 죽도록 방치한 것이다. 방치한 것은 죽이는 것과 다름이 없다. 그는 자신이 무슨 짓을 저질렀는지 알고 있을까.

홍진이 교회에 도착했을 때는 새벽 기도 시간이었고 대형 교회답게 아직 깜깜한 시간임에도 많은 신도들이 중앙 홀에 모여 기도를 올리는 중이었다. 홍진의 머릿속에 교회라고 하면 나무로 된 근엄한 헌금함과 난장판 같은 부흥회의 과장된 모습이었는데 그 교회는 조용하기 그지없었다. 홍진은 제일 뒷줄 끄트머리에 앉아 기도하는 사람들의 등을 바라보았다.

모두가 진지한 등을 가지고 있었다. 신이 자신의 바람을 들어줄 거라는 진지한 믿음이 겸손하게 수그린 어깨 위에 내려앉아 있었다. 믿음으로 모두의 등이 신성했다.

그곳에서 소명의 오빠를 찾는다는 게 얼마나 황당한 생각인지를 그제야 알았다. 이마에 소명의 오빠라고 써 붙이고 다니는 것도 아닐 텐데. 자신이 틀렸다는 사실을 홍진은 언제나 뒤늦게 알아차린다. 홍진의 모든 생각과 말과 행동에는 언제나 지체가 꼬리표처럼 따라다녔다.

집에서 잠을 자지 못한 탓인지 홍진은 교회 의자에 앉아 꾸벅꾸벅 졸았다. 홍진이 조는 사이 기도를 마친 신도들이 하나둘씩 일어나 밖으로 나갔다. 제일 앞줄에는 새벽인데도 넥타이를 단정하게 맨 몇 명의 남자들이 앉아 있었다. 신도들 대부분이 홀을 빠져나간 후 그들 중에 백발의 머리카락을 단정하게 빗어 넘긴 남자가 천천히 일어나 홍진이 앉아 있는 출구 쪽으로 걸어왔다. 홀을 빠져나가던 몇몇 신도들이 그에게 인사를 하는 것으로 봐서 그가 이 교회의 목사, 소명의 아버지라는 것을 알 수 있었다.

홍진과 그의 눈이 마주쳤다. 그의 여윈 몸집은 헐렁한 양복 안에서 왜소해 보였고 아주 많은 것들이 가라앉아 있는 깊은 눈매를 가지고 있었다. 그는 희미하게 미소를 지으며 처음 보는 홍진에게 살짝 목례를 하고는 밖으로 나갔다. 홍진은 그에게 욕을 퍼부어줄 생각이었지만 그 생각은 그의 눈빛에 튕겨 나와 바닥으로 굴러간 상태였다.

그를 쫓아가야 할까. 잠시 망설이다 복도로 나왔지만 기도를 마치고 돌아가는 신도들뿐, 목사의 모습은 보이지 않았다. 교회는 마치 달팽이 같은 구조를 가지고 있어서 둥글게 휜 복도를 두어 바퀴 돈 후에야 구석에 붙어 있는 '담임 목사실'이라는 글씨를 찾을 수 있었다.

홍진은 문 앞에서 어물쩍거렸다. 이지하의 사무실로 망설임 없이 쳐들어갈 수 있었던 것은 그를 죽이기로 작정했기 때문이었다. 하지만 목사를 만나 무엇을 할지는 생각한 것이 전혀 없었다. 소명에 대한 얘기를 해야 할까. 소명의 오빠를 만나고 싶다고 해야 할까. 모두 가당치도 않은 일이었다.

그때 문이 열리며 목사가 나왔다. 넥타이를 풀고 재킷 대신에 점퍼를 입고 차 키를 손에 쥐고 나오는 참이었다. 홍진을 발견하고 목사가 물었다.

"저를 만나러 오셨어요?"

홍진은 고개를 끄덕였다.

"이 시간에 저는 집에 가서 잠시 쉬고 아침에 다시 나오는데, 아주 급한 일이신가요?"

홍진은 다시 고개를 끄덕였다. 목사는 몸을 틀어 홍진을 방 안으로 들어가게 했다.

　목사실은 낡은 가구들로 가득 찬 작고 볼품없는 공간이었다. 홍진은 꺼진 부분이 완연한 소파에 앉았다.

　"기도가 필요해서 오신 건가요?"

　홍진은 고개를 저었다. 자신이 믿는 신은 불공견삭관음신이라고 말해주고 싶은 충동을 참으며 홍진은 천천히 입을 뗐다.

　"소명이. 그러니까……."

　"소명? 우리 서현이를 아십니까?"

　"네."

　"그럼 우리 서현이가 죽은 것도……?"

　홍진이 고개를 끄덕이자 목사는 앉은 자리에서 고개를 들어 벽면 어딘가를 바라봤다. 어떤 답이 거기에 있기라도 한 듯이. 홍진은 아무 말도 못 하고 그의 얼굴만 쳐다봤다. 이윽고 목사가 입을 열었다.

　"우리 서현이에 대해 해주실 말씀이 있으셔서 찾아오신 거군요."

　"죽기 전에 잠시 같이 살았어요."

　목사의 시선이 다시 홍진을 향했다. 침착하지만 힘겨운 눈빛이었다.

　"엄마가……. 엄마가 중국에서 데리러 오기 전까지만 있겠다고 했어요."

"걔가 자기를 소명이라고 했군요. 내가 붙여준 새 이름이 싫었나 봅니다. 수현이, 남현이, 동현이, 서현이……. 우리 애들은 모두 어질 현을 붙여서 이름을 지어줬거든요. 엄마 얘기는 거짓말입니다. 걔 엄마는 어디에 있는지도 몰라요. 아마 그 애의 희망사항 같은 것이겠지요. 우리 서현이, 아니 소명이가 많이 힘들어했을……."

"그 애가 죽도록 내버려뒀잖아요."

목사의 목멘 소리가 듣기 싫어서 홍진은 퉁명스레 내뱉었다. 목사의 눈이 홍진의 얼굴에서 떨어지지 않고 오래 머물렀다. 표정은 달라지지 않았지만 그의 얼굴 근육 하나하나가 잡아당겨지는 것처럼 긴장해 있다는 것을 느낄 수 있었다. 홍진의 마음도 덩달아 조여 오는 것 같았다. 공연히 왔다는 후회가 밀려왔다. 후회 때문에 화가 났고 화가 나서 더 독한 말이 하고 싶었지만 떠오르는 말이 없었다. 목사는 다시 고개를 들어 허공을 바라보더니 천천히 입을 열었다.

"이상한 일입니다. 우리 서현이가 죽고 반년이 다 되어가도록 누구도 서현이 얘기를 꺼내는 사람이 없었어요. 그런데 며칠 전에는 어떤 경찰이 와서 서현이에 관해 묻더니 오늘은……."

그 경찰은 서화인이 분명했다. 자살로 처리된 소명의 죽음에 의문을 가지는 사람. 18년 전부터 이 부근에서 여중생들이 죽고 있다고 믿고 있는 경찰이 서화인 말고 또 있을 리 없다. 서화인은 목사에게서 무엇을 알고 싶었으며, 무엇을 알아 갔을까.

"죄송하지만 성함이……?"

"남홍진."

모자란 자식을 치마폭으로 감추는 어미처럼 홍진은 자신의 이름을 우물거렸다.

"남홍진 씨 말이 맞습니다. 제가 내버려둔 것이지요. 아무도 저에게 그런 말을 그런 말을 하지 않았지만, 맞습니다."

목사의 목소리는 낮고 작았다. 홍진이 잔뜩 긴장하고 귀를 기울여야 할 만큼. 중간중간 그는 말을 멈추기도 했지만 홍진은 조용히 그의 말이 이어지기만을 기다렸다.

"하나님은 정말 무서운 분이십니다. 그분은 교만을 용서하지 않으세요."

목사는 자신에 관한 이야기를 시작했다. 그는 30여 년 전 시골에 불과하던 이곳에 개척 교회를 세웠다. 한동안 이름 없는 작은 교회의 목회자에 불과했지만 어느 순간에 신도들이 점점 늘었다. 그는 자신에게 신도들을 보내준 것에 대한 감사로 버려진 아이의 입양을 생각해냈다. 뭐라 흠잡을 데 없는 도덕적인 선택이었던 셈이다. 입양한 아이들이 하나둘씩 늘어나면서 그의 명성도 덩달아 올라갔고 신도들은 더욱 늘었다.

서현, 아니 소명을 데리고 왔을 때 그는 자신의 경력 정점에 있었다. 신도시가 들어서면서 그의 교회는 인근에서 가장 큰 교회가 되었고 그에 걸맞은 새 성전을 건립했다. 방송에도 출연했고 그것은 더욱 큰 명성을 가져다주었다. 유명해지기 위해 아이들을 입양한 것은 아니지만 그로 인해 얻은 유명세를 거부하지도 않았다. 그는 그것을 하나님이 주시는 상이라고 받아들였다.

"서현이는 참 예쁜 애였어요. 너무 예뻐서 신도들도 그 애를 정말 좋아했고, 나 역시 그 애를 예뻐했어요. 어떤 모습이든 하나님이 주신 모습이지만 우리는 편애를 가지고 있지요. 그렇게 예쁘던 그 애는, 그 애는 내 얼굴에 침을 뱉고 따귀를 때린 것보다 더한 모욕을 줬어요. 초등학교 4, 5학년 때부터 밖으로 돌기 시작하더니 남자애들과 어울려 다니고 새벽까지 집에 들어오지 않는 날도 있었습니다. 그 모든 것도 다 감수할 수 있었습니다. 하지만 자살이라니. 그건 도저히……. 자살이라니. 어떻게 그럴 수가."

목사의 눈가가 바르르 떨렸다. 무릎 위에 조심스럽게 놓인 주먹까지 떨리는 것 같았다.

"소명은 자살하지 않았어요."

"경찰도 그렇게 생각하는 것 같더군요. 서현이가 자살이 아니라면 정말 다행입니다. 하지만 내 마음을 편하게 해줄 말을 함부로 믿을 수는 없습니다. 나는……."

목사는 입을 다물었다. 홍진은 그의 얼굴에서 눈을 떼지 않고 다음 말을 기다렸다.

"서현이가 죽었다는 말을 듣는 순간, 나는 솔직히 안도했습니다. 사고인 줄 알았거든요. 끝난 게 다행이라고 생각했습니다. 나는 그 애가 무서웠습니다. 때로는 악마가 아닐까. 신이 나를 시험하기 위해 보낸 사탄이 아닐까. 그런 생각도 많이 했습니다. 그래서 그 애가 죽었다는 연락이 왔을 때, 끝나서 다행이라고 생각했습니다. 이해하기 힘드시겠지만 사실입니다."

이해하기 힘들지 않았다. 자식의 죽음에 오히려 안도하는 그 마음을 홍진은 이해할 수 있었지만 목사는 그럴 수 없는 사람이었다.

"서현이의 죽음이 자살이 아니라 타살이라면 경찰에서 밝힐 겁니다. 며칠 전 찾아온 경찰에게도 그렇게 부탁했습니다. 물론 그 경찰도 타살이라고 믿을 근거는 없다고 말하더군요."

홍진은 어처구니가 없었다. 소명은 강소희의 여동생이다. 이것이 우연일까. 아니다. 이런 일에는 우연이란 있을 수 없다. 우연이 아니라면 분명 연결되는 무엇인가가 있어야 하고, 이지하가 그 연결이라면 모든 것이 설명된다. 이렇게 명백한데도 근거가 없다니.

"타살이라고 믿으면 근거를 찾을 수도 있잖아요."

목사의 가라앉은 시선이 홍진의 얼굴을 향했다.

"믿음이라……. 믿음이 어떤 거라고 생각하십니까?"

홍진은 고개를 저었다. 믿음을 가진 적도 없었고, 믿음에 대해 생각해본 적도 없었다. 홍진이 불공건삭관음신을 외우는 것은 믿어서가 아니라 잊어버리지 않기 위해서일 뿐이다. 할 수 있는 것이 달리 없기 때문에.

"오래전입니다. 제가 부목사로 일할 때니까 40여 년 전이네요. 초등학교 남자애 한 명이 근처로 전학을 왔습니다. 그 애는 여자애를 죽였다고 했습니다. 실수였는지 고의였는지는 모르겠지만. 여자애는 그 애의 집 다락에서 나흘 만에 발견되었습니다. 남자애가 아홉 살밖에 안 되었기 때문에 그 애는 형사 처벌 대상이 아니었고 어머니가 소문 때문에 그 애를 데리고 이사를 했어요. 나는 우연한 기회에 그 사실을 알게 되었습니다. 나는 늘 그 아이를 유심히 지켜봤습니다. 분명 무슨 문제를 일으킬 거다, 생각했었거든요. 그 애의 영혼을 위해 기도하는 대신 나는 조심하는 걸 선택한 거죠. 하지만 그 애는 아무 문제없이 자랐을 뿐 아니라 꽤나 건실하게 살고 있습니다. 어떤 면에서는 저보다 더 건실하게 살고 있어요. 내가 믿었던 것은 아무런 근거도 없었던 거지요. 우리 모두는 자기 믿음을 믿는 존재들입니다. 하지만 인간의 믿음이라는 것이 얼마나 불완전하고 허약한 것인지는 보려고 하지 않았습니다. 사람들은 자신이 믿는 것이 흔들릴 때 그 믿음에 더 의존하고 집착하려 하지요. 그래서 오류투성이의 믿음을 끝까지 손에서 놓질 못합니다."

목사의 말을 다 이해하지 못해서 홍진은 멍하니 그의 얼굴을 쳐다봤다. 그가 조용한 목소리로 자신을 가르치고 있는 것일 수 있겠다는 생각이 들자 짜증이 치밀었다.

"소명이는 오빠 때문에 가출했어요. 그거 아세요?"

"아닙니다."

목사의 눈가가 다시 바르르 떨렸다. 이번 떨림에는 노기가 섞여 있어 조금 전까지 촉촉하던 그의 눈동자가 바싹 굳어졌다.

"누가 뭐라고 해도 그런 일은 사실이 아닙니다."

"믿으시는 거네요."

"그렇습니다. 나는 믿습니다."

홍진은 일어나 목사의 방을 나오려다 다시 돌아봤다.

"좀 전에 말한 그 아이. 초등학교 때 사람을 죽였다는 그 아이는 지금도 여기서 살아요?"

"그건 말하지 않겠습니다."

홍진은 더 묻지 않았다. 40년 전에 초등학생이었다면 이지하와 거의 비슷한 나이일 거라는 생각이 들었다. 그 정도면 충분했다.

"나는 아무도 죽이지 않았어. 아무도."

이지하는 했던 말을 반복했다. 홍진은 이지하의 입에 해열제를 밀어 넣었다. 하지만 소용없었다. 열이 너무 심해 어떨 땐 홍진이 하는 말도 알아듣지 못했고, 홍진도 그가 웅얼거리는 말을 알아들을 수 없었다. 가끔은, 병원에 보내달라고, 누구에게도 말하지 않을 테니 여기서 나가게만 해달라며 눈물을 흘렸다. 이지하는 아직도 살 궁리를 하고 있었다. 홍진은 들은 척도 하지 않고 이지하에게 억지로 죽과 해열제를 먹였다. 고문을 하기 위해 밥을 먹이고 약까지 먹여야 하는 자신도 참 이상한 팔자라고 생각했다. 홍진이 사다리를 올라가려고 할 때 이지하가 중얼거리는 소리가 들렸다.

"기억나……. 서현이, 아니 소명이 당신 이야기를 한 적이 있었지."

"이제야 실토하네."

고통스러운 신음에 섞여 한숨 같은 비웃음이 이지하의 입에서 흘러나왔다.

"절에서 알게 된 어떤 아주머니 집에서 며칠 지낸다고 하더군."

"그래서?"

"뭐가 궁금해? 살아 있을 때는 그 애한테 신경도 쓰지 않았잖아."

홍진은 이지하의 옆에 쪼그리고 앉아 그의 얼굴을 쳐다봤다. 병색보다 절망이 그의 눈가와 입술을 시커멓게 만들어놓았다. 그는 홍진을 노려보려고 했지만 그마저도 힘에 부치는 듯 이내 눈동자가 흔들렸다. 눈을 감은 채 이지하가 말했다.

"소명은 당신이 좀 이상한 여자라고 했어. 당신이 일하러 가고 혼자 있을 때 짐을 뒤져봤는데 정신과 약이 나오더라고. 맞지?"

소명이 자신의 짐을 뒤져볼 거라고는 생각하지 못했다. 발칙한 계집애.

"그래서 당신에 대해 더 알아봤다는 거야. 그랬더니 정말 놀라운 게 나왔대. 당신이 아이를 죽였다며? 그런데 정신이상 판

259

정을 받아 무죄로 나왔다고."

"거짓말이야. 걔는 아무것도 몰라."

이지하가 힘겹게 낄낄거렸다.

"당신이 소명이라고 말하는 그 애. 걔는 아주 영리한 애였어. 정말 어른처럼 생각하고 행동하던 애였지. 사람들은 껍데기에 너무 집착해. 겉모습만 본다고. 몸집이 어린애라고 어린 게 아니야. '어리다'라는 말이 '어리석다'에서 나왔다는 거 알아? 그 애는 당신보다 훨씬 영리한 애였어. 진짜 어른이었지. 예를 들어볼까. 그 애는 당신 사건에 대해 당신보다 더 잘 알아."

"뭘 안다는 거야? 뭘?"

"소명이 당신에 대해 알아보다 어느 팟캐스트 방송에서 당신 사건을 찾아냈어. 남편이 마약에 취해 가족에게 칼을 휘둘렀는데, 아들만 죽었지. 문제는 살아남은 아내였어. 그녀는 피해자냐, 아니면 공범이냐."

홍진은 뭔가 말을 하려고 했지만 아무런 말도 나오지 않았다. 온몸이 딱딱하게 얼어붙어 숨도 쉬기 힘겨웠다. 눈앞으로 남편의 얼굴과 아이의 얼굴이 동시에 지나갔다. 아이는 남편을 그대로 닮았었다. 자랄수록 남편의 눈, 남편의 코, 남편의 입 모양이 또렷이 드러났고 그럴수록 홍진은 아이가 더 싫어졌다.

"나도 호기심에서 찾아 들어봤어. 문제가 된 건 죽은 아이, 당신 아이의 몸에 방어흔이 전혀 없었다는 거야. 이게 무슨 뜻이지? 칼로 자신을 찌르는데도 아무런 방어도 하지 않았다는 뜻인가? 어떻게 그럴 수가 있지? 당신이 경찰에 가서 진술한 바에 따르면 남편은 당신을 먼저 찌르고 당신이 부엌으로 도망치자 아이를 찔렀다고 했어. 당신이 칼에 찔려 비명을 지르는 동안 아이는 계속 자고 있었다고? 말이 돼? 당신은 아이를 내버려두고 부엌에 가서 귀를 틀어막고 있었다고 했지. 세상에 어느 어미가 아이가 죽는데 귀를 틀어막고 있단 말야! 경찰, 검찰들은 그걸 의심했지. 여성단체들은 당신이 수년간 폭행당해왔다면서 당신을 변호했고. 당신이 남편에게 폭행당해왔기 때문에 그 사람들은 당연히 당신이 피해자라고 믿은 거야. 하지만 피해자는 언제든 가해자가 될 수 있어."

방어흔에 관한 것은 변호사를 통해서 알았다. 처음에 홍진은 아이가 자고 있어서 방어하지 못했다는 뜻으로 들었다. 그게 아니라는 것을 홍진은 천천히 알게 되었다.

그날 남편이 술과 약에 취해 집으로 돌아왔을 때 홍진은 자는 척했다. 남편의 취한 발자국 소리가 들리면 홍진은 오늘은 무사히 넘어가게 해달라고, 너무 취한 남편이 몸도 가누지 못한 채 쓰러져 잠이 들게 해달라고 기도했다. 가끔은 그런 날도 있었다. 가끔 먹이를 주는 주인에게 개가 더 엉기듯 홍진은 희망을 포기할 수 없었다.

그날은 아니었다. 남편은 방으로 들어오자마자 홍진이 자고 있었다는 이유로 발길질을 해대더니 자기는 사람을 죽여도 심신 상실로 몇 년만 형을 살면 된다고, 술을 마신 상태라면 감형

이 더 잘된다고 떠들며 칼을 휘둘렀다. 남편의 첫 번째 표적은 홍진이었다. 언제나 홍진이 표적이었다. 남편은 언제나 홍진에게 네년은 죽어야 한다고 고함을 질렀고, 홍진은 이유도 모른 채 남편의 발길질을 받아내야 했다. 그날은 칼이었다는 것만 달랐을 뿐이다.

홍진은 남편이 휘두르는 칼에 맞았고 비명을 지르며 배를 움켜쥐고 부엌으로 도망갔다. 그때 홍진은 보았다. 아이가 잠에서 깨 희미하게 눈을 뜨고 자신을 바라보는 것을. 아이는 고작 다섯 살이었지만 그간의 경험으로 어떤 사태인지를 깨닫는 것 같았다. 엄마가 없으면 자기 차례라는 것을.

홍진은 방으로 다시 돌아가지 않았다. 눈을 감고 귀를 틀어막고 쪼그리고 앉아 폭행의 시간이, 깨지 않는 악몽이 어서 지나가주기만을 기다렸다. 남편이 아이는 건드리지 않을 거라고 믿었다. 믿었나? 어떤 근거도 없었는데 어떻게 그렇게 믿을 수 있었을까.

그때 살던 좁은 방과 언제나 하수구 냄새가 올라오던 부엌이 떠올랐다. 세 식구가 누우면 꽉 차는 방 옆으로 부엌으로 나가는 문이 달려 있었다. 홍진의 비명에 아이는 눈을 떴고 그녀를 쳐다봤다. 자식을 구할 생각도 하지 못하고 겁에 질려 있는 제 어미. 자식을 구하려고 몸으로 막아서지 않는, 저에게 단 한 번도 다정하지 않았던 그 어미. 아이는 비명도 지르지 않았다. 엄마를 향해 도움을 청하지 않았다. 아이는 아비의 칼을 제 몸으로 그냥 받아냈다.

홍진의 위장이 요동치면서 식도를 타고 신물이 올라왔다. 홍진은 허리를 굽히고 속에 있는 것을 다 게워냈다. 시큼한 냄새가 지하실의 눅눅한 공기를 가득 메웠다. 이지하의 차분한 목소리가 들려왔다.

"근데, 나는 당신을 이해해. 엄마니까 아이를 본능적으로 사랑했겠지. 하지만 아이를 좋아하지는 않았어. 지켜주고 싶었지만 동시에 어서 끝나기를 바란 거야. 그래서 아무것도 하지 않은 거지."

홍진은 고개를 돌려 이지하를 쳐다봤다. 어둠 속에서 벽에 반쯤 쓰러질 듯 기대어 앉은 이지하는 사람이 아니라 허깨비 같았다. 홍진의 머릿속에 들러붙어 나가지 않고 이상한 소리를 중얼거리는 그 허깨비.

"당신이 소명에게 집착하는 이유, 나에게 집착하는 이유를 알 거 같아. 그래, 내가 누구보다 더 잘 알지. 사람들은 다들 저마다의 상처, 자기 설움 때문에 우는 거지, 남들을 위해 눈물을 흘리지는 않아. 근엄한 목소리로 들려주는 충고도 모두 자기 인생에서 얻은 교훈일 뿐이야. 당신도 마찬가지야."

"닥쳐."

"너는 자식이 죽는 동안 구경만 한 걸 나를 죽이는 것으로 갚고 싶은 거야. 자기 자식 죽을 때는 가만히 있다가 이제 와서 엉뚱한 사람 붙잡고 속죄하는 척을 하는 거지. 누가 그럴 권리를 줬어? 누가 날 죽여도 된다고 당신에게 말했냐고!"

"소명이……. 그 애가 나한테……."

"죽은 애가 당신한테 부탁했다고? 그 애 귀신이 당신을 찾아가기라도 한 거야?"

"응. 날 찾아왔어."

이지하는 웃음을 터트렸다. 그 웃음소리는 신음과 크게 다르지 않았지만 홍진의 신경을 더 긁었다.

"그게 바로 당신이 미쳤다는 증거야. 당신, 정신과에서 받은 약을 끊었지? 맞지? 그래서 병이 다시 도진 거야. 약만 챙겨 먹었다면 재발하지 않았을 텐데."

"난 멀쩡해."

"그렇게 믿고 싶겠지. 그 애의 귀신이란 게 정말로 있다고 쳐. 뭐 하러 당신을 찾아가겠어? 당신이 뭐라고? 당신은 미친 여자일 뿐이야. 나는 아무도 죽이지 않았고 소명이라는 애는 내가 시청 앞에서 청소년 보호 전단지를 나눠주다 알게 된 애라고!"

"너, 초등학교 때 전학 왔지?"

"무슨 소리야?"

"전학 온 거 맞지? 확인하면 알 수 있어."

이지하가 낄낄거렸다.

"그럼 확인해봐. 하긴 영수증 하나 들고 날 찾아낸 걸 보면 아주 바보는 아닌 것 같은데. 그럼 네 새끼가 죽을 땐 일부러 바보인 척한 건가?"

"이상하네. 너는 지금 왜 내가 이걸 묻는지를 물어봐야 하는 거잖아."

"못 알아듣겠지만, 너처럼 생각하는 걸 자가발전이라고 하는 거야."

"너는 발전이 없어. 그대로야. 초등학교 때 여학생을 죽이고, 18년 전에 이정아를 죽였어."

"내가 이정아를?"

"이정아도 알고 있구나."

"어떻게 몰라? 얼마나 유명한 사건이었는데. 이정아의 귀신도 널 찾아왔었어?"

"그다음은 강소희였지? 강소희를 죽이고 넌 소명이 중학생이 될 때를 기다린 거야. 맞아. 소명이 어디로 입양되었는지 알고 있었겠지. 그러다 소명이 중학생이 되니 접근한 거야."

"나를 연쇄살인범으로 만든다고 네가 미쳤다는 게 달라지는 않아. 너는 망상 속에서 정의를 실현한다고 믿겠지만 네가 네 자식을 죽게 만든 건 그대로야!"

"아니야!"

끝까지 거짓말만 하다니. 홍진은 격렬한 분노가 치밀어 올라 이지하의 손가락을 하나 더 잘랐다. 홍진은 관절과 관절 사이를 칼로 분리하는 법을 알고 있었다. 남편이 가르쳐준 것이다. 남편은 늘 소 관절을 칼로 쳐내며 사람 손가락은 아무것도 아니라고 홍진에게 말하곤 했다. 그때마다 홍진은 겁에 질렸는데 남편은 그런 홍진의 표정을 보며 즐거워했다.

손가락, 손가락……

아기였던 시절의 흔적 같은 연약한 새끼손가락.

그걸 자르는 건 누구나 할 수 있는 일이다. 이번에는 그녀가 할 뿐이다. 너무 화가 나서 내친김에 하나 더 자르려다 손가락은 열 개뿐이니 아껴야 한다는 생각에 꾹 참았다. 이지하는 이번에도 오장육부가 뒤집히는 듯한 비명을 질렀지만 기절은 하지 않았다.

"넌 쓰레기야. 너는 소명이 아니고, 나는 네 남편이 아니야. 너랑 네 남편은 정상이 아냐. 그냥 쓰레기들이야. 사회에서 분리해서 파묻어야 하는 쓰레기!"

그건 맞는 말이었다. 홍진은 대꾸할 수가 없었다. 홍진은 기듯이 이지하의 앞으로 다가갔다.

"제발 사실대로 말해. 네가 죽였다고, 네가 그 아이를 죽였다고, 그것만 말해. 제발."

이지하는 피가 흘러나오는 손을 움켜쥐고 신음하듯 말했다.

"그렇게 믿고 싶겠지. 하지만 나는 아무도 안 죽였어, 미친년아."

"거짓말, 거짓말이야! 네 말은 다 거짓말이라고. 너는 소명을 죽였고, 이정아와 강소희를 죽인 살인자야!"

홍진은 이지하를 향해 악을 썼다. 이지하는 끙끙 앓으면서도

266

홍진을 비웃었다.

"모두 네 망상이고 네 병이야. 내가 여자애들을 죽였다는 걸 뭘로 증명할 수 있어? 증거가 어디 있냐고!"

"증명은 네가 해. 아니라는 걸 네가 증명해야 돼. 안 그러면 남아 있는 손가락을 다 잘라버릴 테니까."

"잘라. 너는 미쳤으니까 다 자를 수도 있을 거야. 넌 병자야. 소명 대신 복수한다는 것에 집착하는 병! 병 때문에 남편 대신 날 죽이려고 하는 거야!"

홍진은 더 듣고 싶지 않아 사다리를 올라와 문을 닫아버렸다. 이지하는 지하실에서 자기를 죽이라고 계속 고래고래 고함을 질렀다. 듣기 싫다고 홍진이 지하실 문을 발로 쾅쾅 두드렸지만 이지하의 목소리, 비명소리는 더 커졌다.

"나는 범인이 아니라고! 넌 엉뚱한 사람을 붙잡아 손가락을 잘랐어! 이 미친년아! 넌 미쳤어! 넌 쓰레기야! 완전히 돌았어! 개 같은 년아!"

홍진은 밖으로 나와 무작정 시장으로 걸어갔다.

나무 의자를 밖으로 내놓은 어느 가게에 앉아서 국수를 한 그릇 시켜 반쯤 먹었을 때 소명이 그녀의 뒤에 서 있다는 것을 알았다. 홍진은 소명에게서 칭찬을 받고 싶은 마음이 조금 있었다. 잘했다고, 애썼다고, 그런 말을 해주면 얼마나 좋을까. 살면서 한 번쯤은 들어도 될 것 같은데, 소명은 오히려 화가 난 사람처럼 불퉁하니 말이 없더니 홍진이 젓가락을 놓고 일어서려고 하자 그제야 한 마디 툭 내뱉었다.

"나를 위해서 했다고 유세 떨지 마."

"누가 뭐래?"

홍진이 쏘아붙이자 소명은 본격적으로 따지기 시작했다.

"내가 그 사람을 죽여 달라고 한 적 없거든. 너는 그냥 네가 하고 싶어서 하는 거야."

"시끄러!"

홍진은 국수 그릇을 소명에게 집어던졌다. 국숫집 주인이 놀라서 소리를 질렀다.

"왜 그래요? 아줌마!"

홍진은 미안하다고 말하고 급하게 그릇을 줍고 돈을 주고는 그 자리를 떠났다. 국수 가락이 신음처럼 바닥에 퍼져 있었다.

"저 여자, 미친 거 아냐?"

국숫집 주인이 화가 나서 소리쳤다. 그 옆 건어물집 주인과 맞은편 참기름 가게 주인이 가게 밖으로 나와서 홍진을 가리키며 미친 여자라고, 혼자 아무도 없는 상가에 들어가서 산다고, 아무도 안 사가는 고기를 밤새 혼자 썰어댄다고 수군댔다. 보지 않아도 알 수 있었다.

소명은 홍진을 쫓아오지 않았다. 사람들은 홍진을 미쳤다고 하겠지만 그녀는 알고 있었다. 홍진은 자신의 상태가 어떤 건지 잘 알고 있었다.

나는 귀신에 씌었어. 소명의 귀신이 나에게 들러붙어 떨어지지 않는 거야.

　절에서 홍진은 귀신에 대해 많은 이야기를 들었다. 절에 오는 많은 사람들은 열심히 절을 하고 기도를 마친 후에는 삼삼오오 모여 귀신에 씌는 것과 저주와 비방秘方에 대해 이야기했다. 인간으로 윤회하지 않고 축생도에 머무는 방법도 그 속에서 전해 들었다. 주지 스님 말로는 귀신이란 분명히 존재하는데, 마음 안의 혼란과 나약함이 구체적인 형태로 드러난 것이라고 했다. 그렇다면 소명은 홍진의 마음, 그 안의 어떤 것과 연결되어 그녀에게 말을 건네는 것이다. 홍진의 마음속 무엇이 소명의 모습을 불러낸 것인지는 알 수 없었다. 하지만 홍진은 분명히 인식하고 있었다. 남편은 죽이지 못했지만 이지하는 반드시 죽일 것이라고.

　죽어 없어지는 것은 순간일 뿐이라고 사람들은 생각한다. 의식이 끊어지고 나면 모든 것은 암흑이 되고, 그리고 전부 끝나는 것이라고. 그게 사실이라면 두려워할 게 무엇일까. 하지만 홍진은 알고 있었다. 홍진이 죽은 후에도 세상은 계속되고, 어제와 달라지지 않고 끝없이 이어져 그녀는, 그녀의 혼은, 그녀의 밤과 낮은 다시 같은 수렁으로, 남편이 자신을 칼로 찌르고 이지하가 이정아와 소명을 죽이는 그곳으로 되돌아갈 것이다.

　그러니 이지하도 저 암굴로 돌아가야 할 것이다. 이지하는 그의 죄를 부정하고 있지만 언젠가는 실토해야만 한다. 자신이 엉뚱한 사람을 붙잡다가 손가락을 잘랐을 리가 없다. 그를 붙잡아 오기 위해 얼마나 죽을힘을 썼는데, 그가 범인이 아니라는 가능성은 있을 수 없다.

봄밤은 차가웠다. 힘든 건 겨울이 아니라 다시 꽃이 핀다는 사실이다. 꽃이 피고 지고, 꽃을 바라보는 그런 시간을 홍진은 모른다. 홍진은 지치도록 걸어 다시 가게로, 집이라고 불러야 할 곳으로 돌아왔다. 이지하의 어디를 고문해야 할까를 골똘히 생각하면서. 고개를 들었을 때 서화인이 가게 앞에 와 있었다.

"뭘 좀 먹어야겠어요."

화인은 홍진을 시장으로 데리고 갔다. 바로 몇 시간 전에 홍진이 국수 그릇을 던지며 난리를 쳤기 때문에 몹시 난처했지만 다행히 국수 가게는 문을 닫았다. 한참을 걸어 화인과 홍진은 국밥집 하나를 찾았고 그곳으로 들어갔다. 화인은 국밥을 시켜 앞에 놓고는 술만 마셨다. 홍진은 배가 하나도 고프지 않았지만 억지로 몇 숟갈 떠먹었다.

"소하리 저수지에서 죽은 여학생······."

홍진의 심장이 드르르 떨렸지만 그녀는 잠자코 화인의 얼굴만 쳐다봤다.

"이정아를 죽인 놈의 짓이 맞아요. 손톱이 붉게 칠해져 있는 걸 확인했어요. 물론 그것만으로는 단정할 수 없어요. 하지만 이 세상에 단정할 수 있는 게 어딨다고. 그런데 나는 할 수 있는 게 없어요. 수사에서 배제되었으니까.”

화인의 얼굴은 며칠 새 간이 아픈 사람처럼 새까매졌고 눈가의 주름은 더욱 깊어져 있었다. 칼로 찍은 듯 패어 있는 깊은 주름 사이사이에 스며 있는 것을 홍진은 읽었다. 긴 시간 지속되어온 의심과 자책이 살이 꺼지고 골이 패게 만든 것이다. 공기에도 무게가 있다고 했다. 자책하는 사람에게 공기는 배로 더 무겁고 그 무게는 한쪽으로만 쏠린다. 가장 약한 쪽으로.

서화인은 고개를 돌려 홍진을 쳐다보며 다시 입을 열었다.

“혹 이지하라는 사람 알아요?”

예상했던 질문이었다. 그럼에도 홍진은 허를 찔린 듯 몸이 굳었다. 홍진은 고개를 저었다. 사실 홍진은 이지하와 아무런 관계도 아니었고 거짓말을 하는 것에 대해 죄책감도 없었다. 서화인이 술잔을 비우고 말을 이었다.

“내 동창인데 며칠 전 실종되었어요. 누가, 왜 그랬는지는 모르겠어요. 그 집에 배달된 물건에서 내 이름이 나왔는데 누구 짓인지 몰라요. 근데 왜 하필 이 시점일까.”

역시 택배 상자가 문제였다. 이제야 서화인은 홍진을 의심하기 시작한 것일까. 홍진은 의심 받아도 상관없다고 생각했지만 시간이 좀 더 필요했다. 며칠만 더 있으면 이지하의 자백을 받아낼 수 있을 텐데. 화인은 연거푸 술잔을 비웠다. 홍진은 가만히 앉아 화인의 잔이 비었다 다시 차는 모습만 지켜봤다.

“이정아 사건은 끝나지 않았어요. 그때 검거된 윤장호는 범인이 아닌 거죠. 진범은 여기에 있어요. 지난 18년 동안 항상 이곳에 있었어요. 누군지를 모를 뿐."

"초등학생 때 여자애를 죽인 사람이 있다고 들었어요."

화인이 놀란 눈으로 홍진을 쳐다봤다.

"그 사건을 아세요?"

"소문을 들었어요."

"나도 그 얘기 들었어요. 서울에서 그런 일이 있은 후 시골로 전학을 온 거죠."

화인은 빈 소주병을 확인하고는 다시 술을 시켰다.

"그 아이 나이가 지금쯤 40대 후반? 50대?"

"범인이 될 수 있는 나이죠."

"그 초등학생 지금 어디서 뭘 하며 사는지 알아낼 수 없나요?"

화인은 고개를 저었다.

"어렸을 때 그런 일이 있었다고 해서 성인이 된 후에 또 살인을 저지를 거라는 건 억측이에요. 근거가 없어요. 무엇보다 지금 그 애를 추적하는 건 불법이에요."

"몰래 알아볼 수는 없어요?"

홍진은 조바심이 나서 물어보았다. 화인은 대답하지 않았다. 묵묵히 술잔을 비우며 혼자만의 생각에 잠긴 듯 앉아 있었다. 홍진도 가만히 앉아 있었다. 화인이 다시 입을 열 때까지 밤이 새도록, 날이 밝고 다시 밤이 오고 그 밤이 지나가고 또 지나갈 때까지 기다리며 가만히 앉아 있을 수 있었다. 가만히 있는 걸 홍진보다 더 잘하는 사람은 없을 테니까. 이윽고 화인이 입을 열었다.

"나는 이제야 범인을 알 것 같아요. 어쩌면 그자가 범인일 거라고 백 퍼센트 확신할 수도 있어요. 하지만 전에도 나는 어떤 사람이 범인일 거라고 백 퍼센트 믿은 적이 있거든요. 그 믿음은 틀렸고, 백 퍼센트란 존재하지 않아요. 그럼 구십구 퍼센트라고 치자고요. 그자가 범인이 아닐 가능성이 일 퍼센트라도 있다는 건, 결국은 그자가 범인이냐, 아니냐의 문제가 되고, 반반의 확률이 되는 거예요. 나는 그런 확률을 받아들일 수 없어요. 아니면……. 아니면 내가 또 틀린 걸까……."

서화인은 혼잣말을 하듯 중얼거렸다. 홍진은 그의 얼굴을 쳐다봤다. 홍진과 화인은 같은 사람을 쫓고 있었다. 화인은 이정아에서 시작했고, 홍진은 소명에서 시작했지만 명확하게 같은 표적을 가지고 있었다. 그 표적이 홍진과 화인을 이어주는 끈이었다.

그러나 끈으로 이어져 있다는 것은 동시에 둘 사이에 존재하는 분명한 거리를 의미했다. 홍진은 과장 없이 그 거리를 보려고 했다. 홍진 역시 구십구 퍼센트의 가능성은 받아들일 수 없었다. 이지하는 백 퍼센트 범인이 확실하고 그녀가 그를 잡았다. 화인은 그를 잡을 수 없을 것이다.

화인은 많이 취했고 국밥집을 나오자 홍진의 어깨에 얼굴을 대고 그 자리에서 잠이 들 것 같았다. 홍진이 집으로 가야 하지 않느냐고 물었지만 그는 대답도 하지 못했다. 홍진은 그를 가게로 데리고 와서 방에 눕혔다. 그는 이내 곯아 떨어졌고 홍진은 보일러를 켜고 벽에 기대앉았다.

서랍장 위에 얹어놓은 성모상이 보였다. 소명이 죽은 저수지에서 가지고 온 것이었다. 아침에 화인이 깨어나 본다면 이정아의 책상 위에 놓여 있던 성모상을 떠올릴 것이다. 저 성모상을 치워야 할까, 홍진은 잠시 생각했다. 그녀에게는 시간이 필요했다. 이지하에게 자백을 받아내고 그를 죽일 시간이.

그러나 홍진은 그냥 두기로 결심했다. 화인이 저 성모상을 알아보고 성모상의 출처를 묻는다면 그녀는 있는 대로 다 말할 것이다. 지하실에 이지하가 있다는 것까지. 그렇게 해서 자신은 그에게 잡혀도 좋을 것이다.

이지하의 울음소리가 들렸다. 모르는 사람이 들으면 바람 소리라고 할 것이고, 파이프가 울리는 소리라고도 할 수 있겠지만 홍진은 알아들었다. 화인이 몸을 뒤척였다. 홍진은 천천히 일어나 방을 나왔다. 그리고 동물 마취제를 챙겨 지하실로 내려갔다. 이지하는 짐승처럼 울부짖었다.

"그냥 나를 죽여. 내가 소명을 죽였다며? 나를 죽여버리라고!"

홍진은 잠자코 이지하에게 주사를 놓았다. 그는 주사를 맞지 않으려고 버둥거리며 홍진에게 온갖 욕을 다 퍼부었다. 하지만 이지하는 힘이 거의 빠진 상태라 어린아이만도 못했다. 누구든 완력을 쥐는 쪽이 승자이다. 홍진은 평생 동안 그 사실을 뼈저리게 느꼈다. 홍진이 그의 몸에 함부로 주사기를 꽂자 그는 이내 잠잠해졌다.

홍진은 다시 가게로 올라가 지하실로 내려가는 입구를 가리고 식탁 의자에 앉았다. 동물 마취제는 정말 좋은 약이었다. 주사기를 홍진 자신의 팔뚝에 꽂을 수도 있다. 홍진은 그걸 가르쳐줬다는 사실만으로도 서화인에게 감사했다.

홍진은 냉장고 뒤 식탁에 앉아 밤을 샜다. 새벽이 되자 화인은 일어나 방에서 나왔다. 그는 성모상을 보지 못했을까. 아무 말도 하지 않았다. 화인은 홍진의 방에서 곯아떨어졌다는 사실에 당황한 것 같았다. 화장실에 다녀온 그는 서둘러 그의 차로 가더니 갑자기 몸을 돌려 홍진에게 다시 다가왔다.

"혹시 이 상가에 다른 사람 들어왔어요?"

홍진은 고개를 저었다. 화인은 고개를 끄덕였다.

"잠결에 남자의 비명 같은 걸 들은 거 같아서요."

"아무도 없어요."

"그럼."

화인은 돌아서려다 다시 홍진에게 물었다.

"내 번호 가지고 있죠? 휴대폰에 저장해뒀는데."

"……"

"전화해요. 뭐 필요한 게 있으면."

홍진은 전화를 할 수가 없었다. 그사이 그녀도 몇 가지 배운 것이 있었다. 자신의 휴대폰으로 전화를 걸면 그 번호가 상대방의 휴대폰에도 찍힌다는 점이다. 복덕방 주인이 툭하면 홍진에게 전화를 걸어오는 탓에 그 사실을 알게 되었다.

홍진은 이지하를 죽일 것이다. 그가 어떤 말을 해도 소용이 없다는 것을 그는 곧 알게 될 것이다. 그를 죽이고 지하실에 그대로 던져놓고 그녀는 이 가게를 떠나버릴 것이다. 그 이후는 그녀가 알 바가 아니다.

처벌을 피하기 위해 뭔가를 할 생각도 없다. 단지 홍진은 가능한 한 천천히 이지하의 시신이 발견되기를 바란다. 완전히 썩어서 누구인지 알아볼 수도 없고, 벌레들이 그의 몸을 다 갉아먹을 수 있도록.

"나는 이사 가요."

홍진의 말에 화인은 좀 놀라는 것 같기도 했고, 서운해하는 것 같기도 했다. 아니다. 서운함은 그녀가 느꼈고, 화인도 같은 것을 느껴주길 바라는 것인지도 모른다. 굳이 이름을 붙이자면 서글픔이라고밖에 말할 수 없는 그런 감정이 들었다. 홍진이 정확한 이름을 붙일 수 없는 것은 겪어보지 못한 감정이기 때문이다. 지금의 서글픔은 그러니까 아무런 바람이 없는 슬픔이었다. 지금까지 홍진이 슬픔을 느낄 때는 돈이 필요하거나 폭력을 피하고 싶거나 두려움에서 도망치고 싶다거나 하는 구체적인 욕구가 분명 있었다. 하지만 홍진은 화인에게 원하는 것이 아무것도 없었다. 심지어 두 번 다시 만나고 싶지도 않았다.

홍진은 사람과 사람이 친해진다는 게 어떤 것인지를 몰랐다. 자주 봐서 익숙해진다는 뜻일까. 절에서 만난 신도들과 스님들은 자주 봤지만 자신과 친하다는 생각은 들지 않았다. 친해지려면 상대방을 좋아해야 할까. 홍진이 누군가를 좋아하기에는 가슴 안에 묻어 둔 게 너무 많아 틈이 없었다.

"그래도 전화는 할 수 있는 거니까."

홍진은 대답하지 않았다. 홍진은 그의 차가 떠나는 것을 바라봤다.

홍진은 가게 안으로 들어와 불도 켜지 않고 죽은 것처럼 가만히 의자에 앉아 있었다. 이제 정말 어둠과 정적만이 남았다. 홍진은 칼을 챙겨 들고 지하실로 내려갔다. 그녀는 더 머뭇거리지 않을 생각이었다.

사다리의 마지막 단에 발을 디뎠을 때 와지끈하는 소리와 함께 그녀의 몸이 무너져 내렸다. 사다리가 부러진 것이다.

다음 순간, 이지하의 발이 홍진의 손등을 밟더니 홍진의 목에 칼끝이 닿았다.

"움직이지 마. 나는 손가락 따위는 자르지 않아."

홍진은 고개를 끄덕였다. 이지하의 낮은 웃음소리가 들렸다.

14

그녀는 저녁 무렵 일어났다. 암막 커튼은 간단하게 그녀의 방을 밤으로 만들어주었다. 눈을 뜨고 오 분쯤 가만히 누워 있다 왼팔을 뻗으면 사이드 테이블의 스위치가 손에 닿았다. 램프의 불빛이 켜지자 엊저녁 그녀가 마신 술병들이 드러났다.

너무 많이 마셨어.

그건 엊저녁에도 한 말이었다. 이틀 전 저녁에도, 사흘 전 저녁에도. 당장 구토가 밀려나올 것처럼 속이 울렁거리고 머리가 아팠다. 집 안 공기의 모든 입자에 그녀의 몸을 통과하면서 한층 더 시큼들큰해진 알코올 냄새가 스며 있었다. 그걸 들이마시면 다시 술에 취할 것 같은 기분에 눈을 뜨는 시간은 항상 우울했다. 그런데도 창문을 열어 환기를 시키겠다든가 신선한 공기를 마시고 싶다는 생각은 하지 않았다. 신선한 공기 따위, 개나 줘버리라지. 한때는 눈을 뜰 때마다 환멸에 사로잡힌 적도 있었지만 시간과 습관은 모든 것에 무뎌지게 만들어주었다. 자신이 알코올 의존증이라는 사실을 충분히 인정하고 난 지금, 그녀의 아침 풍경은 전혀 새삼스럽지 않았다.

그녀는 천천히 일어나 화장실을 다녀온 후 냉장고에서 생수병을 꺼내 뚜껑을 열고 단숨에 반쯤 마셨다. 거실 창에는 암막 커튼이 달려 있지 않아서 해가 기울기 시작하는 저녁 하늘이 보였다. 저녁 여섯 시가 다 되어가는 모양이었다. 그녀는 프라이팬을 가스 불에 올려놓고 계란 두 개를 깨서 올렸다. 해장에는 계란만 한 것이 없다. 프라이팬이 달궈지는 동안 커피를 끓이고 담배를 피워 물었다.

오늘은 꼭 마감을 해야 한다. 커피를 두어 잔 쯤 마시고 정신을 차린 후 밥을 먹으면 술 생각이 나지 않을 것이다. 그러면 오늘 안에 끝낼 수 있을 것이다. 그리기 싫다는 생각은 하지 말자. 무조건 그리는 거다, 무조건.

그녀는 외주를 받아 웹소설을 웹툰으로 바꾸는 작업을 하고 있었다. 그녀에게 주어진 웹소설은 무협물이었다. 그녀는 공포물이나 미스터리물을 그리고 싶었지만 선택의 여지가 없었다. 한때 그녀는 어두운 느와르 풍의 연쇄살인 이야기나 누명을 쓴 남자에 관한 이야기를 대형 플랫폼에 발표했었다. 하지만 반응은 신통치 못했고, 그녀는 술을 마시느라 마감 시간을 지키지 못했으며 그 결과 댓글창은 욕설로 도배가 되고 편집자에게도 완전히 찍혀버렸다.

"넌 뭘 해도 안 될 거야. 진짜 천재나 대가도 너처럼 약속 어기면 같이 일 못 해. 네가 뭘 하고 싶은지 모르겠지만 무조건 하지 마. 네가 할 수 있는 건 없어. 아, 하나는 할 수 있겠다. 고독사."

참으로 모진 말이었지만 구구절절 옳은 말이었다. 그녀는 아무것도 해낼 자신이 없었고 되는 일도 없었다. 번번이 엄마한테 손을 내밀었고 엄마는 그녀를 지긋지긋해했다.

"네 아버지가 너한테 이제 돈 주지 말래. 나도 너한테 할 만큼은 했잖아?"

"왜 자꾸 내 아버지라고 해? 엄마 남편이지 내 아버지는 아니잖아."

"야, 내가 재혼한 게 무슨 죄니? 죽은 네 아빠를 네가 그렇게 애틋하게 생각하는 줄은 몰랐어."

그녀의 엄마가 비꼴 만했다. 그녀도 엄마가 재혼했다는 이유로 손을 내미는 건 아니었다. 반드시 돈을 얻어내야 했는데 사정하는 것보다는 여전히 화난 척하는 게 더 효과적이었기 때문에 억지를 부릴 뿐이었다. 자주 써먹는 수법이 잘 통하는 법이니까.

나이 마흔에 사춘기 소녀처럼 엄마의 재혼을 빌미로 번번이 돈을 뜯어내는 것은 민망하고 뻔뻔한 짓이었다. 그녀도 잘 알고 있었다. 자기 인생이 쓰레기라는 것 역시 잘 알고 있었다. 엄마

280

가 재혼하면서 그녀의 몫으로 떼준 20평짜리 아파트는 진즉에 팔아서 흥청망청 다 써버렸고, 지금 살고 있는 임대 아파트의 보증금도 엄마에게서 빌려야 했다. 아르바이트도 여러 번 해봤지만 그때마다 지각에 결근으로 한 달은커녕 보름도 채우지 못하고 잘렸다.

이번에 맡은 연재도 아는 동료 작가가 힘을 써줘서 겨우 맡게 된 일이었다. 지난 세 달 동안 그녀는 두 번이나 연재 마감을 어겨 고료가 깎이는 수모를 겪었다. 내일 아침(그녀가 잠에서 깨는 시간이 아닌 보통 사람들이 말하는 정상적인 아침 시간, 그러니까 앞으로 열다섯 시간 후를 말했다)까지 완성해서 송고하지 못하면 그야말로 끝장이었다. 이번에는 봐주는 일은 없을 것이고, 연결해준 동료도 등을 돌릴 게 뻔했다. 그 동료도 매일 마시는 주당이었지만 연재 마감은 꼬박꼬박 지켰다. 결국 술이 문제가 아니었다. 그녀 자체가 문제였다.

오늘은 꼭. 반드시 꼭. 다짐, 또 다짐하면서 계란과 커피를 꾸역꾸역 넘기고 담배 서너 대를 연이어 피운 다음 컴퓨터를 켰다. 프로그램을 열고 펜을 들어 액정 위에 그림을 그리기 시작한 지 몇 분 되지 않아 맥주를 마시며 작업을 하면 더 쉽게 될 것 같다는 생각이 들었다. 오늘은 소주로 넘어가지 않고 맥주만 홀짝거리며 작업을 하는 것이다. 맥주는 배가 불러서라도 많이 먹지는 못하니까.

어제도, 그제도, 매일 아침, 아니 매일 저녁, 혹은 매일 밤 그녀는 같은 다짐과 갈등을 반복해왔다. 어떨 땐 기왕 마실 거 갈등하느니 일찍 뻗어 자고 일찍 일어나자는 생각에 냉장고 앞으로 간 적도 종종 있었다. 자신을 합리화할 수 있는 모든 수법을 다 써봤고 결과는 언제나 다시 마시는 것이었다. 때로는 어서 퍼마시고 죽어버리라고 자신을 저주하면서 마셨다. 저주도 술을 마시는 좋은 핑계가 되어주었다.

결국, 그녀는 의자에서 일어나 냉장고로 다가갔다. 냉장고 문을 열면 다정한 불빛이 그녀의 암담함을 지워줄 듯 환하게 비치고 맥주 캔에 적힌 아름다운 알파벳들이 그녀의 마음을 위로라도 하듯, '괜찮아 너한테 잘해줘, 네가 원하는 것을 긍정해'라고 속삭였다. 맥주 캔 옆에는 소주병들이 신호등의 푸른빛처럼 은은하게 반짝였다. 구원이란 그토록 구체적인 초록빛이었다.

그녀는 꾹 참고 맥주 캔 하나만 꺼내 마개를 땄다. 빡, 하는 소리와 동시에 그녀는 단숨에 절반 정도를 마셨다. 차가운 맥주가 식도를 타고 위장으로 내려가 밤새 술을 소화시키느라 지친 장을 달래주는 느낌이었다. 해장이니까 이건 괜찮아, 중얼거리며 펜을 잡고 한 컷 끝낸 후에 다시 한 모금. 이만하면 괜찮은 시작이다. 오늘은 마감을 할 수 있을 것이다. 잘리지 않고 이번 달을 버틸 수 있고, 이렇게 몇 달을 더 버티면 다음 일감도 받을 수 있다.

딩동. 누군가 초인종을 눌렀다. 아파트 경비일 것이다. 그녀가 분리수거를 하지 않고 쓰레기를 버렸기 때문에. 그녀는 모른 척

작업을 계속하려고 했다. 그녀가 외출했을 거라고 생각하고 경비가 돌아가주길 바라며. 하지만 초인종은 계속 울렸다. 절대로 포기하지 않겠다는 듯이. 그녀는 인터폰 화면을 확인했다. 거기에는 한 남자가 서 있었다. 그녀는 그를 알고 있었다. 서화인이었다.

"오정미 씨. 아니 윤경은 씨."

화인은 감정 없는 목소리로 그녀의 이름을 불렀다.

"잠시 얘기 좀 할 수 있어요? 잠시면 됩니다."

경은은 당황해서 머리를 쓸어 올렸다. 짧은 순간 피할 수 있는 방법을 생각해봤지만 뾰족한 수가 없었다. 나가서 얘기해야 할까, 집 안이 나을까, 그 정도가 그녀가 할 수 있는 생각의 전부였다.

"들어오세요."

경은은 몸을 비켜 화인을 들어오게 했다.

"집 안이 좀 더러워요."

"괜찮아요."

"여기 앉아요. 맥주 마실래요?"

화인은 경은이 권한 식탁 의자에 앉으며 대답했다.

"차를 가져왔어요."

경은은 싱크대로 가서 커피를 끓였다. 그사이 화인은 집 안을 둘러봤다. 싱크대 위에 수북이 놓인 빈 술병과 아무렇게나 굴러

다니는 옷들, 책 더미, 빈 피자 상자…….

　그녀가 시청 사회복지과에 근무하는 오정미라고 믿고 사귈 때 그녀는 항상 단정하고 깔끔했으며 곱게 자란 모범생 같았다. 직업이 경찰인 화인은 사람들이 얼마나 거짓말을 잘하는지 누구보다 잘 알고 있었다. 동시에 사람들이 자신은 속지 않으며 사람을 볼 줄 안다고 얼마나 쉽게 믿는지 또한 잘 알고 있었다. 막상 자신이 속아보니 화인 자신도 남들과 다를 게 하나 없다는 생각이 들었다. 더군다나 그는 그녀와 결혼을 꿈꾸기까지 했었다.

　경은은 화장기 없이 부스스한 얼굴과 더 부스스한 머리를 한 채 잘 때나 입는 추리닝 차림으로 화인의 앞에 앉았다. 화인의 앞에는 커피를 건네고, 그녀는 냉장고를 열어 다시 맥주 캔 하나를 꺼냈다.

　“오랜만이네요.”

　“제가 보고 싶어 온 건 아니실 테고. 용건만 어서 말해요. 날 때리고 싶어 왔어요?”

　경은의 말투는 잔뜩 비꼬는 것 같았다. 궁지에 몰리거나 방어적이 되면 화를 내는 성격인가 보다, 화인은 생각했다.

　“내가 왜 정미 씨, 아니 경은 씨를 때려요?”

　“뭐, 나도 그냥 맞고 있진 않겠지만. 나를 어떻게 알아냈어요?”

　“그다지 어렵지는 않았어요. 나는 나하고 사귀던 오정미가 윤장호의 딸 윤경은일 거라고는 정말 상상도 해본 적 없어요. 하지만 오정미가 가짜고 내 방에서 이정아의 이름표 등등이 나왔다고 했을 때 당신이 윤경은일 거라는 생각이 들었어요. 내 방에 왔던 사람은 당신뿐이니까."

"그래요? 잘 맞혔네요. 담배 좀 피워도 되죠?"

윤경은은 담배를 피워 물었다.

"이정아의 이름표와 함께 있던 머리핀과 립스틱은 누구 거죠?"

"글쎄요."

"강소희와 소명의 것이 분명한데 그걸 어떻게 구했어요?"

경은은 대답 대신 피식 웃었다. 그녀는 자신이 화인을 아주 경멸하고 있다는 것을 분명하게 알려주고 싶어 조바심을 내고 있었다.

"윤경은 씨. 112에 전화를 건 목소리 파장 분석을 하면 당신과 일치한다는 것이 나옵니다. 그럼 당신이 어떻게 그런 전화를 하게 되었는지 증명해야 될 거예요."

"지금 증명하죠. 나는 당신 집에 갔고, 당신 방을 구경했고, 그때 봤어요. 당신 책상 서랍 안에 있던 이정아의 이름표와 립스틱, 머리핀, 그 세 가지를요."

"그걸 내 방에 갖다 둔다고 내가 여학생들을 죽인 범인으로 둔갑할 거 같아요? 경찰을 너무 우습게 보는 거 아니에요?"

"경찰 우습던데? 아닌가? 증거가 없으면 만들어서 집어넣어 버리고."

경은이 혼잣말을 하듯 중얼거리더니 화인을 노려봤다.

"증거 조작 때문에 늘 괴로워했던 거, 알고 있어요. 그래서 여중생 이야기만 나오면 피하려고 했던 것도."

"고작 그런 걸 하고 싶어서 남의 신분까지 사칭해서 나한테 접근했어요?"

"당신한테만 그랬던 건 아니고."

경은이 피식 웃으며 담배 연기를 내뿜고는 말을 이었다.

"종종 다른 이름, 다른 신분이 되어 사람들을 만나고, 싫증 나면 연락을 끊고. 나름 내 취미생활이에요."

"그다지 좋은 취미 같지는 않지만 아무튼. 나한테 죽음의 손톱 운운한 건 소명의 사건을 수사하게 하려고 접근한 거예요?"

"내 덕에 알게 됐으면 고마워해야 할 것 같은데."

"하지만 그건 당신이 퍼트린 거잖아요. 죽음의 손톱 어쩌고 하는 것도 당신이 처음 나한테 말해줬고, 소명의 학교에 찾아갔을 때 거기서 만난 애들도 죽음의 손톱 얘기를 방과 후 수업 선생님한테 들었다고 했어요. 만화를 가르치던 선생님이었죠. 학교에 연락해서 알아보니 담당 강사의 이름이 윤경은이라고 하더군요. 소명의 담임에게 전화를 건 것도 당신이죠?"

"……."

"학교에 제출한 이력서에 당신이 발표한 웹툰 제목이 적혀 있어서 찾아봤어요. 살인자인 아버지의 누명을 벗기는 딸의 이야기. 그게 첫 발표작이더군요."

"그 작품에서 여학생을 죽인 진범은 경찰이었어. 그 사건의 담당 경찰."

"당신의 상상력에 대해서 말하고 싶진 않아요. 문제는 당신이 학생들에게 죽음의 손톱 운운할 땐 소명이 살아 있을 때라는 거예요."

"그래서?"

"소명이 죽었을 때 손톱에 칠을 하고 있었는지 아닌지, 당신이 어떻게 알죠?"

"당연히 모르지. 그걸 어떻게 알아? 내가 그 얘길 한 건 이정아 사건을 상기시키려던 거였어."

"그럼 이정아를 죽인 범인이 소명을 죽였다는 건? 그건 어떻게 알았어요?"

"나는 알아. 그냥 알아."

"당신이 죽인 건 아니고?"

"뭐래? 미친 새끼."

"당신은 분명히 소명을 알고 있었어요. 말해봐요. 어떻게 알게 된 건지."

윤경은은 다시 담배를 피워 물었다. 이정아가 죽었을 때, 그러니까 그녀의 아버지가 여중생 살해 및 시신 유기라는 죄목으로 감옥에 갔을 때 그녀는 대학교 졸업반이었다. 아버지와 사이가 돈독했다거나 아버지 없이 살 수 없는 그런 나이는 아니었다. 하지만 아버지는 한 아이의 운명이자 사회적 지위이며 2차

신분증이다.

경찰은 그녀의 아버지가 어린 소녀를 꾀어다가 성폭행하고 시신을 유기했다고 했다. 그때 그녀의 아버지 윤장호는 여느 때와 똑같았다. 밥을 먹고 TV를 보며 배를 긁다 잠이 들었다. 생색내며 용돈을 주고, 졸업하면 뭐 할 거냐고 퉁명스레 물어보던 그 평범하던 아저씨. 다른 아버지들처럼 사람 짜증 나게 만들고, 삼겹살과 소주, 그리고 낚시와 야구를 좋아하던 꼰대. 그 아버지가 살인범이었다.

멍청이, 개멍청이. 살인을 했으면 잡히질 말아야지.

윤경은과 그녀의 엄마가 면회를 갔을 때 윤장호는 끝까지 자신은 억울하다고, 누명을 썼다고 말했다. 윤경은은 기꺼이 믿었다. 믿어야 모든 게 말이 된다고 생각했다. 하지만 윤장호는 감옥에서 자살했고, 시신을 인수해주던 교도관은 나름 위로랍시고 그가 양심의 가책으로 괴로워했다고 전해주었다. 양심의 가책이라니. 그렇게 누명이라고 외쳤음에도 불구하고 양심의 가책이라니. 개새끼들.

윤경은은 끝없이 저주를 퍼부었다. 당시의 경찰들은 물론이고 멍청하게 살인자가 되고, 결백을 밝히지도 못한 채 죽어버린 아버지한테도 저주를 퍼부었다. 저주가 너무 깊고 짙어서 그녀의 모든 감각을 틀어막았다. 그녀는 자신이 암굴 같은 공간 안에 던져졌다고 생각했다. 자신은 가만히 있는데도 안으로, 안으로 더 깊이 빠져들게 되는 동굴. 헤쳐 나오려고 발버둥 쳐보지만 자고 일어나면 다시 더 깊이 들어가 있었다.

"내가 말했었지? 잊어버리려고 해도 자꾸만 기억나는 과거의 어느 지점이 있다고. 정신을 차리고 보면 다시 과거의 그 순간으로 돌아가 있다고. 당신도 그런 순간이 있었던 것 같은데 언제였어? 우리 아버지가 범인이라는 증거를 조작하는 순간? 아니면 아버지가 종신형을 선고 받던 순간?"

"후자예요. 그 재판정이 언제나 내 머릿속에 있어요."

윤경은은 피식 미소를 지었다.

"나는 아버지가 거실에서 TV를 보다 경찰에게 잡혀 들어가던 순간에 멈춰져 있어. 그 어리둥절하던 얼굴. 바보처럼 입을 벌리고 나와 엄마를 돌아보던 그 얼굴."

"아버지가 무죄라고 믿는 근거가 뭐죠?"

"강소희가 사라졌잖아. 강소희와 이정아는 동일범 짓이야."

강소희 실종 사건이 일어났을 때 윤경은은 서울에서 살다 다시 이곳으로 내려와 있었다. 그녀의 엄마가 재혼한 것도 그때쯤이었다. 여중생이 실종되었고, 경찰이 수색에 나섰다, 어쩐다 하더니 슬그머니 뉴스에서 사라져버렸다. 하지만 윤경은은 확신했다. 이정아도 시신만 발견되지 않았으면 이 사건처럼 흐지부지되었을 사건이었다고. 이정아와 강소희는 나이도 비슷했고 얼굴도 어딘가 비슷했다. 이정아를 죽인 범인이 잡히지 않고 살아 있어서 강소희를 납치한 것이 분명했다.

윤경은은 사라진 여학생 강소희의 집을 수소문해서 찾아가봤다. 그녀는 이정아의 집에도 기자인 척하며 찾아가본 적이 있었다. 이정아가 죽은 지 몇 년이 지난 후였다. 이정아의 부모는 심층 취재를 한다는 윤경은의 말을 그대로 믿었고 이정아의 물건들이 고스란히 남아 있는 방도 보여주었다.

강소희의 경우는 더 쉬웠다. 강소희는 치매 기가 있는 할머니와 자기보다 훨씬 어린 여동생, 이렇게 셋이 살고 있었다. 강소희가 사라지던 날, 강소희가 집으로 전화를 걸었을 때 일곱 살짜리 여동생이 받았다고 했다. 강소희는 여동생에게 말했다. 친구랑 놀러 가니까 기다리지 말라고.

"언니는 나만 두고 갔어요. 할머니하고 둘이 살기 싫어요."

소명은 윤경은에게 그렇게 말했다. 소명은 고작 일곱 살이었지만 다 큰 애처럼 처연했다. 그때 윤경은은 그 애의 운명을 봤다는 생각이 들었다. 자신처럼 소명도 암굴에 던져질 예정이었다.

윤경은은 소명을 몇 번 더 찾아갔다. 소명은 인근의 유명한 목사한테 입양된다고 했다. 할머니가 그 교회 신자였는데 치매로 인해 수용시설로 가게 되었기 때문이었다. 소명은 일곱 살짜리답게 자기는 엄마한테 가고 싶다고 말했다. 엄마와 여러 번절에 갔었다면서 거기 가겠다고. 어린애다운 생각이었다. 하지만 소명의 엄마는 이미 재혼해서 살고 있었고 경찰이 연락하자자신은 소명을 부양할 수 없다고 분명히 말했다. 소명은 엄마와연락이 되지 않는다고 알고 있었다.

"너는 가야 돼. 너만 한 여자애가 혼자 살 수는 없어."

"몇 살이 되면 혼자 살 수 있어요?"

"사람에 따라 다르겠지."

소명은 윤경은의 대답에 불만스러운 얼굴이 되었지만 결국은 양부모가 될 목사의 집으로 갔다. 윤경은은 가끔 교회로 가서 그 애를 지켜보곤 했다.

소명은 예쁜 애였다. 어떤 면에서 보면 지나치게 예뻤다. 윤경은은 또래 남자애들뿐만 아니라 어른들까지 그 애를 힐끔거리는 걸 지켜봤다. 그러다 문득 떠올랐다. 소명의 언니 강소희가 실종되기 전 소명에게 전화를 걸어 친구들과 놀러 간다고, 기다리지 말라고 했다는 걸. 그렇다면 강소희를 세상에서 사라지게 한 놈은 여동생의 존재를 알고 있다는 뜻이었다. 윤경은도 소명을 찾아냈는데 그 범인이라고 찾지 못할 이유가 없었다. 만약 범인이 소명의 존재를 알고 있다면 그녀처럼 범인도 소명의 근처를 맴돌고 있는 것은 아닐까. 생각할수록 그럴듯하게 느껴졌다.

윤경은은 소명의 주변을 유심히 살폈다. 그 아이에게 다가오는 남자가 없는지. 유난히 그 아이에게 친절하거나 드러내지 않고 훔쳐보는 이가 없는지.

물론 윤경은이 항상 신경을 곤두세우고 지켜본 건 아니었다. 그녀는 늘 술에 취해서 자신의 인생을 낭비하기에 더 바빴다. 아버지고, 소명이고 다 귀찮고 싫어질 때도 많았다. 이미 사건은 끝났고 무슨 의미가 있겠냐는 생각이 들었다. 그럴 땐 일 년

씩 찾지 않기도 했다. 그녀의 집념이라는 건 너무나 보잘것없어서 술 한 잔만 마시면 다 잊어버리는 그런 종류의 것이었다. 물론 잊어버렸다가 술 때문에 다시 기억이 떠오르기도 했지만 자고 일어나면 그뿐이었다.

어느 날 윤경은은 소명이 중학생이 된 걸 알았다. 중학생이 된 소명은 윤경은이 교회로 찾아가도 더 이상 반기거나 다가오지 않았다. 마치 딴 세상, 자기가 버리고 떠난 세상에 속한 사물처럼 윤경은을 냉담하게 쳐다봤다. 윤경은이 다가가서 말을 걸었을 때도 마찬가지였다.

"잘 지내니."

"그럴걸요."

"나는 엉망으로 살고 있어."

"그래 보이네요."

소명은 비웃듯 윤경은을 힐끔 보더니 저만치로 달려가버렸다. 윤경은은 이제 소명을 찾아오는 걸 그만둬야겠다고 생각했다. 그러다…….

지난가을이었다. 마트에 갔다가 우연히 소명을 봤다. 소명은 짧은 치마 아래 앙상하게 마른 다리를 드러내고 주근깨가 있는 콧등 위에 뽀얗게 파우더를 바르고 있었다.

"소명아."

윤경은은 그 애를 항상 소명이라고 불렀다. 이서현이라는 법적 이름은 이물질처럼 낯설었다. 소명이 돌아봤다.

"너 어딜 가니?"

"친구들 만나러 가요."

"이 시간에? 집에서 야단 안 쳐?"

"나 집 나왔어요."

"왜? 뭐 때문에?"

"그냥, 있기 싫어서요."

"그럼 어디에 있는데?"

"고시원에 있는데 돈 있으면 좀 빌려주실래요?"

소명은 윤경은에게 하고 싶은 말은 그것뿐인 것처럼 눈을 반짝거리며 돈 얘길 꺼냈다. 윤경은은 돈이 있었다면 진심으로 주고 싶었지만 그녀에게는 한 푼도 없었다. 현금 서비스도 다 써버렸고 한도를 걱정하며 쇼핑하는 처지였다. 윤경은이 돈이 없다고 말하자 소명은 싸늘한 눈빛으로 윤경은이 들고 있던 쇼핑백 꾸러미와 그녀의 얼굴을 번갈아 보고는 그대로 가버렸다.

윤경은은 소명을 쫓아갔다. 조잡한 싸구려 술집들이 밀집한 골목 어귀에서 소명은 남자애들과 낄낄거리며 전자담배를 꺼내 물었다. 소명의 입술에서 증기로 만든 가짜 연기가 흘러나왔다. 남자아이들은 조심성 없이 소명의 허리를 껴안았다. 소명은 뿌리치지 않고 오히려 남자아이들의 몸에 자신의 몸을 밀착시키며 깔깔거렸다.

밤거리를 유령처럼 배회하는 아이들은 언제나 있다. 일부는 가출해서, 잘 곳이 없어서, 혹은 돈을 벌기 위해서, 혹은 그냥 재미로 부유하는 아이들. 모든 것에서 벗어났거나 저절로 떨어져 나와 적籍이 없는 아이들.

윤경은은 슬픔과 안타까움에 가득 차서 사내아이들에게 둘러싸여 있는 소명을 바라봤다. 윤경은은 소명을 도와주고 싶었다. 너무나 간절하게 돕고 싶었지만 할 수 있는 게 없었다. 고작 생각해낸 게 소명의 담임에게 전화를 거는 거였다. 윤경은은 나름 해줄 수 있는 걸 했다고 생각했다. 하지만 그 후로 윤경은은 그 애를 다시 보지 못했다. 딱 한 번 통화를 하긴 했지만 소명은 다시 돈이 있으면 좀 빌려달라는 말만 했다. 여전히 윤경은은 돈이 없었고 그 말을 하니 소명은 대답도 없이 전화를 끊어버렸다.

그게 끝이었다. 소명이 죽지 않았다면 윤경은은 자신의 인생에 치어 소명을 잊어버렸을 것이다. 살인자의 딸이라는 딱지는 술과 함께 점차 몸의 일부처럼 되어갔다. 때로는 술을 끊지 못하는 자신을 합리화하는 도구가 되어주기도 했다. 삶이 허물어지는 것은 술에 취하는 것과 비슷해서 모든 것에 둔감해지게 만들었다. 수치심, 모멸감, 복수심, 모든 것이.

그런데 소명이 죽었다. 소명까지. 소명마저. 윤경은은 얼마 지나지 않아 술기운에 섞여 사라질 비통함을 있는 힘껏 움켜쥐었다.

"소명이 죽었다는 건 어떻게 알았어요?"

"소명이 돌아왔나 싶어 교회로 찾아가봤지. 거기서 소문을 들었어. 쉬쉬했지만 그런 소문은 잘 퍼져나가니까. 우리 아버지가 살인자였다는 걸 모르는 사람이 하나도 없었던 것처럼 말야. 같은 놈의 짓이야. 이정아와 강소희를 죽인 놈과 같은 놈."

"자꾸 동일범이라고 말하는데 근거가 뭐죠?"

"당신도 같은 사람의 짓이라고 믿고 있잖아?"

화인은 대답하지 않았다. 경은의 말대로 화인도 세 여학생의 죽음이 동일범의 범행일 거라고 분명히 믿었었고, 윤경은의 확신은 불과 얼마 전까지 자신이 가지고 있던 확신이었다. 그런데 윤경은과 공유하고 있는 확신은 왜 이리 초라하게 느껴지는 것인가. 윤경은의 앙다문 입술만큼이나 초라하고 볼품없었다.

"소명에게 공중전화로 연락한 적은 없어요?"

경은이 다시 고개를 저었다.

"그 애가 가출했다는 걸 알면서 그냥 내버려두었다는 말이에요?"

"날더러 어쩌라고?"

똑같은 질문을 화인도 하고 싶었다. 날더러 어쩌라고. 수사 지침대로 조사했고 감식했고 거기서 손톱이 나왔을 뿐이었다. 양 반장처럼 잊어버리고 살면 될 일이었다.

"한 가지만 확인할게요."

화인은 휴대폰에서 이지하의 사진을 찾아 윤경은 앞에 내밀었다.

"이 사람 본 적 없어요?"

경은은 고개를 저었다.

"한 번만 더 봐요. 소명이 주변에서 이 얼굴 본 적 없어요?"

"용의자?"

"그래요."

경은은 푹 하고 웃음을 터트렸다.

"용의자는 당신 아닌가? 누군가 범인이 되어야 한다는 게 아니라 당신이 범인이야."

"억지 부리지 말아요. 당신 입으로 이정아와 강소희의 집을 찾아갔었다고 하니 그 애들의 소지품 하나를 훔쳐 오는 것은 일도 아니었겠죠. 소명의 물건은 말할 것도 없고. 애초에 그 물건들을 가지고 올 때부터 나한테 누명을 씌울 작정이었어요?"

"당신이 애초에 수사를 잘했으면 될 일이었어. 증거를 조작하지 않았다면 우리 아버지가 진범으로 몰리지 않았을 거고 수사는 계속되었을 거야. 강소희가 사라졌을 때 동일범의 소행이라는 걸 알고 수사했을 거고 그러면 진범이 잡혔을지도 몰라. 이 모든 가능성을 다 막은 거야. 바로 당신이."

화인은 경은의 얼굴을 쳐다봤다. 그녀의 말에는 분명 진실이 들어 있었다. 그때 윤장호를 그렇게 잡지 않았다면, 차라리 미제로 남았다면……. 경은은 다 안다는 듯 비웃음을 흘리며 말했다.

"만약 경찰이 날 찾아오면 나는 당신이 범인이라고 말할 거야. 나는 당신이 소명 주변에서 얼쩡대는 걸 봤어. 하지만 당신은 경찰이고 달리 방법이 없으니 내가 당신한테 접근한 거야.

당신과 내가 사귈 때 우리는 잠자리도 같이했어. 그때 나는 당신이 이정아를 죽이고 증거를 조작했다고 잠꼬대하는 걸 들었어. 그래서 당신의 물건들을 뒤져봤더니 죽은 세 여학생의 물건들이 나왔어. 나는 고민하고 또 고민하다 결국 112에 신고한 거야."

"왜, 왜 이렇게까지……."

"그게 사실이니까."

15

아무것도 보이지 않았다. 이지하와 홍진의 숨소리만 들렸다. 이상하게도 홍진은 떨리지도, 겁이 나지도 않았다. 충격을 받거나 분한 것도 아니었다. 이런 일이 일어날 거라는 예상은 단 한 번도 한 적이 없지만 홍진은 상황을 완전하게 있는 그대로 받아들일 수 있었다.

이지하가 앉으라는 듯 홍진의 어깨를 뭔가로 톡톡 쳤다. 홍진이 사다리 중간에 걸쳐둔 망치였다. 고기의 강직을 푸는 데 쓰는 망치. 이지하는 홍진이 빨랫줄로 만든 결박을 풀었다. 그녀가 엄지손가락을 자른 덕분이었다. 며칠 동안 손목에 빨랫줄이 대충 감겨 있었을 테지만 홍진은 확인하지 않았다. 어두워서 잘 보이지 않은 탓도 있지만 변명할 것 없이 모두 그녀의 실수였다. 실수는 아마 더 많을 것이다.

홍진은 시키는 대로 바닥에 앉았다. 이지하도 그녀의 앞에 앉았다. 이지하의 숨소리가 심상치 않았다. 마치 녹이 슨 배관을 뚫고 김이 새어나오는 것처럼 거칠고 쇳소리가 났다.

"소리를 지르며 지랄할 줄 알았는데 침착하네."

"……."

"넌 조용한 사람이고 어쨌든 그건 장점이야. 그 외 장점이 없다는 게 단점이지."

홍진은 충분히 수긍했다. 애초에 자신의 지능과 능력에서 제대로 된 것이 나올 수가 없었다. 자신이 원하는 대로 끝까지 갈 수 없으리라는 건 분명했다.

"나는 빨랫줄, 망치, 그리고 주사기도 가지고 있어."

이지하가 아플 때 약을 먹이기 위해 다가간 것이 화근이었다. 홍진은 웃옷 호주머니에 주사기를 넣어뒀었는데 그걸 이지하가 슬쩍 훔친 것이다. 그 또한 홍진은 전혀 알아채지 못했다.

"나는 너무나 고통스러워서 내 손으로 약을 주사해서 그냥 죽어버려야겠다고 생각했어. 하지만 주사기 안의 약은 양이 너무 적었어. 그 정도라면 한숨 푹 잘 수 있을지 모르겠지만 죽기엔 충분하지 않아. 그렇지만 네가 말한 대로 빈 주사기로 사람을 죽이는 방법도 있으니까 나는 주사기를 벽의 귀퉁이에 잘 숨겨뒀어. 손만 뻗으면 바로 찾을 수 있도록."

"그럼 지금 죽여."

"나도 너처럼 생각이 바뀌었어. 이곳에 처음 오던 날 바닥으로 떨어지며 못에 찔렸는데 파상풍이 오는 것 같아. 내가 이 암굴 같은 지하실 바닥에서 죽다니. 그건 너무 억울해."

결박에서 풀려난 이지하는 홍진이 올라간 후 차근차근 벽을 더듬었다. 그러다 사다리를 찾았고 마지막 단이 성치 않다는 것을 알았다. 게다가 망치까지 사다리에 걸려 있었으니 그걸로 사다리의 마지막 단을 부수는 건 간단한 일이었다. 홍진이 밖으로 나가는 문소리는 지하실에서도 들리니까. 사다리는 마지막 단이 없으면 누군가의 도움 없이는 올라가는 것이 불가능하다. 이지하는 속삭이듯 조용히 말을 이어갔다.

"나는 널 죽일 거야. 내가 죽은 후 네가 붙잡혀서 나에 대해 아무 말이나 지껄이도록 내버려두지 않을 거야. 나는 다른 사람을 이해하는 데 아무런 관심이 없고, 동시에 타인의 이해도 바라지 않아. 하지만 나한테는 딸이 있어. 우리 딸이 자기 아버지와 관련해서 이런 저런 말들에 시달리는 건 싫어. 인간이란 지극히 단편적인 정보들을 엮어서 자신의 보잘것없는 상식으로 이해할 수 있는 이야기를 만들고 싶어 하는 본능이 있어. 이해가 되지 않는 건 그냥 이해가 안 되는 걸로 남겨두면 되는데 그러질 못하는 거야. 기본적으로 인간은 모두 '설명충'이라고 봐야지. 내가 여기서 죽거나, 살아난다 해도 사람들은 너와 소명, 그리고 날 엮어서 이상한 이야기를 만들어낼 거야. 내가 진범이냐 아니냐, 증거가 있느냐 없느냐를 떠나 네가 벌인 짓, 이 괴상한 상황만 가지고 사람들은 내가 범인이라고 믿을 거야. 나는 그게 싫어. 손쉬운 설명과 간편한 믿음. 정말 구역질 나."

그의 입에서 쿨럭쿨럭 기침이 나왔다. 기침 소리가 너무 힘겹게 들려 홍진은 주제도 모르고 그의 등을 두드려주고 싶다는 마음이 들었다. 이지하가 계속 말을 하지 않았다면 홍진은 정말 그랬을지도 모른다.

"하지만 바로 죽이진 않을 거야. 나도 네년을 좀 가지고 놀아야지. 안 그래? 자, 여기 당신이 떨어뜨린 손전등이 있어. 땅바닥을 비춰. 좋아. 그리고 다른 손바닥을 펴서 불빛 아래 놓아. 잘 비춰야 해. 안 그러면 손목이 나가. 알지?"

홍진은 땅바닥에 손바닥을 대고 손가락을 좍 폈다. 손전등 불빛 아래 홍진의 손가락들이 별빛처럼 보였다. 이상했다. 남편이 홍진의 손가락을 자르겠다고 협박할 때 그녀는 오줌을 지릴 것처럼 무서웠다. 그런데 지금은 전혀 무섭지 않았다. 이지하는 홍진의 손가락을 자를 것이 분명함에도 그녀는 떨리지 않았다. 홍진은 그냥 이지하의 얼굴을 쳐다봤다. 이지하는 애써 웃으며 말했다.

"한 개만 자를게. 우선 가장 귀여운 새끼손가락부터."

그는 엄지손가락이 없기 때문에 칼질이 서툴렀다. 그럼에도 그의 칼은 정확하게 홍진의 손가락을 잘랐다. 헉, 하는 신음이 입에서 튀어 나가는 순간 홍진은 정신이 흔들려 손전등을 떨어뜨렸다. 기절은 하지 않았다. 하지만 머릿속에서 모든 생각이 사라지며 공백이 생겼고 온몸을 압축하는 듯한 고통이 홍진을 관통했다.

홍진은 그 고통을 이미 알고 있었다. 남편이 자신을 칼로 찔렀을 때도 그랬다. 아이가 잠에서 깬 것은 그때였을까. 아니면 더 전이었을까, 후였을까. 아이는 왜 아무런 소리도 내지 않은 것일까. 홍진은 피가 흐르는 손으로 입을 틀어막고 육체의 아픔이 함부로 새어나가지 않도록 단속했다. 자신은 비명을 지를 자격이 없다.

"엄살을 부리지 않는 게 마음에 들어. 최소한 넌, 긍정적인 의미에서든 부정적인 의미에서든 흔한 인간은 아냐. 이 좁은 지하실에 사람 손가락이 세 개나 뒹굴고 있다는 게 말이 돼? 말이 되냐고."

이지하의 낄낄거리는 소리가 이내 울음소리처럼 변했다. 왜 이런 짓을 시작했냐고, 이런 미친 짓이 어디 있냐고, 구역질 난다고, 그는 흐느끼며 중얼거렸다. 그러나 그는 이내 숨을 크게 몇 번 들이쉬더니 다시 입을 열었다.

"자, 내가 손전등을 비출 테니 너는 망치를 들고 맞은편 벽으로 가. 어둠 속에서는 귀가 예민해지는 법이라 벽면 너머에서 물이 내려가는 소리와 파이프가 울리는 소리를 들었어. 배관이 있는 거지. 나는 그 벽을 손바닥으로 더듬어봤어. 콘크리트가 아니라 그냥 블록이었어. 관리가 안 된 옛집이라 이미 구멍이 나기 시작했더군. 거길 부수는 거야. 망치를 잘 잡으라고 엄지 대신 새끼손가락을 자른 거니까, 또 손가락이 잘리지 않으려면 열심히 해야 할 거야. 나는 절대로 여기서 죽진 않을 거야. 살아서 여길 나갈 거야. 네년 모가지를 끌고."

홍진은 꼼짝하지 않았다. 손가락이 잘린 고통 때문이 아니었다. 최소한 자신에게는 이지하가 시키는 대로 하지 않을 권리가 있었다.

"싫어. 그냥 여기서 나를 죽이고 너도 죽어."

이지하는 홍진을 한 대 후려칠 듯 팔을 들어 올렸지만 생각이 바뀐 듯 다시 내렸다.

"내가 왜 널 죽여? 네가 날 죽이지 않고 고문했듯이 나도 똑같이 할 거야. 손가락 하나로 부족하면 두 개, 세 개를 잘라줄 테니까 벽으로 가, 어서!"

홍진은 일어나 망치를 들고 벽을 내려치기 시작했다. 멍청하다는 건 구제할 수 없는 질병이다. 홍진은 뼈아프게 그 사실을 다시금 인식했다. 자신은 이지하를 죽일 일을 감당할 깜냥이 되지 못했다. 할 수 있을 거라고, 가능할 거라고 끝없이 스스로를 부추겼지만 믿음이 현실을 바꾸지는 못한다. 소명은 어디에 있을까. 그녀를 포기하고 사라진 것일까. 아니면 위층에서 그녀를 비웃고 있을까.

홍진은 스스로를 내려치듯 망치로 벽을 후려쳤다. 쾅쾅쾅, 규칙적인 소리에 맞춰 오래 삭아서 부실한 벽은 홍진의 가느다란 팔뚝 힘도 감당하지 못하고 부스러져 내렸다. 이렇게 쉽게 부서지는 것이라면 아예 없어져버려야 할 것이다. 홍진은 점점 더 힘을 주어 벽을 내리쳤다. 얼마나 시간이 지났을까. 현기증이 찾아왔다.

"왜 주저앉아? 하긴, 숨을 헐떡거리는 걸 보니 지쳤나 보군. 쉬어. 어디 보자."

이지하가 홍진의 옆으로 기어와 벽의 구멍을 확인했다. 지금 이다. 벌떡 일어나 망치로 저 자의 머리를 후려치면 된다. 하지 만 홍진의 몸은 말을 듣지 않았다. 숨을 쉬는 것만으로도 쓰러 질 것 같았다.

"겨우 주먹 하나 들어갈 정도의 구멍을 뚫었네. 하지만 재촉 하지 않을게. 나도 그놈의 구멍 뚫는 소리와 벽을 내리칠 때마 다 네가 용을 쓰는 소리가 사라지니 살 거 같아. 우리 둘 다 좀 쉬자고."

이지하와 홍진은 서로 반대편 벽에 기대 마주 보고 앉았다. 희미하게 이지하의 얼굴 윤곽이 보였다. 퀭한 눈과 쭈글쭈글해 진 볼. 이지하 역시 홍진이 부순 벽처럼 허물어지는 중이었다.

"나는 네가 지금 어떤 고통을 겪는지 누구보다 잘 알아. 아마 내가 지금의 널 이해하는 유일한 인간일걸. 지금은 손가락을 잃 은 아픔만을 느끼겠지. 너무 아파서 두통까지 밀려오겠지만 아 픔에는 적응이 될 거야. 그러나 더 지독한 게 찾아오지. 조금만 있으면 생리현상이 널 괴롭히기 시작해. 그것이 주는 모멸감은 육체적인 고통보다 더 지독해. 마치 인간에서 짐승으로 추락한 듯한 굴욕감. 참았던 똥오줌이 내 통제를 허물고 몸 밖으로 밀려나올 때 다시는 정상적인 인간으로 살 수 없을 거라는 절망을 느끼게 되지. 타인이 바로 옆에 있는 경우에는 더하겠지. 네년이 당황하고 고통스러워할 때 나는 침을 뱉고 비웃어줄 거야. 넌 미쳤고 그게 무슨 결과를 가져오는지 똑똑히 보라고."

"이미 보고 있어."

홍진의 목소리는 그녀가 듣기에도 너무 담담했다. 이지하는 그게 짜증 나는 모양이었다.

"미친년. 너한테 소명은 뭐야? 어떤 관계이기에 이런 짓을 벌인 거야?

"할 말 없어."

"아직도 네가 날 붙잡았다고 생각하는 거야? 칼은 지금 내 손에 있어."

이지하가 손전등으로 홍진의 얼굴을 비췄다. 홍진은 고개도 돌리지 않고 불빛 뒤에 있는 이지하의 얼굴을 똑바로 쳐다봤다. 봐두고 싶었다. 자신을 죽이려는 자를. 봐두어야만 한다. 어린 소녀들을 죽인 자를.

"넌 나하고는 좀 다르긴 해. 나는 네년의 느닷없는 폭력에 겁먹고 충격을 받았지. 넌 아닌 것 같아. 넌 무덤덤해 보여. 하지만 아니겠지. 그래도 살아날 수 있을 거라고 믿고 있겠지. 그렇지?"

"떠들고 싶으면 나한테 질문하지 말고 그냥 혼자 해."

"나는 궁금한 게 많아. 왜 소명을 죽인 범인을 잡겠다고 작정한 거야?"

"……"

"내가 소명을 죽였다고, 성모상이 어쩌고 하는 건 다 개소리야. 그딴 걸로는 그 무엇도 증명할 수 없어. 진짜 이유는 네 남편 때문이야. 네 자식 때문이고. 더 정확하게는 너 자신 때문이지. 왜 바로 날 죽이지 않았어? 너한테는 기회가 있었어. 날 죽일 기회. 대답해. 왜 나를 그냥 죽이지 않았어?"

"네 입으로 인정하는 걸 들어야 하니까."

"그런다고 뭐가 달라지는데? 넌 내가 범인이라고 믿고 있잖아."

"그래야 그냥 죽이는 것보다 더 큰 고통을 줄 수 있으니까."

"어떤 고통?"

"축생도에 떨어져 영원히 짐승으로 윤회하며 수없이 반복해서 죽는 고통."

이지하가 미친 듯이 낄낄거렸다. 홍진은 이지하가 웃는 모습을 쳐다봤다. 홍진을 기분 나쁘게 만들기 위해서라면 그는 성공했다. 뭐가 그리 우습다는 것인지. 고통이 우스운 것인가.

"이런 황당한 사람은 처음 봤어. 소명이 왜 널 정신이 좀 이상한 사람이라고 했는지 알만 해. 네가 나에게 고통을 준다고? 날 짐승으로 윤회하게 만든다고?"

"왜 안 돼? 너 같은 인간들은 고통을 되돌려 받아야 해. 비참

306

함과 모욕감에 덜덜 떨며 바닥을 굴러봐야 해. 그게 올바른 것이고, 그게 윤회야. 자기가 한 짓의 대가를 치르는 것!"

"도덕 선생 나셨네. 윤회라니. 그런 게 있다는 말이야? 누가 그딴 걸 믿어?"

"네가 믿든, 안 믿든 그건 중요한 게 아냐."

"무슨 소리야? 모든 건 믿음의 문제야. 네가 이 미친 짓을 벌인 것도 오로지 내가 범인이라고 믿었기 때문이잖아. 어떤 합리적인 설명 앞에서도 흔들리지 않는 믿음, 절대 바꿀 수 없는 믿음. 네가 가지고 있는 게 그런 거야. 무식하고 멍청할수록 더 단단해지는 그 믿음!"

"거짓말. 그럼 누가 소명을 죽였다는 거야, 누가!"

"그걸 왜 나한테 물어? 너한테 이정아에 대해서 얘기해준 그 사람한테 물어봐. 누군가를 데리고 오는 것 같던데 그 사람이지? 꽤 특이한 남자인가 봐. 너 같은 여자와 친해지다니. 하긴 모든 사람이 입만 꽉 다물고 있으면 약간 신비해 보이기는 하지. 그 사람은 네가 지하실에 엉뚱한 사람을 잡아다 놓고 손가락을 자르고 있다는 걸 알아? 혹 너 같은 미친년을 순하고 선량하고 상처 받은 그런 여자로 믿고 있는 거 아냐?"

이지하는 미친 사람처럼 다시 낄낄거리기 시작했다. 그 웃음소리가 너무 거슬려서 홍진은 일어나 다시 망치를 잡고 벽을 부수기 시작했다. 벽을 부수는 소리가 거슬린다고 했으니 홍진도 되갚아주고 싶었다. 이지하는 그런 홍진에게 아랑곳하지 않고 계속 웃었다.

"아, 웃지 않으려고 해도 도저히 참을 수가 없네. 너무 재미있어서. 인생이라는 건 정말 이해할 수 없는 거야. 그렇지 않아? 도대체 사람이 사람을 만난다는 건 뭘까. 그건 이해 때문일까, 오해 때문일까? 도대체 넌 그 남자와 왜 얽힌 거야? 아니, 더 근본적인 질문이 있어. 도대체 산에서 왜 내려온 거야? 그냥 절에서 밥이나 해주며 계속 살지, 왜 내려왔어? 혹시 절의 중놈들이 밤마다 돌아가며 겁탈이라도 한 거야? 너는 당해도 싸. 자식이 죽게 내버려뒀으니, 내가 너라면 모든 인간사의 끈을 놓아버렸을 거 같아. 누군가를 축생도에 보내는 것이 아니라 내가 축생도에 왔다고 생각하고 짐승처럼 일만 하다 그냥 숨이 끊어지길 기다렸을 거야. 완전히 침묵하고 완전히 단절한 채 돌아보지 말았어야지. 그게 네 아이에 대한 속죄지. 갑자기 남의 자식한테 무슨 정의감, 무슨 연민과 아픔에 사무쳐서 여기까지 온 거야? 아무것도 제대로 알지 못하면서."

"나는 알아. 너는 소명을 죽였고 나는 소명을 죽인 사람을 죽일 거야."

홍진은 벽을 내려치며 말했다.

"네가 당근 케이크를 먹고 죽었다면, 그때 죽었다면 이런 짓까진 하지 않았을 거야."

"당근 케이크? 아, 그걸 보낸 게 네년이었군. 하긴 서화인이 내게 그런 걸 보냈다는 게 많이 이상했어. 그런데 서화인은 어떻게 아는 거지?"

"……."

"뭔가 있나 보네. 혹시 당신을 찾아왔던 그 남자가 서화인이야?"

홍진은 대답하지 않았다. 그러자 이지하는 다시 숨이 넘어갈 듯 깔깔거리며 웃기 시작했다. 불쾌한 웃음이었다. 홍진이 분명 뭔가를 크게 잘못했다는 것을 혼자 알아챈 웃음이었다. 홍진은 묵묵히 벽만 내리쳤다.

"대답이 없는 걸 보니 서화인이 맞구나. 세상에. 그럼 서화인에게 물어보지 그랬어? 그놈은 경찰인데. 이지하가 범인이 맞느냐고 왜 못 물어봐?"

"확인은 할 만큼 했어."

"혹 서화인이 내가 범인이라고 한 거야? 네가 나한테 하는 짓, 서화인도 알고 있는 거야?"

"개소리 하지 마."

"아아, 그렇구나. 빈 주사기로 사람을 죽이는 방법, 나한테 말했었지? 그런 걸 어떻게 아나 생각했어. 그런데 똑같은 걸 나도 서화인한테서 들었거든. 불과 얼마 전에. 서화인이 널 조종했구나."

"헛소리 하지 말라니까!"

"하긴 서화인은 항상 날 불편하게 생각했어. 왜냐면 내가 그 새끼 비밀을 아니까."

홍진은 궁금하지 않았다. 서화인의 비밀이 무엇이든, 이지하와의 관계가 무엇이든 그건 홍진이 알 바가 아니었다. 그럼에도 이지하가 내뱉는 말 하나하나가 신경에 거슬렸다. 거슬린다기보다는 두려웠다. 멍청하고 바보 같은 자신이 또 실수를 하고 뭔가 아주 중요한 것을 놓쳤을 거라는 두려움. 이지하가 홍진의 옆으로 다가왔다. 은밀한 귓속말을 속삭이듯이.

"소명을 죽인 범인을 내가 아는 거 같아. 난 궁금하지도 않았는데."

"뭐?"

"궁금하면 어서 벽을 부숴. 나가면 말해줄 테니까."

16

눈을 뜨자 아침이었다. 잠을 이루지 못할 줄 알았는데 너무나 깊은 잠에 곯아 떨어져 눈을 뜬 직후에는 자신이 어디에 있는지 알아차리는 것도 어려울 지경이었다. 눈을 떴음에도 뇌는 계속 잠을 요구했다. 더 자라고, 다 잊어버리고 잠으로 달아나라고 뇌가 속삭였다. 그래, 달아나버릴까. 과거와 아무것도 연결되지 않은 어떤 곳으로. 오 팀장이 화인을 그 자리에서 바로 구속하지 않은 것은 그에게 달아날 시간을 준 것일지도 모른다.

화인은 다시 눈을 감았다. 잠이 따뜻한 물처럼 그를 감쌌다. 징, 휴대폰이 울렸다. 무시하려고 했지만 계속 뭔가가 도착하고 있었다. 손을 뻗어 열어보니 오 팀장이 전송한 파일이었다. 용량 때문에 여러 개로 쪼개서 보낸 파일이었다. 화인은 그것이 양 반장이 촬영한 졸업식 영상이라는 것을 알았고, 잠이 확 달아나버렸다. 화인은 서둘러 파일을 열었다.

사람은 왜 시간이 모든 것을 지우고 바꾼다고 생각하는 것일까. 그렇게 믿고 싶어서? 20년에 가까운 시간은 아무것도 지우지 못했고 터치 한 번에 모든 것이 복원되었다. 심심하고 지극히 평범한 졸업식 장면. 오래전 자신이 봤던 것과 조금도 다르지 않았다. 그러나 어쩌면 범인이 다녀갔을 그 장소, 그 시간이었다.

이정아의 교실과 이정아의 책상. 친구들이 놓아둔 꽃다발. 꽃다발 속의 성모상. 아, 양 반장이 조금만 더 빨리 왔다면 저 성모상을 가지고 온 사람을 찍을 수도 있었을 텐데. 카메라는 어두침침하고 긴 복도를 걸어 운동장으로 나갔다. 운동장으로 나온 카메라는 천천히 360도 회전을 하며 곳곳에 모여 있는 사람들을 비추었다.

화인은 그 안에서 이지하를 찾았다. 18년 전, 화인과 마찬가지로 30대 중반이었을 이지하. 화인과 마찬가지로 이정아의 졸업식에 다녀갔고, 지금도 이정아의 꿈을 꾸며, 언제든 18년 전으로 되돌아갈 이지하를.

화면을 뚫어져라 바라보던 화인은 어떤 장면에서 중지 버튼을 눌렀다. 한 남자의 모습이 보였다. 당시에 유행하던 디지털 카메라를 들고 사진을 찍고는 돌아서는 남자. 이지하 같았다. 그가 카메라를 내린 직후, 일 초도 안 되는 그 짧은 순간의 얼굴을 겨우 캡처해서 확대해봤다.

　이지하였다. 화인의 눈에는 이지하가 분명했다. 다른 사람들도 이지하의 얼굴이라고 확인할 수 있을까. 화인은 캡처한 장면을 최대한으로 확대했다. 그러자 화면 안의 얼굴은 명암의 차이만 분간할 수 있을 뿐 누구의 얼굴인지는 더더욱 분간하기 어려워졌다. 손가락으로 화면을 줄이자 오히려 윤곽이 분명해지면서 다시 이지하의 얼굴이 드러났다. 반드시 이지하가 범인이어야 하고, 이지하가 범인이어야만 모든 게 설명 가능했다. 물증이 있든, 없든.

　몇 번이고 동영상을 돌려보던 화인은 이윽고 재생을 중단했다. 이지하를 마지막으로 본 게 언제였더라. 오래전으로 거슬러 올라갈 필요도 없이 지난번 동창회였다. 홍진도 그때 자신을 봤다고 했다. 그때 그 시끄럽고 맛없던 뷔페식당에 자신과 이지하, 홍진이 같이 있었던 것이다. 홍진은 화인이 동창들과 하던 이야기를 듣고 그에게 다가와 사람을 죽이는 법을 물었다. 그런데 홍진은 왜 거기에 왔을까. 아는 사람도 없고, 만날 사람도 없는데. 그러자 갑자기 여러 가지 생각들이 머릿속에서 질서 없이 뒹굴다 하나의 가지로 모이는 것 같았다.

　홍진의 모습이 떠올랐다. 화인이 소명의 이야기를 할 때 숨죽인 채 귀를 기울이던 모습. 아니다. 홍진은 항상 그가 하는 이야기에 귀를 기울였었다. 이정아의 이야기를 했던 때도 그랬다. 홍진은 절에서 일했다고 했다. 윤경은의 말로는 소명도 엄마와 다녔던 절에 가고 싶다는 말을 했었다고 했다. 혹 소명은 홍진이 일하던 절로 갔을까. 그래서 홍진이 소명과 알게 되었다면. 억측 같지만 홍진이 죽이려 한 사람이 이지하라는 이야기가 된다. 이지하를 납치한 것도 홍진일까. 서화인이라는 이름으로 이지하에게 보내진 퀵서비스.

'그런 사람들 중에는 어린 여자애를 죽이는 남자도 있겠죠?'

홍진의 정육점에서 처음 술을 마셨을 때 홍진이 했던 말이 떠올랐다. 그것이 이지하를 가리키는 것이었다니.

그제야 화인은 이지하의 집으로 배달된 케이크 포장에 그의 이름이 적혀 있던 이유를 납득했다. 화인은 홍진이 자신을 일부러 함정에 빠뜨렸다고 생각하지 않았다. 아마 떠오르는 이름이 그의 이름뿐이었을 것이다. 홍진은 자신이 죽여야 하는 사람에 대해 흔들림 없는 확신을 가지고 있었다. 그렇게 확신을 가지는 데는 분명 이유가 있을 것이다. 소명에게서 뭔가 이야기를 들은 게 있거나 얻은 것이 있을 터였다.

홍진이 알고 있는 것은 무엇일까. 혹 소명과 관련해서 이지하가 범인임을 알리는 증거를 가지고 있는지도 모른다. 갑자기 홍진이 원망스러웠다. 그에게 모든 사실을 털어놓을 수도 있었을 텐데. 아니다. 어쩌면 화인이 그녀에게 더 다가갔어야 했을지도 모른다. 어떻게든 그녀를 다시 만나야만 한다. 아직 시간이 있고 여전히 기회가 남아 있다. 홍진은 그에게 모든 것을 말해줄 것이다.

홍진의 가게에는 아무도 없었다. 문은 잠겨 있었다. 문을 두드려봤지만 아무런 기척도 들려오지 않았다. 그럼에도 화인은 그녀가 꼭 집 안에 있을 것만 같은 생각이 들었다. 화인은 유리문에 눈을 대고 어둑어둑한 실내를 한참 동안 바라보았다. 바라보고 있으면 안에서 홍진이 천천히 걸어 나오기라도 할 것처럼. 하지만 그녀는 나타나지 않았다.

화인은 가게 문 앞에서 담배를 피워 물었다. 혹 안에 있으면서 대답을 하지 않는 것은 아닐까. 이사를 간다고 했지만 며칠 만에 사는 곳을 바꿀 수는 없다.

모른다. 홍진은 그게 가능할 수도 있을지도. 화인은 몇 번 더 문을 두드려봤다. 대답 없는 홍진의 가게는 오늘 따라 유난히 불길한 느낌을 주었다.

화인은 새삼스럽게 홍진의 가게가 얼마나 낡았는지를 확인했다. 화인은 항상 어두워진 뒤에야 그녀의 가게를 찾았다. 하나둘 조명이 들어오기 시작하는 저녁이나 밤에 어지간한 것은 그림자 덕분에 봐줄 만해지는 법이다. 환한 햇빛 아래서 그녀의 가게는 적나라하게 낡고 초라했다. 애초에 그녀는 장사를 하기 위해 이곳으로 온 것이 아니었다.

새것임이 분명한 깨끗한 도마. 천천히 고기를 썰던 그녀의 서툰 동작. 주인이 외출해버린 바람에 늘 잠겨 있던 문.

화인은 그 문을 다시 두드렸다. 아무런 대답이 없었다. 그럴 거라 생각했지만 말할 수 없는 실망감이 화인을 덮쳤다.

"이봐요, 문 좀 열어봐요!"

화인은 부질없는 짓인 줄 알면서도 계속해서 문을 두드리다 갑자기 손을 멈추고 상가 뒤로 달려갔다. 잡초만 자라 있는 빈 터에는 아무 것도 없었다. 누가 버리고 간 듯 서 있던, 앞 범퍼가 부서진 트럭이 사라지고 없었다. 그 트럭이 그녀의 것이냐고 물어봤을 때 홍진은 대답하지 않았다.

그는 더 많은 것들을 물어볼 수 있었고, 물어봤어야 했다. 물어볼 시간이 있었지만 그는 자신만의 생각에 빠져 자기 이야기만 했을 뿐이다.

화인은 그의 차로 가서 뒤 트렁크를 열고 정비용 스패너를 꺼냈다. 화인은 스패너로 새시 문의 유리를 후려갈겼다. 단 한 방에 유리창이 요란한 소리와 함께 깨졌다. 깨진 유리 틈으로 손을 집어넣어 손잡이를 돌리자 허술한 문은 그대로 열렸다.

화인은 스패너를 손에 든 채 홍진의 가게 안으로 들어갔다.

여전히 깨끗한 도마가 그대로 있고, 커다란 냉장고 뒤에 식탁 의자가 쓰러져 있었다. 홍진은 서둘렀던 것일까. 화인은 의자를 바로 세워두고 방문을 열어보았다. 방도 비어 있었다. 홍진만 없을 뿐 초라한 세간은 그대로였다.

화인은 방 안을 훑어봤다. 불과 이틀 전에 그녀의 방에서 잠이 들었었는데 경황없이 튀어나오느라 방 안을 제대로 보지도 못했다. 방은 작았고 작은 장롱 하나와 두 칸짜리 서랍장이 놓여 있었다는 것은 기억이 났다. 새벽녘의 어둠 속에서 얼핏 봤을 뿐이지만 서랍장 위에는 자잘한 물건들이 놓여 있었다. 탁상용 달력과 불상, 염주, 약병 등등. 그가 잡동사니라고 생각하며 무심코 봐 넘긴 것들. 다시 보니 전혀 예상하지 못했던 것이 보였다. 성모상이었다. 팔뚝만 한 크기의 성모상이 불상 옆에 태연하게 놓여 있었다.

화인은 천천히 성모상을 향해 손을 뻗었다. 이정아의 책상 위에 놓여 있던 것과 거의 비슷했다. 홍진은 이것을 어떻게 가지게 되었을까. 추측해보건대 소명이 죽은 장소에서 찾았을 것이다. 화인은 자신이 성모상 이야기를 홍진에게 해줬던가, 하고 생각해봤다. 술에 취해 기억이 정확하진 않지만 아마도 했던 것 같았다. 했을 것이다. 아니, 했다.

홍진은 그의 이야기를 듣고 이정아와 소명을 죽인 범인의 연결고리를 찾았다고 생각한 것이 분명했다. 화인을 통해 확증을 얻은 홍진은 이지하를 납치한 것이다. 홍진이 이곳을 떠났다는 것은 자신의 목적을 다 이루었다는 뜻일까. 그럼 이지하를 죽였을까. 죽이고 떠난 것일까.

화인은 가게 안의 냉장고를 쳐다봤다. 업소용 냉장고. 언젠가 홍진은 저 안에서 고기를 꺼내다 썰어주었다. 팔리지도 않는 고기들은 다 어떻게 됐을까. 텅 비어 있을까. 아니면 저 안에 무엇인가 다른 것이…….

화인은 천천히 냉장고 앞으로 다가가 심호흡을 했다. 과수계

일을 하면서 심한 손상과 부패를 겪은 시신도 많이 봤다. 그래서 시신 자체가 두려운 것은 아니었다. 화인은 홍진이 저질렀을지도 모르는 범행이 두려웠다. 그는 이를 악물고 냉장고 문을 열었다.

어둠과 냉기가 밀려 나와 화인을 덮쳤다. 냉장고 안은 텅 비어 있었다.

화인은 화장실로 가서 용변을 보고 손을 씻었다. 지난번에도 그랬지만 물이 잘 내려가지 않았다. 배수펌프에 문제가 생긴 것이겠지. 지난번에는 배수관에서 이상한 소리 같은 것도 났는데 그건 들리지 않았다.

배수관. 화인은 손을 씻다 말고 문득 배수관에 대해 생각했다. 보통 이런 건물에는 각종 하수, 배수관을 모아둔 '피트층'이라는 공간이 있기 마련이다. 종종 공간이 남아 지하실처럼 쓰기도 한다.

갑자기 화인의 몸이 뻣뻣하게 굳었다. 몇몇 기억들이 섞이지 않는 이물질처럼 한꺼번에 그의 머리로 밀려들어 왔다. 늘 비어 있던 홍진의 가게와 배수관을 때리는 듯한 이상한 소음. 홍진의 방에서 잠이 들었던 날, 그가 꿈에서 들었다고 생각했던 음산한 비명소리.

화인은 바지에 손을 닦으며 화장실 밖으로 나가 지하로 내려가는 계단을 찾았다. 계단 위의 전등은 깨진 상태라 완전히 깜깜했다. 그는 휴대폰의 플래시를 켰다. 녹슨 쇠문이 나타났다. 배관실과 이어진 문이었다. 녹슬고 낡아서 물이 새는 배관 너머에 틈이 보였다. 애초에 튼튼하게 지어진 상가도 아니었지만 시멘트 처리도 제대로 되지 않은 벽은 누군가의 손에 의해 함부로 부서져 있었다. 배관실 아래 블록 조각이 굴러다녔다. 부서진 구멍 너머는 완벽한 어둠이었다. 휴대폰을 비춰도 아무것도 보이지 않았다.

화인은 플래시를 비추며 구멍 안으로 몸을 쑤셔 넣었다. 깨진 벽이 그의 어깨를 함부로 긁었다. 배관실을 만들고 남은 공간을 지하실로 쓰도록 블록으로 가벽을 쳐서 만든 곳이었다. 플래시로 비춰보니 한쪽 벽에 사다리가 붙어 있었다. 그 사다리는 부셔져 있었고, 사다리 위에는 쇠문이 붙어 있었다. 항상 삐거덕거리던 홍진의 이인용 식탁이 떠올랐다. 그 옆에 쌓여 있던 스티로폼 박스와 그 밑에만 깔려 있던 장판. 지하실 입구를 감춰둔 것이다.

화인은 천천히 지하실을 둘러보았다. 그 안의 공간은 두 평이 채 되지 않을 정도로 좁았다. 그러나 누군가를 가두고 고문하기에는 완벽한 공간이었다. 비릿하고 역겨운 냄새가 그를 자극했다. 무슨 냄새인지 한 마디로 단정할 수 없는, 굳이 말하자면 공기와 물이 함께 썩는 듯한 냄새였다. 벽에 핏자국 같은 것이 보였다. 동시에 화인의 발밑에 뭔가가 밟혔다. 화인은 그것을 주웠다가 깜짝 놀라 다시 떨어뜨렸다.

그것은 손가락이었다. 여자의 손가락. 연필처럼 가는 새끼손가락.

화인은 플래시로 바닥을 비췄다. 곳곳에 오물과 깨진 주사기, 그가 가르쳐준 동물 마취제 병과…… 그리고 그다음 순간 그는 눈을 감았다.

그는 자신이 보고 있는 것을 믿을 수 없었다. 구역질이 올라오는 것을 꾹 참으며 화인은 벽의 구멍을 통해 다시 밖으로 빠져나갔다. 지하실의 계단을 통과해 밖으로 나오는 순간, 그는 먹은 것도 없으면서 속에 있는 것을 다 게워냈다.

그가 본 것이 다 현실일까. 아니면 나쁜 꿈을 꾸고 있는 것일까. 도대체 무슨 일이 일어난 것일까. 여기저기 뒹구는 살점들은 무엇일까.

일단은 홍진을 찾아야만 한다. 가능할지 모르겠지만, 그럴 수만 있다면 화인은 여전히 그녀를 도와주고 싶었다. 그녀가 살려고 하든, 죽으려고 하든 그녀가 원하는 것이 무엇이며 자신이 뭘 해주면 되는지 묻고 싶었다.

화인은 비틀거리며 지하실을 빠져나와 차로 다가갔다. 어디로 가야 하지? 어디로 가면 홍진을 만날 수 있을까.

그때 전화가 울렸다.

17

벽이 뚫렸다. 몇 번을 지쳐 주저앉았다 다시 일어서기를 반복
하는 동안 결국 썩은 담은 허물어졌다. 벽 중간의 블록이 깨지
자 주변의 블록들이 연쇄적으로 허물어진 덕이었다. 지하실보
다는 밝은, 그러나 침침한 빛이 오수처럼 흘러들어 왔다. 어른
의 몸이 빠져나가기에는 작아 보였지만 살갗이 조금 찢어질 것
을 각오하면 시도해볼 만한 크기였다.

"내가 먼저 나갈 거야."

이지하가 말했다. 이지하는 망치며 손전등을 구멍 밖으로 던
지고 칼은 손에서 놓지 않은 채 머리를 구멍 안으로 밀어 넣었
지만 어깨가 걸려 빠져나가지 못했다.

"나를 좀 밀어. 어서."

홍진은 이지하의 등을 밀었다. 이지하는 더 세게 밀라고 고함을 질렀다. 홍진은 이를 악물고 그를 밀었다. 이지하의 어깨가 블록에 긁히면서 피가 흘렀다. 구멍을 통과했다기보다는 어깨로 부수면서 이지하는 밖으로 나갔다. 홍진도 구멍 밖으로 목을 내밀었다. 다시 그녀의 목에 칼이 와 닿았다.

"네년 경동맥을 자르는 정도는 일도 아냐."

홍진은 목에 칼의 감촉을 느끼며 가만히 있었다. 이지하를 죽이기는커녕 그에게 잡혔음에도 불구하고 그를 죽이지 못해 안달할 때의 모멸감이나 자책감은 들지 않았다. 오히려 여기에서 끝난다면 다행이라는 생각이 들었다. 온몸이 아팠고, 지쳤고, 너무 피곤해서 잠이 들고 싶었다. 이지하는 그녀가 원하는 대로 해줄 수는 없다는 듯 칼을 거두었다.

지하실 벽을 뚫고 안에서 밖으로, 지하에서 지상으로 나왔을 때는 아침이었다. 시장의 가게들은 아직 문을 열지 않았다. 간간이 지나가는 차 소리와 아침 특유의 미세한 소음들로 대기는 가득했고, 태양은 더할 나위 없이 따뜻하고 환한 빛을 지상으로 내려 보내고 있었다. 이지하는 햇빛이 버거운 듯 팔뚝으로 눈을 가리며 비틀거리더니 벽에 기대 쪼그리고 앉았다.

"도망가면 바로 죽을 줄 알아."

홍진은 대답하지 않았다. 도망이라니. 어디로 가서 뭘 한다는 말인가.

반짝이는 아침 햇살에 드러난 이지하의 얼굴은 무덤에서 기어 나온 해골 같았다. 물론 홍진의 몰골도 기괴하기는 마찬가지였다. 피로 칠갑한 옷 따위는 사소한 것이었다. 겉으로 드러나지 않는 것, 불가역적인 어떤 것이 이지하와 홍진을 관통하고 지나간 후였다. 그걸 홍진도, 이지하도 똑같이 느끼고 있었다.

"차를 몰아."

홍진은 가게로 들어가 차 키를 가져왔다. 상가 뒤편 공터에 세워둔 트럭은 앞 범퍼가 다 망가져 험악한 몰골이었지만 홍진과 이지하에 비하면 지극히 정상으로 보였다. 홍진과 이지하는 차로 기어 올라갔다. 이지하가 백미러에 자신의 얼굴을 비춰보고는 충격을 받은 듯 신음소리를 흘렸다. 그는 고개를 옆으로 돌리고 말했다.

"운전해."

"어디로?"

"쭉 가면 돼. 그냥 쭉 가기만 하면……."

이지하가 눈이 부신 듯, 한 손으로 눈을 가렸다. 잠시 후 홍진은 이지하가 눈물을 흘리고 있다는 것을 알았다.

"나는 끝났어. 네가 날 이렇게 만들었어. 멀쩡하게 살던 날 죽게 만들었어."

"멀쩡한 인간들은 어린 여학생을 죽이고 다니진 않아."

"아직도 그 소리."

"소명을 죽인 범인을 가르쳐주겠다며?"

"이제는 내가 한 짓이 아니라고 믿는 거야?"

"……."

"미친년. 애초에 넌 확신 같은 건 없었어. 무작정 내가 범인이라고 믿고 싶었을 뿐이지."

"나는 확인하고 싶을 뿐이야. 널 죽이기 전에."

"날 죽인다고? 네가 날?"

홍진은 속도를 올렸다. 트럭이 기분 나쁜 짐승처럼 그르릉그르릉 소리를 내며 도시의 경계를 넘어갔다. 홍진은 그 길이 어디로 향해 뻗어 있는지 몰랐다. 지친 배가 낯선 불빛을 향해 가듯 선택의 여지가 없을 뿐이었다. 어떤 길이든 끝이 있을 것이고 그 끝에 서면 다시는 후회 같은 건 없을 것이다.

"자동차 사고……. 나쁜 생각은 아니군. 아니 정말 좋은 생각이야. 속도를 더 올려, 더 올리라고!"

"이정아와 강소희, 모두 네 짓이지?"

"이정아를 죽인 범인은 예전에 잡혔어. 강소희는 누군지도 모르고. 소명은……."

이지하가 쿨럭쿨럭 기침을 했다. 입가에서 피가 섞인 거품이 흘러내렸다.

"넌 소명을 만났어."

"맞아. 봉사활동을 하다 만났지. 그래, 이제는 못할 얘기도 없어. 나는 가망이 없고, 곧 정신을 잃을 것 같아. 그러니 다 말해주지. 나는 그 애와 몇 번 잤어. 내 차 안에서. 그런 애를 데리고 모텔 같은 데를 갔다간 큰일 날 수 있거든. 그러다 싫증이 나서 연락을 끊어버렸어. 그 애는 가출했다고 했어. 오빠가 자기를 성폭행했다고 했지만 나는 믿지 않아. 불쌍해 보이려고 거짓말을 한 거야. 암튼 나는 안됐다며 돈을 좀 줬지. 걔는 날 계속 만나고 싶어 했지만 그런 애들은 아주 조심해야 돼. 남자 친구랑 짜고 경찰에 고발하겠다고 협박하는 건 일도 아니니까. 나한테는 지켜야 될 지위가 있어. 지금 생각하면 너무 웃긴 일이야. 미친 여자한테 붙잡혀 하지도 않은 살인 때문에 난도질당할 줄도 모르고."

이지하는 낄낄거렸지만 그의 웃음소리는 점점 잦아들었다. 이내 이지하의 머리가 홍진의 어깨로 떨어졌다. 홍진은 놀라서 그를 밀쳐냈다. 이지하는 가까스로 고개를 바로 세웠다. 이지하는 정말 아픈 것 같았다. 홍진이 그를 동정해야 할 이유는 없었다. 단지 그가 죽기 전에 그녀는 서둘러야 했다.

"그래서? 소명을 죽인 범인이 누구라는 거야?"

"소명을 죽일 수 있었던 인간은 딱 하나야."

"누구?"

"바로 너."

홍진은 기가 막혔다. 이지하는 진지했다.

"소명을 마지막으로 본 사람이 누구지? 너야. 너는 소명을 싫어했어. 게다가 넌 정신병을 앓았어. 소명과 함께 생활하면서 뭔가 너의 신경을 긁어놓은 거야. 소명이 네 아이에 대해 말한 거 아냐? 네가 아이를 죽게 내버려뒀다고. 그래서 넌 소명을 미위한 거지."

"미친."

"소명을 죽인 일이 다시 네 정신을 와해시킨 거야. 넌 소명과 이야기하고, 소명이 너한테 복수를 해달라고 말한 것처럼 생각하는데 전형적인 '반동 형성' 과정이지. 받아들일 수 없는 사실을 정반대로 왜곡 해석하는 거. 그래서 넌 영수증 하나만 들고 나를 상대로 그 난리를 친 거야."

"개소리 하지 마! 나도 이젠 분명히 알겠어. 나와 내 아이를 찌른 건 남편이었고, 내 남편이라는 새끼가 개새끼였어. 소명인 네가 죽인 거고 너는 살인자야! 진실은 바뀌지 않아!"

홍진은 있는 대로 악을 썼다. 이번에는 이지하가 차분해져 있었다.

"그럼 진짜 범인을 말해주지. 나도 이제는 확실히 알겠어. 범인은 서화인이야."

"뭐?"

"나는 항상 서화인이 찜찜했어. 고등학교 때, 동네 애들끼리 모여서 여자애들 꼬여서 밤에 술을 마시곤 했는데, 그날은 서화인이 엄청 취했어. 그 새끼가 내 옆에 누워서 그러는 거야. 어떤 초등학생이 여자아이를 죽였다고. 그런데 초등학생이어서 아무 처벌도 받지 않았다고. 낄낄거리면서 그 얘기를 나한테 했어. 나중에 알아보니 그게 바로 서화인이었어."

이지하와 서화인은 동창이어서 나이도 비슷했고 둘 다 혼자 살았다. 이정아에게 집착했고, 이정아의 졸업식에 갔었다. 이지하가 아니라 서화인이 범인이라 해도 모든 것이 설명되고도 남았다. 너무나 명백한 사실이 맨눈으로 해를 볼 때처럼 아프게 눈을 찔러 정신을 멍하게 만들었다. 홍진은 한참 만에 대꾸했다.

"거짓말⋯⋯."

"어차피 믿고 싶은 걸 믿을 거잖아. 나도 그땐 술에 취해 헛소리하는 건 줄 알았어. 하지만 그 새끼는 그 뒤로 날 피하더라고. 가끔 생각이 날 때마다 기사를 찾아보려고 했지만 너무 오래전 일이라 찾을 수 없었어."

홍진은 머리를 흔들었다. 아니다, 아니다. 자신이 이지하의 말에 속는 건지도 모른다. 서화인은 경찰이다. 이정아가 죽었을 때도 경찰이었다. 경찰이 그런 짓을 저질렀을까. 게다가 초등학교 때 살인을 저질렀다면 어떻게 경찰이 될 수 있다는 말인가. 자신이 모르는 어떤 법적 절차가 있는 것일까.

"말이 없는 걸 보니 이제야 뭔가 감이 잡히는 모양이지? 나는 그 새끼가 항상 찜찜했어, 항상. 그 새끼, 어머니가 돌아가시기 전에는 어머니와 단둘이서 동네에서 뚝 떨어진 집에서 살았어. 여자애들을 꾀어다 무슨 짓을 해도 아무도 몰랐을 거야. 그 새끼는 또래 여자들한테는 관심도 없었어. 어린애들을 좋아하니까."

"나는 네 말을 믿지 않아."

"생각을 좀 해보라고! 생각을! 멍청하게 처음 들은 말만 사실이라고 믿지 말라고!"

이지하가 고함을 질렀다.

"그 사건은 서울에서 일어났고 너는 서울에서 전학 왔어. 아냐?"

"내가 사실대로 말할 거라는 보장이 있어? 그래도 정 원한다면 말해주지. 내가 전학 온 건 맞아. 하지만 그 초등학생 사건은 서울에서 일어난 일이 아니야. 바로 이 D시 부근에서 일어났고, 그 일 후에 서화인도 전학 온 거야."

초등학교 때 그런 짓을 벌였다고 해서 살인범이라고 단정할 수는 없어. 홍진은 자신의 입에서 튀어 나가려는 말을 삼켰다. 그 말 안에 들어 있는 모순과 뻔뻔함이 너무나 도드라졌다. 서화인도 같은 말을 해준 적이 있었다. 하지만 홍진은 듣지 않았다. 이정아와 강소희, 소명을 죽인 범인이 초등학생 때도 사람을 죽였을 거라는 사실은 너무 잘 들어맞아서 홍진은 아무런 의심 없이 집어삼켰다. 불과 몇 시간 전까지도 이지하가 범인이라는 증거 중 하나로 초등학생 살인범을 들먹였으니까. 그런데 이제 범인이라고 믿고 또 믿었던 이지하 앞에서 자기 입으로 그 말을 할 수는 없었다.

이지하는 홍진을 바라보며 비웃듯 말을 이었다.

"왜, 서화인은 아니라고 우기고 싶어? 믿기 싫으면 믿지 마. 모든 사람들처럼 너도 믿고 싶은 걸 믿고, 보고 싶은 것만 볼 뿐이야! 나를 이렇게 난도질해놓고 내가 범인이 아니라면 어떻게 갚을 건데? 사실상 너도 살인자야. 그러니 피해자와 가해자, 이딴 건 잊어버려."

"미친. 피해자도 없고 가해자도 없다는 건 말장난이야. 내가 바보 멍청이여서 실수를 할 수는 있지만 피해자가 있으면 분명히 가해자도 있어. 내가 가해자를 잘못 짚었다면 확인만 하면 되는 거야."

"내가 가해자라면 지금 날 죽여. 그럼 되잖아."

"안 돼. 네가 원하는 걸 해주지 않을 거야."

"이제 와서 무슨 소리야? 어서 날 죽여!"

"나도 범인을 모르고 너도 범인을 모른다면."

"그래서?"

생각을 해야 된다, 생각을. 홍진은 속으로 중얼거렸다. 이지하는 그의 모든 것이 밝혀지는 것을 두려워하고 있었다. 홍진이 이지하를 감금하고 손가락을 잘라댄 엽기성 때문에 이지하의 사건은 모두의 주목을 받게 될 것이고 그의 모든 과거 행적이 낱낱이 드러날 것이다. 그들이 지하실에서 지상으로 올라온 것처럼 모든 것이. 그것이 이지하에게는 최악이고 홍진에게는 최선이었다. 드러나지 않은 모든 것을 드러내는 것.

"경찰서로 가자. 나는 소명을 죽인 범인을 반드시 알아야만 하겠어."

홍진은 서화인에게 자신이 아는 모든 것을 이야기하리라 결심했다. 서화인은 간단히 자신이 범인이 아니라는 것을 밝혀줄 것이다. 이지하가 이 몰골로 나타나면 경찰도 끝까지 수사를 해서 이정아와 소명을 죽인 범인이 이지하라는 것을 밝혀낼 것이다. 물론 홍진도 감옥으로 가겠지만 그녀는 조금도 두렵지 않았다. 어차피 감옥 아닌 곳도 없었다. 홍진은 방금 벗어난 도시를 향해 유턴을 하려고 핸들을 꺾었다. 이지하가 핸들을 붙잡고 반대로 꺾었다.

"이제 와서 너는 살겠다고! 빠져나가겠다고!"

그 순간 이지하의 손에서 칼이 벗어나 홍진의 다리 위로 떨어졌다. 이제는 아무런 쓸모도 없는 칼. 아무것도 결정짓지 못한 칼이었다.

이지하는 홍진이 그 칼을 잡으려 한다고 생각한 모양이었다. 손가락이 잘려나간 두 손으로 있는 힘껏 핸들을 잡아당겼다. 홍진은 핸들을 빼앗기지 않으려고 온몸에 힘을 줬다. 액셀 위에 놓인 다리에 힘이 들어가면서 트럭이 갑자기 앞으로 튕겨 나갔다.

전혀 예상하지 못한 어떤 일이 일어났다. 트럭이 지상을 벗어난 것이다. 아주 짧은 순간 홍진은 자신이 의자에 묶인 채 허공을 날고 있다고 생각했다. 느린 화면처럼 창 옆으로 나무들이 스쳐 지나가고, 그 와중에도 홍진과 이지하 둘 다 안전벨트를 매고 있다는 게 우스꽝스럽게 느껴졌다.

다음 순간 트럭이 땅에 부딪히고 그 반동으로 다시 뒤집혔다. 누군가 그녀를 손바닥 사이에 넣고 흔들다 던진 주사위처럼 내

동댕이친 것 같았다. 극심한 충격 때문에 홍진은 잠시 정신을 잃었다. 다시 눈을 떴을 때 옆자리의 이지하가 보이지 않았다.

트럭은 운전석이 땅바닥을 향한 상태로 누워 있었다. 홍진은 안전벨트를 풀고 몸을 일으켜 이지하가 나간 조수석 문으로 기어 나왔다. 어떻게든 그를 잡고 있어야 한다. 무엇이 시작이고 무엇이 결말인지, 홍진이 올바른 판단을 했는지, 아니면 미친 것이었는지, 아무것도 알 수 없다. 중요하지도 않다. 이대로 이지하를 놓치면 모든 것이 끝이다.

이지하는 멀리 가지 못한 채 몇 발자국 떨어진 곳에 엎드려 있었다. 산비탈이어서 엎드려 있다기보다는 나무 둥치에 의지해 걸려 있다는 더 맞을 것 같았다. 홍진은 벌레처럼 꿈틀거리며 이지하에게 다가갔다. 이지하가 홍진을 돌아봤다.

"축하해. 넌 성공했어. 진짜 축생도를 만들었어."

이지하의 뺨 위로 눈물이 흘러내리고 있었다. 입가에도 피거품이 흘러나오고 있었다. 그는 정말로 죽어가는 중이었다.

"죽는 마당에 거짓말을 할 이유가 없잖아. 말해봐. 네가 범인이지?"

홍진은 속삭이듯 중얼거렸다. 비는 소리 같기도 했다. 이지하는 허리를 숙이고 끅끅 우는 소리를 냈다. 홍진도 울고 싶었다. 평평 울고 다 끝내버릴 수 있는 일이었으면. 그 생각이 너무나 압도적이어서 다른 생각들이 다 날아가버리는 것 같았다. 홍진은 점점 텅 빈 공백으로 변해가는 생각을 붙잡으려고 마지막 힘을 쥐어짜냈다.

"네가 끝까지…… 거짓말을 하겠다면……. 목사한테 가서 물어보자. 초등학생을 죽인 아이가 누군지. 그럼 누가 거짓말을 했는지 드러날 거야."

"아아, 이런 멍청한 인간. 한번 믿으면 변하지 못하는 무능력자."

"그래, 나는 안 변해! 변하기도 싫어. 나는 들을 거야. 이 자리에서 죽는다 해도 나는 듣고야 말 거야. 범인은 너라는 걸!"

이지하의 입에서 피 섞인 거품이 흘러내렸다. 손으로 거품을 닦으려다 자신의 손가락이 잘린 부분에 입술을 대고 끅끅 울음을 밀어냈다.

"조금 전에 너를 죽였어야 했는데. 한번 믿으면 변하지 않는 것들은 죽은 것들뿐인데."

홍진이 이지하에게 바짝 다가가 다시 속삭이듯 말했다.

"난 이미 한 번 죽었어."

이지하가 홍진을 쳐다봤다. 그 시선에는 이미 힘이 없었다. 이지하는 자신에게서 떨어지라는 듯 홍진을 떠밀었다.

홍진은 마른 가지처럼 힘없이 흙바닥 위로 쓰러졌다. 새잎을 틔우고 있는 나뭇가지 사이로 반짝이는 빛이 보였다. 해는 머리 위에 있는데 저 빛은 어디서 흘러나온 것일까. 자신의 앙상한 팔목이 희미했다. 너무 환한 빛은 너무 강한 믿음처럼 존재를 지운다. 홍진은 팔을 뻗어 이지하의 몸을 잡았다.

"말해봐. 말하고 다시 날 죽여. 어서."

이지하가 무릎으로 서서 힘겹게 균형을 잡으며 두 손으로 칼을 쥐고 홍진을 겨냥했다. 이지하의 입술이 나뭇가지에서 떨어지기 직전의 나뭇잎처럼 바르르 떨렸다.

"그래, 내가 범인이다. 내가 그 애들을 죽였어. 그 애들이 죽었다고 세상이 어떻게 되는 것도 아닌데. 그것 때문에 나도 죽고 너도 죽는 거야."

홍진은 다시 그녀의 배에 칼이 들어오는 것을 느꼈다. 남편이 그녀를 찔렀던 그 칼과 같은 칼이었다.

20년이 지났지만 그 느낌이 그대로 기억났다. 그러나 이번에는 떨리지 않았다. 도망도 가지 않았다. 오히려 웃음이 나왔다. 뭔지는 모르겠지만, 그녀는 뭔가를 해냈다. 이지하가 칼로 홍진의 등을 다시 내리쳤다. 홍진은 배를 누르며 자신의 몸 안에서 펄떡이는 고통이 밖으로 튀어나가지 않도록 단단히 움켜쥐었다.

이지하는 칼을 던지고 짐승 같은 울음소리를 내며 네 발로 기듯이 홍진에게서 멀어졌다. 얼마 가지 못해 팔을 잘못 짚었는지 헉 하는 소리와 함께 비탈 아래로 굴러 떨어졌다.

정적이 왔다. 평화롭다고밖에 할 수 없는 숲의 고요를 느끼며 홍진은 그 자리에 가만히 엎드린 채 있었다. 칼에 찔린 부위에서 피가 흘러나오고 있었다. 점퍼를 벗어 상처를 눌렀다. 상처가 아닌 다른 것이 잡혔다. 점퍼 안주머니에 넣어둔 휴대폰이었다.

사용해본 적 없는 휴대폰. 알지도 못하는 곳에서 몇 차례인가 전화가 걸려왔지만 홍진은 한 번도 받지 않았었다. 홍진은 휴대폰을 꺼냈다. 입력되어 있는 번호는 단 하나뿐이었다.

내가 말해줘야 한다. 이지하가 여기에 있다고. 내가 범인을 찾았다고. 잡았다고.

그때 거짓말처럼 서화인으로부터 전화가 걸려왔다. 홍진은 통화 버튼을 눌렀다.

"여보세요?"

말을 해야 되는데 목소리가 나오지 않았다.

"여보세요? 어디 있어요? 이지하와 같이 있죠?"

홍진은 화인의 목소리를 들으며 가늘게 눈을 떴다. 여전히 햇빛이 아프게 눈을 찔렀다. 너무 환해서 아무것도 볼 수 없는 저 빛.

이지하가 죽은 지금, 이지하가 진범인 것과 무관하게 홍진은 자신이 틀렸을 수도 있었다는 사실을 비로소 인정했다. 모든 것이 명백하다고 믿었었는데. 그 명백함이 너무 환해서 그녀는 다른 것들을 볼 수 없었다. 이지하가 자백한 것은 단지 운수의 문제였을 뿐이다. 이지하는 적선하듯 홍진에게 자백을 던져주고 갔다.

"조금 전에 이천식 목사한테서 전화가 왔어요. 이천식 목사를 만난 적 있죠? 목사가 고민하다 경찰서로 간대요. 실종된 이지하가 초등학교 때 어린아이를 죽인 적이 있다고. 이 사실이 사건 해결에 도움이 될지도 모르겠다면서."

홍진은 눈을 감았다.

실낱같은 무언가가 감고 있는 눈꺼풀 아래에서 어른거리더니 점점 부풀어 오르며 홍진의 시야를 감쌌다. 눈을 감아야 보이는 이것은 무엇인가. 홍진은 알 수 없었다. 한 가지는 분명했다. 너무 환한 빛은 우리 눈으로 볼 수 없다. 우리가 볼 수 있는 것은 적당한 어둠뿐이다. 그 어둠에 의지해 우리는 어딘가로 나아가는 것이다. 그곳이 어디를 향해 있든. 설령 더 짙은 어둠뿐일지라도.

작가의 말

이 원고를 처음 쓰기 시작한 것이 2017년 봄이다. 책의 배경처럼 한창 벚꽃이 필 무렵이었다. 탄핵 직후 실시된 대통령 선거 사무실에서 자원봉사를 하며 매일 새벽 이 원고를 썼다. 믿음의 과잉, 의심 없는 확신이 가진 공포에 관해 쓰고 싶었는데⋯⋯. 뜻대로 되지 않았다. 몇 번을 포기했다가 다시 꺼냈다가, 바람둥이처럼 다른 이야기로 갔다가 슬며시 다시 돌아와 고치고 또 고치다 보니 7년이 지나가버렸다. 이제는 정말 헤어질 때다. 처음 내가 이 이야기에 대해 가졌던 열정이나 확신은 마치 오래 사귄 연인을 대할 때처럼 닳고 무뎌져서 희미한 기억으로만 남아 있다. 그간 나도 변하고 이 책도 변했다. 처음부터 다 뜯어고치고 싶다는 생각이 들기도 한다. 그러니 완성은 아니다.

다만 여기서 끝내는 것이다.

이 책이 나올 수 있게 도와주신 나무옆의자 식구들, 이 원고가 큰 변화를 거칠 때마다 읽고 조언해준 강희진 작가, 이 책을 시작할 때부터 함께해준 카프카의 밤 강민구 대표님께 감사드린다. 나의 가족들과 여동생에게는 늘 미안하고 또 고맙다. 내가 뭘 쓰는지 별 관심을 가져주지 않아서, 그게 진심으로 고맙다.

여기까지 읽어주신 독자님들께 깊은 감사를 올립니다. 행복하시길.

달콤한 살인 계획

초판 1쇄 인쇄 2024년 6월 12일
초판 1쇄 발행 2024년 6월 19일

지은이 김서진
펴낸이 이수철
주 간 하지순
교 정 송규인
디자인 최효정
마케팅 오세미, 전강산
영상콘텐츠기획 김남규
관 리 전수연

펴낸곳 나무옆의자
출판등록 제396-2013-000037호
주소 (10449) 경기도 고양시 일산동구 호수로 358-39 동문타워1차 703호
전화 02) 790-6630 팩스 02) 718-5752
전자우편 namubench9@naver.com
인스타그램 @namu_bench

ISBN 979-11-6157-174-4 03810